# Kein Schwein bringt mich um

MICHAEL BRESSER wurde als Kind mit münsterländischen Spezialitäten wie Panhas und Möpkenbrot aufgezogen. Er plant, in Hannover das erste Knockepott-Restaurant Deutschlands zu eröffnen.
MARTIN SPRINGENBERG braut Bier aus westfälischem Wasser. Dies serviert er in seiner Dülmener Kneipe gerne mit ökologisch angebauten Bleibohnen.

MICHAEL BRESSER / MARTIN SPRINGENBERG

# Kein Schwein bringt mich um

MÜNSTERLAND KRIMI

Der sechste Nannen-Krimi

emons:

**Bibliografische Information der Deutschen Nationalbliothek**
Die Deutsche Nationalbibliothek verzeichnet diese Publikation in der Deutschen Nationalbibliografie; detaillierte bibliografische Daten sind im Internet über http://dnb.d-nb.de abrufbar.

MIX
Papier aus verantwortungsvollen Quellen
FSC
www.fsc.org
FSC® C083411


Umschlagmotiv: photocase.com/kathrin_hb
Umschlaggestaltung: Tobias Doetsch
Gestaltung Innenteil: César Satz & Grafik GmbH, Köln
Druck und Bindung: CPI – Clausen & Bosse, Leck
Printed in Germany 2014
ISBN 978-3-95451-247-8
Münsterland Krimi
Originalausgabe



Dieser Roman wurde vermittelt durch die Agentur
Cologne Media Network, Bonn.

Michael dankt Steffi und Marten und natürlich
Lemmy Kilmister für den Rock 'n' Roll.
Komm wieder auf die Beine, Junge.

Martin dankt Angela, Anabel und Ben und natürlich
Zodiac für den Rock 'n' Roll.

*Goodbye Logik,*
*alles kommt anders als geplant.*
*Goodbye Logik,*
*mein Herz besiegt meinen Verstand.*
*Goodbye Logik,*
*es ist nichts mehr, wie es war.*
*Goodbye Logik,*
*mein Herz besiegt meinen Verstand.*
Sebastian Madsen

*The Fire Still Burns.*
Russ Ballard

## Ottos neue Flamme

Noch war meine Welt in Ordnung. Wenn ich morgens aus meiner Villa trat, begrüßte ich den Frühling mit einem Jubelschrei. Das mochte auf Außenstehende befremdlich wirken, aber der Winter mit seinen Minusgraden und Unmengen an Schnee hatte mich kirre gemacht. Von Anfang Dezember bis Ende Januar hatte ich jeden Tag den Weg vom Haus zum Schweinestall freischaufeln müssen, sodass meine Armmuskeln mittlerweile den doppelten Umfang erreicht hatten. Nur gering übertrieben. Während sich das restliche Deutschland über die weiße Pracht zu freuen schien, vermisste ich in der öffentlichen Berichterstattung das Mitgefühl mit verlorenen Seelen in kilometerlangen Staus auf spiegelglatten Straßen, mit bibbernden Passagieren in zugigen Bahnhöfen und mit schlotternden Detektiven beim Räumdienst auf ihren Kotten in der Bulderner Puszta.

Aber jetzt war das Winterchaos vorbei.

Allerdings waren meine Klagen über die Wetterkapriolen der vergangenen Wochen geradezu lächerlich im Vergleich zu den Ereignissen, die mir bevorstehen sollten – aber der Reihe nach.

Just als ich an diesem herrlichen Sonntag die Haustür öffnete, um mein Schwein Pedder mit Resten des gestrigen Ratatouilles zu verwöhnen, fuhr ein Taxi auf meinen Hof. Ich stellte den Eimer ab und zog die Arbeitshandschuhe aus. Mein Freund Otto Baumeister stieg aus dem Gefährt, bekleidet mit einem schwarzen Lodenmantel und ordentlich Pomade im Haar. Otto war Rentner und wohnte in einem Dülmener Seniorenheim. Wir hatten uns bei einem Mordfall kennengelernt, und seitdem stand er mir ab und zu mit Rat und Tat zur Seite.

Der Gute wird alt, dachte ich, als der Rentner sich aus dem Taxi hievte. Mühsam zog er sein Portemonnaie aus der Hosentasche, und ein Schein wechselte den Besitzer.

»Dieter, frohes neues Jahr«, schallerte er mir strahlend zu und humpelte auf einen Stock gestützt in meine Richtung.

»Es ist März, ein wenig spät für Neujahrswünsche.«

»Moment«, stieß Otto hervor, kramte ungelenk in seiner Manteltasche und beförderte ein Blatt Papier ans Tageslicht.

»Hier«, rief er triumphierend aus und deutete auf meinen Namen. »Ich notiere jedes Jahr, wen ich beglückwünscht habe. Hinter deinem Namen fehlt der Haken. Kein Glückwunsch ohne Haken, mein Bester.«

Der Gute schien zu viel Zeit zu haben. Außerdem hatten wir im Februar telefoniert, das hätte ich jederzeit beschworen.

»Sollte ich das wirklich vergessen haben?«, nuschelte Otto in den nicht vorhandenen Bart und kratzte sich am Hinterkopf, wobei er fast hingefallen wäre, wenn ich ihn nicht blitzschnell in den Klammergriff genommen hätte.

»Was ist denn mit dir los?«, fragte ich und begann mir wirklich Sorgen zu machen. »Komm erst mal rein, ehe du noch kollabierst.«

»Ich bin zurzeit etwas geschwächt, was aber keine Entschuldigung für diesen unverzeihlichen Fauxpas sein soll. Habe über eine Woche im Krankenhaus verbracht. Ich sage dir, das war kein Zuckerschlecken.«

Mittlerweile hatte ich den Rentner in einen bequemen Ledersessel bugsiert. Ich zog seinen Mantel aus und entblößte einen eleganten Dreireiher samt Armani-Krawatte. Ein Gentleman der alten Schule.

Nachdem ich noch eine Fußbank vor seinem Sessel platziert hatte, kredenzte ich einen Kaffee.

»Jetzt mal Butter bei die Fische. Was ist passiert?«

»Hast du momentan viel zu tun?«, erkundigte sich Otto und veredelte das dampfende Getränk mit Biomilch.

»Geht so. Beruflich sieht es entspannt aus. Kein Fall und genug Geld in der Schublade. Aber Freitag und Samstag ist meine Hochzeit mit Karin …«

»In fünf Tagen schon? Na, dann mal herzlichen Glückwunsch.« Otto schien im Moment wirklich durch den Wind zu sein, denn die Einladungskarten waren schon vor Wochen verschickt worden, und der liebenswerte Senior stand weit oben auf der Gästeliste.

Dies sagte ich ihm auch, was ihn zu einem Jubelsprung ansetzen ließ, den er aufgrund seiner schwachen Konstitution jedoch nur andeuten konnte. Streng genommen bewegte er sich nur drei Millimeter in die Höhe. Immerhin trat er die Fußbank um, die ich gleich wieder unter seinen Füßen positionierte.

»Auf jeden Fall scheinen alle heiß darauf zu sein, mich unter die Haube zu bringen. Mein Vater hat sich auf Malle eine junge Schickse angelacht. Obwohl ich diese Arabella noch nie getroffen habe, hat sie für morgen ihren Besuch angekündigt. Sie möchte absolut sichergehen, dass die Vermählung eines Nannen würdig ist. Da mein Vater den Großteil des Juxes bezahlt, kann ich kaum verhindern, dass sie sich einmischt«, grummelte ich und zuckte mit den Achseln.

»Und Karins Verwandtschaft möchte bestimmt auch ein Wörtchen mitreden?«

»Ihre Eltern sind schon vor Urzeiten gestorben. Es gibt nur noch einen Onkel plus Tante, die irgendwo nahe der holländischen Grenze leben. Der Bruder von Karins Mutter. Und natürlich ihr Bruder Gerhard Tilke, der Chefredakteur des Dülmener Kuriers. Bisher habe ich aber noch nichts über spezielle Wünsche der Schumann-Sippe gehört. Der Nannen-Clan ist da deutlich anstrengender.«

»Deine Mutter wird sich kaum blicken lassen, nach dem unschönen Hin und Her wegen der Erbschaft, richtig?«, fügte Otto hinzu und nahm einen Schluck aus der Tasse.

In der Tat hatte Mama sich nicht gerade damenhaft verhalten, als mein Vater im letzten Jahr eine ärztliche Fehldiagnose erhalten hatte und wir uns kurz vor einer riesigen Erbschaft sahen. Als sich herausstellte, dass sich mein alter Herr bester Gesundheit erfreute, hatte sie eine finanzielle Entschädigung für ihre Mühen verlangt. Doch das war eine andere Geschichte.

»Du wirst lachen«, schnaufte ich und grinste. »Während sie mir hier das Leben zur Hölle gemacht hat, hat sie unseren Dorfsheriff Reichert kennengelernt. Die Affäre hat zwar keine Woche gedauert, aber irgendwie will sie wohl doch bei der Hochzeit ihres Sohnes dabei sein. Da ich sie nicht eingeladen habe, hat sie wieder mit Kommissar Reichert angebändelt, und der ist natürlich prompt darauf reingefallen.«

»Du hast Ludger Reichert zu deiner Hochzeit eingeladen?« Otto war ein wenig überrascht, wusste er doch von meinem ambivalenten Verhältnis zu dem Polizisten.

»Ach, weißt du, bei meiner Profession kann ein guter Kontakt zum örtlichen Polizeiapparat weiß Gott nicht schaden, und so habe ich meinem Herzen einen Stoß gegeben und ihn auf die Liste gesetzt.«

Otto wechselte das Thema: »Aber Karin wohnt noch nicht hier, oder?« Er blickte sich fragend um. »Zumindest lässt in deiner Wohnung nichts auf die Anwesenheit einer Frau schließen.«

»Bis zur Hochzeit leben wir getrennt, dann ziehe ich zu Karin. Was aus meinem Kotten wird, haben wir noch nicht entschieden. Ist zwar eine alte Bruchbude, aber irgendwie hänge ich daran. Nun ja, kommt Zeit, kommt Rat. Aber jetzt zu dir: Warum warst du im Krankenhaus, und was kann ich für dich tun?«

Verlegen rieb sich Baumeister die Hände und druckste herum.

»Na los, gib Gas, meine Tiere warten auf Verköstigung.«

»Ist eine längere Geschichte, also wenn du zuerst Pedder füttern möchtest …«

»Geht schon. Also?«

»Du weißt, dass meine geliebte Frau schon lange tot ist und ich seitdem nie wieder etwas mit dem weiblichen Geschlecht angefangen habe. Doch auch im Alter ist man nicht vor Amors Pfeilen gefeit. Ich bin verliebt. Verschossen, verknallt wie ein Jungspund.«

Ich nahm einen kräftigen Hieb Kaffee und setzte mich aufrecht. Damit hatte ich nun wirklich nicht gerechnet.

»Meinen Segen hast du. Wer ist die Glückliche?«

»Wir sind noch nicht zusammen«, bemühte er sich hastig klarzustellen. »Ehrlich gesagt weiß ich noch nicht einmal, ob meine Gefühle erwidert werden. Sie ist eine tolle Frau, eine richtige Lady«, schwelgte Otto mit verklärtem Blick.

»Wo hast du sie kennengelernt, und wer ist es überhaupt?«

»Älteren Semestern wird in Dülmen nicht viel geboten. Das

kulturelle Programm lässt zu wünschen übrig. Ich habe schon einige Eingaben an die Stadt gemacht, aber natürlich ohne Resonanz.«

Baumeister war eine Seele von Mensch, aber seine Umständlichkeit raubte mir manchmal den letzten Nerv.

»Otto!«

»Schon gut. Kennst du das ›Hotel Metropol‹? Ein prächtiges Landhaus zwischen Dülmen und Coesfeld, idyllisch am Waldrand gelegen. Ernst Hofbauer, der Eigentümer, ist ein großer Kulturfreund. Seit Jahren holt er renommierte Künstler in sein Haus, die bunte Abende veranstalten.«

»Und?«

»Vor einem Monat war ich dort, weil mir im Seniorenheim die Decke auf den Kopf gefallen ist. Ich hatte zwar keine Ahnung, was geboten wurde, aber schließlich liebe ich Überraschungen.«

»Und dann hat Tina Turner im Duett mit Bonnie Tyler gesungen?«, schnatterte ich alter Scherzkeks.

»Gott bewahre, nicht meine Musik. Nein, auf dem Programm stand ein Liederabend mit Luna Mancini«, stieß er jubelnd hervor und blickte mich erwartungsvoll an, als müsse mir der Name etwas sagen.

»Nie gehört. Was singt die? Operetten, Verdi-Arien?«

»Die Frau singt alles. Ein Multitalent. Chansons berühmter Diven wie Leander und Dietrich, Jazzsongs wie ›Strange Fruit‹ von der Holiday, aber auch anspruchsvollen deutschen Schlager. Und sie sieht aus wie die fleischgewordene Sünde: blondes Haar in Locken, strahlend blaue Augen und eine stabile Figur.«

Auf meinen fragenden Blick fügte er eilig hinzu: »Die braucht sie als Sängerin. Ich bevorzuge sowieso barocke Frauen. Die zerbrechen mir nicht zwischen den Fingern. Ich habe noch nie eine so ergreifende Version von ›Je ne regrette rien‹ gehört wie von meiner Luna.« Er kicherte albern.

»Und ich soll dir jetzt Anbaggertipps geben? Alter Falter. Mein Freund Otto wandelt auf Freiersfüßen. Dass ich das noch erleben darf«, amüsierte ich mich. »Da gibt es Tonnen an Literatur: ›Wie bekomme ich sie ins Bett in zehn Minuten‹ oder ›Die perfekte

Masche‹. In einem Monat bist du zum Vorstadtgigolo ausgebildet, versprochen.«

»Blödsinn«, fauchte mein Gegenüber und winkte verärgert ab. »Ich ziehe die alte Schule vor. Pointierte Humoresken, ergreifende Geschichten aus meinem Leben und erlesene Geschenke. Irgendwann erliegt sie meinem Charme. Aber meine Zuneigung zu der göttlichen Sängerin spielt nur eine untergeordnete Rolle.«

»Hä?«

»Wie gesagt: Ich war ihr sofort verfallen und habe fortan jeden ihrer Auftritte besucht. Sie singt jeden Dienstag, Donnerstag und Sonntag im ›Metropol‹. Irgendwann habe ich allen Mut zusammengenommen und Luna um ein Autogramm gebeten. Ich hatte mir eine alte Platte von ihr besorgt: ›Wen Liebe quält. Ein bunter Schlagerstrauß‹«, merkte er verlegen an. »Luna ist sehr vielseitig. Jedenfalls zeigte sie sich begeistert, dass ich dieses Schätzchen besaß. Wir kamen ins Plaudern. Irgendwann fragte sie, ob ich bereits im Ruhestand wäre, was ich natürlich negiert habe.«

»Du bist Rentner, oder habe ich da etwas verpasst?«

»Schon, aber andererseits helfe ich dir häufig bei deinen Kriminalfällen. Ich habe mir sogar extra für diesen Zweck ein kleines Büro angemietet. Das Finanzamt akzeptiert mich als freiberuflichen Detektiv.«

»Mmh«, zeigte ich mich beeindruckt. Mein Freund Peter Gurkennase Grabowski hatte mir bereits von Ottos Übereifer berichtet. Aus Ottos Mund hörte ich die Geschichte jedoch zum ersten Mal.

»Luna war jedenfalls schwer beeindruckt. Ein solcher Ehrgeiz in meinem Alter sei ihr noch nicht untergekommen. Und das, obwohl ich mich zehn Jahre jünger gemacht habe. Also, falls du ihr begegnen solltest …«

»… gebe ich dein Alter korrekt mit fünfundsechzig an.«

»Du bist ein wahrer Freund. Jedenfalls ließ sie mich wissen, dass sie einen Detektiv gut gebrauchen könne. Luna wird nämlich gestalkt.«

»Seit wann? Kennt sie den Typen?«, hakte ich sofort nach und fischte reflexartig das Notizbuch aus der Schreibtischschublade.

»Seit einem halben Jahr erhält sie Drohbriefe und anonyme Anrufe. Außerdem wurde ihre Wohnung beschmiert.«

»Wo wohnt sie denn?«

»Ernst Hofbauer, du erinnerst dich, der Besitzer vom ›Metropol‹, hat für seine Künstler ein kleines Apartment in der Stadt gemietet.«

»Warum das denn? Sie kann doch viel besser im ›Metropol‹ wohnen, da kosten ihn die Zimmer doch keinen Cent.«

»Falsch. Die Hotelzimmer vermietet er an Gäste, dann verdient er mehr, als er für das Apartment zahlt.«

Schien ein brummender Laden zu sein, der jeglicher Wirtschaftskrise den Stinkefinger zeigte. Gefiel mir.

»Und wie schließen wir die Lücke von dieser Luna zu deinem Krankenhausaufenthalt? Oder bist du zudringlich geworden, und sie hat dich mit dem Mikro vertrimmt?«

Otto errötete. »Wenn du mich auf den Arm nehmen möchtest, gehe ich lieber.«

»Jetzt hab dich nicht so, war doch nur ein kleiner Scherz. Nun?«

»Ich habe Luna angeboten, mich mal umzusehen. Schließlich habe ich schon Mörder zur Strecke gebracht.«

Auf meinen ungläubigen Blick fügte er hinzu: »Jedenfalls bin ich stark involviert gewesen. Oder zumindest habe ich die entscheidenden Beschattungen durchgeführt. Und ich habe große theoretische Kenntnisse.«

»Ich habe doch gar nichts gesagt. Was weiter?«

»Sie fand die Idee gut. Also habe ich mich vorletzten Donnerstag an ihre Fersen geheftet, als sie vom ›Metropol‹ nach Hause gelaufen ist.«

»Gab es einen Grund, sie ausgerechnet an diesem Tag zu beschatten?«

»Eine exzellente Frage, aus dir spricht ein großer Detektiv. Zwei Tage zuvor hatte jemand ihre Haustür beschmiert: ›Verrecke, du Nutte!‹ Luna hatte eine Heidenangst. Selbstverständlich wussten wir nicht, ob gerade an diesem Donnerstag etwas passieren würde, aber wir hatten so ein Gefühl.«

»Und weiter?«

»Als Luna in ihr Apartment im ersten Stock verschwunden ist, habe ich mich im Hauseingang gegenüber postiert. Es passierte gar nichts, höchstens mal ein Auto, das die Straße entlangfuhr. Solange das Licht in ihrer Wohnung noch leuchtete, konnte ich wenigstens an sie denken, aber als dann alles dunkel war, wurde es so langweilig, dass ich eingeschlafen bin. Da ich aber nur einen leichten Schlaf habe, bin ich durch das Geräusch sofort aufgewacht.«

»Welches Geräusch?«, mimte ich den aufmerksamen Zuhörer.

»Es knackte, als ob jemand auf einen Ast getreten wäre. Als ich um die Ecke gelugt habe, um der Sache auf den Grund zu gehen, habe ich einen fürchterlichen Schlag auf den Kopf erhalten, und mir ist schwarz vor Augen geworden.«

»Das ist ja furchtbar.«

»Ja, stell dir vor, ich bin erst am nächsten Morgen von einem Mann auf dem Weg zur Arbeit gefunden und sofort mit dem Krankenwagen ins Elisabeth-Hospital gebracht worden. Gehirnerschütterung und starke Hämatome. Das klingt zwar nicht so wild, aber schließlich bin ich nicht mehr der Jüngste. Der Übeltäter muss mich wohl noch geschlagen und getreten haben, als ich schon bewusstlos auf dem Pflaster lag.«

»Darauf erst mal einen Wacholder«, seufzte ich mit entrüstetem Unterton und holte die entsprechenden Utensilien aus der Küche.

»Auf dich, Otto, dass du dem Tod noch mal von der Schüppe gesprungen bist. Prost.« Und zack, ließen wir unsere Köpfe nach hinten kippen.

»Und was noch schlimmer ist«, fauchte Baumeister und stellte sein Pinnchen auf den Tisch, »Lunas Fensterscheibe ist mit einem Pflasterstein eingeworfen worden, und an ebendiesem pappte ein Zettel mit der Aufschrift ›DU HURE WIRST DRAN GLAUBEN‹, und zwar in riesigen Lettern.«

»Der Täter scheint eine Aversion gegen das horizontale Gewerbe zu hegen. Hat das eventuell einen realen Hintergrund?«

»Du spinnst wohl, völlig ausgeschlossen«, schnauzte Otto und fuhr wie von der Tarantel gestochen hoch. Nun gut, so richtig hoch war das nicht.

»Die goldene Regel im Schnüfflergewerbe ist, sich nicht von persönlichen Befindlichkeiten leiten zu lassen. Vielleicht sollte ich deine Flamme einmal kennenlernen.«

Sofort strahlte Otto über alle vier Backen: »Du nimmst mir die Worte aus dem Mund. Aufgrund meines gesundheitlichen Zustandes bin ich für Detektivarbeit momentan leider nicht zu gebrauchen. Deswegen habe ich deinen Namen bereits ins Spiel gebracht.«

Der Fall reizte mich. Leicht verdientes Geld. Falls es solches zu verdienen gab.

»Ich helfe gerne, aber du wirst sicher verstehen, dass ich das nicht gratis machen kann. Umsonst ist schließlich nur der Tod.«

»Mal den Teufel nicht an die Wand. Aber ich kann dich beruhigen«, fuhr Otto fort und rieb Daumen, Zeige- und Mittelfinger aneinander, »Luna verdient ein Heidengeld an Tantiemen, sie wird dich angemessen entlohnen. Hauptsache, der Stalker wandert hinter schwedische Gardinen.«

Das war Musik in meinen Ohren.

»Da heute Sonntag ist, wird sie sicherlich im ›Metropol‹ auftreten, korrekt?«

»Gut aufgepasst. Heute Abend um sechs steht sie auf der Bühne.« Baumeister zog ein Briefkuvert aus der Jackentasche. »In weiser Voraussicht habe ich bereits eine Freikarte für dich organisiert. Luna freut sich wahnsinnig über deine Hilfe.«

Damit war alles geregelt. Nachdem Otto mir das Versprechen abgenommen hatte, ihn in meine Ermittlungen einzubeziehen, kippten wir noch einen Wacholder, und dann rief ich dem Rentner ein Taxi.

Kaum dass der Mercedes vom Hof gerollt war, bog mit ohrenbetäubendem Lärm Karins Trecker um die Ecke. Meine bessere Hälfte trug einen grauen Arbeitsanzug, darüber ein quietschgelbes Oberteil. Ich nahm mir fest vor, während unserer Ehe ihren Klamottengeschmack zu ändern. Aber auch trotz dieser eklatanten Geschmacksverirrung liebte ich sie, was einiges heißen sollte.

Mit einem stürmischen Kuss begrüßte sie mich: »Der leckerste

Mann im Münsterland und bald meiner.« Die Geschmacksprobe hatte ich also mit Bravour bestanden. Dann blickte sie auf meine Arbeitskluft und den Futtereimer: »Musst du Pedder und die Langohren sofort versorgen, oder hast du vorher noch Zeit für einen Kaffee?«

Schwuppdiwupp stand der Eimer wieder im Kiesbett. Händchenhaltend schlenderten wir ins Wohnzimmer. Mensch, war ich glücklich. Konnte mich nicht erinnern, wann ich das letzte Mal so verliebt gewesen war.

»Sehen wir uns heute Abend?«, hauchte mir Karin ins Ohr und zerzauste meine Frisur. »Ich brauche Streicheleinheiten. Dringend.«

»Stehe selbstverständlich zur Verfügung, weiß allerdings nicht, wann ich wieder zu Hause bin. Ein Job. Ich muss Otto ein wenig unter die Arme greifen.« In kurzen Sätzen informierte ich sie über den neuen Auftrag.

»Gut, ich werde nachher vorbeischauen, mich in dein Bettchen kuscheln und der Dinge harren, die da kommen.«

»Ein grandioser Vorschlag«, sagte ich, begeistert über die Aussicht auf erotische Genüsse.

Doch auf einmal wurde sie ernst: »Mal was anderes, Dieter: Wir haben ein Problem.«

»Was sollten wir für ein Problem haben? Frisch verliebt starten wir in eine wundersame Zweisamkeit, die die Welt aus den Angeln heben wird.«

»Spinner.« Meine künftige Göttergattin lachte laut auf und präsentierte ihre strahlend weißen Zähne. »Aber das Thema ist wirklich ernst. Ich habe dir doch von meinem Onkel Günter erzählt?«

»Dein Patenonkel, der mit seiner Frau Rosi auf einem Kotten lebt, der noch baufälliger ist als meiner? Klar.«

»Den beiden ist sehr an meinem Wohlergehen gelegen. Sie wollen absolut sicher sein, dass wir eine glückliche Ehe führen.«

»Das wollen wir auch, und?«

»Ich habe Tante Rosi gesagt, dass dein Vater seine neue Freundin Arabella vorbeischickt, um uns bei den Vorbereitungen zu helfen.«

»Hör auf, erinnere mich nicht daran.« Meine Laune verschlechterte sich rapide. »Wann wollte die kommen? Donnerstag, oder?«

»Morgen früh, Süßer. Und was soll ich dir sagen: Auch Onkel Günter und Tante Rosi wollen uns bei den Vorbereitungen unter die Arme greifen und dabei meinen zukünftigen Gatten ein bisschen unter die Lupe nehmen. Deshalb werden sie ebenfalls morgen anreisen.«

Ich stöhnte: »Ich habe keine Zeit für so einen Mist. Standesamt und Kirche sind gebucht, die Einladungen sind verschickt, das Lokal ist festgezurrt, mein Kumpel macht Musik, wir haben alles im Griff. Außerdem muss ich arbeiten, schon vergessen? Ich habe Otto mein Wort gegeben.«

Karin nickte. »Onkel Günter hat meiner Mutter am Sterbebett versprochen, sich um mich zu kümmern, deswegen fühlen sich die beiden verpflichtet. Wir können sie nicht abwimmeln. Außerdem finde ich es auch ein bisschen rührend.«

Es schien ihr wirklich viel daran zu liegen. Na gut, bedeutete Ehe nicht auch die Abkehr vom Egoismus?

»Meinetwegen, sollen sie kommen. Ich versuche auch, so oft wie möglich vorbeizuschauen. Obwohl mich die Arbeit ziemlich fordern wird.«

Karin schaute nachdenklich, aber nur für einen kurzen Augenblick, dann strahlte sie wieder.

»Ich wusste, dass du nichts dagegen hast. Arabella wohnt bei mir, die Heisterkamps bei dir, so lernen sich alle am besten kennen. Übrigens, Tante Rosi und Onkel Günter bringen ihren Sohn Jochen und den Dackel Tante Trudi mit.«

Karins Blase sollte bei mir hausen, das hatte gerade noch gefehlt. Und dazu noch ein kläffender Köter.

»Schatz, das ist keine gute Idee. Der neue Fall wird mich rund um die Uhr beschäftigen. Schließlich will ich die Sache zügig aufklären. Außerdem habe ich nicht genug Schlafplätze für deinen Clan. Es wäre am besten, wenn alle bei dir oder im Hotel übernachten würden.«

Diese schlüssige Argumentationskette überzeugte Karin. Oder auch nicht.

»Ein Hotel kommt nicht in Frage. Du hast ein Gästezimmer mit Doppelbett, Trudi legt sich vor den Kamin, und für Jochen kann ich ein Feldbett herüberschaffen.«

Meine Mundwinkel gingen ganz weit nach unten.

»Okay, Jochen übernehme ich, dann ist das gerecht geteilt.«

Meine Mundwinkel blieben immer noch, wo sie waren.

»Mein Gott, du musst sie doch nicht ständig bespaßen. Wir können abends zusammensitzen und ein wenig plaudern. Mir passt das auch nicht hundertprozentig in den Kram, aber da müssen wir durch.«

Ich gab meinem Herzen einen Stoß. »Na gut. Familie ist wichtig. Ich hoffe nur, dass die …«

»Heisterkamps.«

»Dass die Heisterkamps nicht so durchgeknallt sind wie meine Sippe.«

»Das machst du mit links.« Meine Herzdame zwinkerte mir neckisch zu. »Onkel Günter ist ein westfälischer Knurrkopf aus dem Bilderbuch, aber herzensgut. Tante Rosi ist gesprächiger, aber das wirst du selbst herausfinden, mein Stardetektiv.«

Nach ausgiebigem Exerzieren einer Erste-Hilfe-Kurs-Übung, der Mund-zu-Mund-Beatmung, zuckelte Karin von dannen, und ich konnte endlich zu den Ställen stiefeln.

Die Tiere waren Bestandteil eines Erbes, dem ich meinen Aufenthalt in Buldern zu verdanken hatte. Von meiner damaligen Freundin wegen geringfügiger Differenzen in Bezug auf Arbeitsmoral und Freizeitgestaltung auf die Straße gesetzt, hatte ich das Erbe meines verstorbenen Onkels Hugo Simon angenommen und war von der hektischen Ruhrgebietsmetropole Essen ins überschaubare Buldern gezogen, einen Ortsteil der unwesentlich größeren Stadt Dülmen. Zur Erbmasse zählten neben einem heruntergekommenen Kotten eine Sau und neun Kaninchen, die ich laut Testament aber nicht schlachten, sondern hegen und pflegen durfte. Eine immense Herausforderung für einen Großstädter, doch nach einer gewissen Eingewöhnungszeit hatte ich die Tiere tatsächlich lieb gewonnen. Als die Sau Wilpert, die ich nach einem heftigen Streit mit dem damaligen Bulderner Pfarrer nach ihm benannt hatte, verstarb – Gott sei ihrer Seele gnädig –, hatte ich bittere Tränen vergossen. Hätte mir zu meinen besten Essener Zeiten jemand erzählt, ich würde beim Tod eines Schweins Rotz und Wasser heulen, hätte ich ihn in die Geschlossene einweisen lassen. So änderten sich die Menschen.

»Hier kommt ein tolles Festmahl für meinen Liebling«, begrüßte ich das Schwein Pedder, ein Geschenk eines Dorfkumpels, um mich über Wilperts Ableben hinwegzutrösten.

»Hallo, jemand zu Hause? Mir geht es gut, ich hoffe, dir auch, mein pinkfarbener Freund.« Pedder rieb seinen Borstenleib an einem Holzpfosten und ignorierte mich geflissentlich. Wollten wir doch mal sehen. Und tatsächlich: Als ich das Futter in den Trog füllte, stürzte er sich laut quiekend auf den Tomaten-, Zucchini- und Auberginenbrei.

»Bist du jetzt zufrieden?«

Pedder grunzte. Na bitte.

Ich berichtete dem Allesfresser von meinem neuen Fall.

»Was meinst du? Keine große Sache für den Meisterdetektiv, oder? Schön, dass du an mich glaubst.«

Mit diesen Worten kletterte ich ins Gehege und streichelte das Borstenvieh. Leider nahm Pedder dies zum Anlass, seinen verdreckten Astralleib an meiner Jeans zu reiben.

»Nannen, du lernst es nie«, verfluchte ich mich augenblicklich und verließ den Schweinekoben.

Die Kaninchen waren zu keiner Konversation bereit, sondern wetzten ihre Zähne an dem Löwenzahn, als würde er morgen verboten werden. Also flugs ein Extralob für ihr Essverhalten. Da keines der Langohren unter Magersucht oder anderen Essstörungen litt, konnte ich davon ausgehen, dass sie bei mir glücklich waren. Schön. Ich wünschte meinen Mitbewohnern einen phantastischen Tag und empfahl mich. Dann steckte ich meine Kleidung in die Waschtrommel und mich in die Badewanne.

## Die Flamme flackert

Um vier warf ich mich in Schale, dunkelblauer Anzug mit weißem Hemd, dazu eine mit Jugendstilornamenten verzierte Krawatte. Schließlich musste ich bei Ottos Flamme Eindruck schinden. Mein neuer Escort war leider nicht gewaschen. Neu war natürlich maßlos übertrieben. Mein letztes Auto, ein antiker Ford Capri, hatte Benzin geschluckt wie ein Alkoholiker Schnaps. Durch eine glückliche Fügung des Schicksals war es mir jedoch gelungen, den Spritvernichter an einen Liebhaber zu verscherbeln, und das sogar mit Gewinn. Der zehn Jahre alte Escort war ein Quantensprung an Energieersparnis.

An dem halb zugewachsenen Waldweg fuhr ich drei Mal vorbei. Nur ein mikroskopisch kleines, mit Moos bewachsenes Holzschild wies auf das »Metropol« hin. Nach holpriger Fahrt durch Millionen von Schlaglöchern erblickte ich den Kulturtempel. Otto schien eine neue Brille zu brauchen, denn von Idylle war bis auf den Wald ringsum nichts zu erblicken. Der dreigeschossige Backsteinbau hatte seine besten Zeiten weder erlebt, noch würde er sie jemals erleben. In der Leuchtreklame auf dem Dach fehlte das »l«, sodass der zweideutige Name »Metropo« in roten Lettern leuchtete.

Ich öffnete die mit abblätternder Isolierfarbe gestrichene Holztür und fand mich in einem schummrigen Schankraum wieder. Ein älterer Herr im karierten Hemd, das mit Hilfe von Hosenträgern an den dürren Körper gepresst war, löffelte Erbsensuppe und lugte in die Bildzeitung, ansonsten war der Raum gästefreie Zone.

»Pilsken?«, brummte mich ein bärtiger Kellner in schwarzer Lederweste an. Er trug ein zu oft gewaschenes braunes Hemd zu einer blauen Hose. Im rechten Bein sorgten Brandlöcher für Mailänder Chic.

»Ich möchte zum Konzert von Luna Mancini«, brachte ich mein Anliegen vor und fragte mich zeitgleich, ob ich mich in der Location geirrt hatte. Die Bruchbude kam mir nicht so vor, als ob hier etwas Besseres als ein röhrender Hirsch musizieren würde. Hinter der Theke tropfte Wasser von der Decke in eine Plastikschüssel, und die nikotingelbe Raufasertapete warf Blasen.

»Oberster Stock, viel Spaß«, brummte er nur, dann widmete er sich dem Spülen von Biergläsern, für wen auch immer.

Durch eine Tür aus Milchglas gelangte ich in ein dunkles Treppenhaus und stiefelte die drei Etagen nach oben. Auch hier wirkte die Gestaltung des Inneren wenig anheimelnd. Die Tapete hatte sich teilweise von der Wand gelöst, und Schimmel machte sich in den Ecken breit. Großformatige Poster von Schafen und Schweinen waren zwar sympathisch, aber wenig passend. Wenn Hofbauer in dieser Bruchbude Zimmer vermieten konnte, durfte es sich nur um Einmal-Kunden handeln. Unverständlich, dass er dieser Luna aus Gewinnerwägungen ein Apartment in der Stadt gemietet hatte. Ich vermutete eher, dass die Sängerin nicht in diesem Horrorhotel wohnen wollte. Konnte ich ihr nicht verdenken.

Oben musste ich mich zwischen zwei Türen entscheiden. Die eine führte laut Messingschild zu den Zimmern, die andere zum Festsaal. Letztere wählte ich. In dem volleyballfeldgroßen Raum war am hinteren Ende ein Flügel aufgebaut. Links eine kleine Bar, wo ein dürrer Mann Bier zapfte. Er trug einen grauen Schnäuzer, sein kahler Schädel wurde umrandet von einem grauen Haarkranz. In der Raummitte standen zwei Dutzend Kaffeehaustische, rund ein Drittel mit Gästen besetzt. Mit dem Gefühl, in einen Jungbrunnen gefallen zu sein, orderte ich eine Gerstenkaltschale und hockte mich an einen freien Tisch in der ersten Reihe.

Die Bühne oder besser gesagt das Holzpodest, das als Bühne fungierte, war noch verwaist. Immerhin einen Hauch vom Ambiente der Mailänder Scala versprühte ein imposanter Kronleuchter, der mittig über dem Podium angebracht war. Als Lichtquelle dienten jedoch zwei antike Scheinwerfer am Bühnenrand, was durchaus Sinn machte, zeichneten sich doch die Kronleuchterbirnen durch Abwesenheit aus. Wahrscheinlich wollte der

Besitzer aber nur nicht das Risiko des zusätzlichen Gewichtes eingehen: Der Lüster hing nur an einem dünnen Kabel. Die hier auftretenden Stars mussten also nicht nur künstlerische Höchstleistungen vollbringen, sondern auch noch Nerven wie Drahtseile haben. Ich jedenfalls hätte mich keine fünf Sekunden unter dem Monsterteil aufgehalten.

Zu meinem großen Erstaunen entdeckte ich an der rechten Seite des Saales einen Reporter vom Dülmener Kurier, dem örtlichen Käseblatt. Es handelte sich zwar nicht um den Chefredakteur Gerhard Tilke, Karin Schumanns Bruder und damit bald zu meiner Verwandtschaft zählend, aber der Button auf der Jeansjacke und der Aufdruck auf seiner Baseballkappe gaben eindeutige Hinweise auf seinen Arbeitgeber. Ich freute mich jetzt schon auf die morgige Lektüre des dreiseitigen Artikels beim Frühstück.

Nach drei Schlucken Krombacher öffnete sich eine Seitentür, und heraus trat ein Mann, Mitte zwanzig, wie ich mit Anzug und Binder bekleidet. Seine hellblonden Haare hingen modisch über der Stirn, im rechten Ohr funkelte ein Brilli. Am Hals konnte ich eine Narbe ausmachen. Kurz ließ er seinen Blick über das Publikum streifen, dann drehte er sich um und winkte in die Tür hinein.

Die Frau, die den Raum betrat, musste Luna sein, denn augenblicklich setzte frenetischer Applaus ein. Ein Mann mit rotem Vollbart erhob sich sogar und stampfte auf den Boden. Dennoch blieb die akustische Kulisse bei der geringen Zuhörerschar etwas dünn.

Der Blonde setzte sich an ein Mischpult, während Luna die Bühne bestieg. Otto sollte dringend mal einen Termin beim Augenarzt machen, schoss mir durch den Kopf. Hatte er nicht Mancinis Äußeres in den höchsten Tönen gelobt? Für mich sah sie einfach nur verlebt aus. Das schwarze Galakleid musste sie zu Beginn ihrer Karriere erworben haben. Ihre wallende Lockenmähne wirkte ungepflegt. Dick aufgetragene Schminke und Modeschmuck zeugten von wenig Geschmack, zumindest von wenig gutem. Ihr Alter schätzte ich auf sechzig.

»Hallo, Dülmen«, begrüßte sie uns mit rauchiger Stimme, »dieses Lied widme ich euch.«

Der Blonde drückte auf irgendwelche Knöpfe, und ein Blasmusik-Playback startete: »Tief im Münsterland steht ein Bauernhaus, so hübsch und fein. Tief im Münsterland steht ein Bauernhaus, so hübsch und fein. Aus diesem Bauernhaus, da schaut ein Mädchen raus, im schönen, schönen Münsterland. Da wird die Sau geschlacht, da wird die Wurst gemacht, im schönen, schönen Münsterland.«

Das schien ja ein toller Abend zu werden. Im Geiste verfluchte ich Freund Baumeister. Allerdings war das restliche Publikum anderer Meinung, denn es rastete förmlich aus. Vor allem der Rotbärtige konnte sich kaum halten vor Begeisterung.

*»Merci bien«*, hauchte die Diva ins Mikro und versuchte sich an einem Augenaufschlag, der tierisch in die Hose ging. »Marc«, fuhr sie dann den Brilliträger an. »Da sind viel zu wenig Bässe auf dem Monitor. So kann ich nicht arbeiten, verdammt noch mal.«

Hektisch bastelte der Tontechniker am Pult herum.

»Wird das noch was heute?«, fauchte sie mit einer Stimme, in der etliche Gläser Wein mitschwangen. Mir wurde immer rätselhafter, was Otto Baumeister in dieser Frau sah.

Leider wurden die Tonprobleme zügig behoben, sodass meine Ohren mit volkstümlichen Versionen von »Je ne regrette rien«, »My Way« und »Weine nicht, kleine Luna« malträtiert werden konnten. Ein wahrhaft buntes Programm, das mir zu schrill war, den anderen Zuhörern jedoch zu gefallen schien.

Nach einer Stunde kündigte die Diva eine Pause an und verschwand im Backstage-Bereich. Der Blonde folgte, ebenso Dieter Nannen.

Als ich die Garderobe betrat, hockte die Trällertante an einem schwarzen Klapptisch und kippte sich den Inhalt eines Plastikbechers, der wie Whiskey aussah und roch, in den Rachen.

»Ich habe Pause. Zutritt nur für Personal. Marc, gib ihm eine Autogrammkarte und weg mit ihm«, keifte sie, während ich zutiefst bereute, mich in Ottos Fall eingeklinkt zu haben. Aber Versprechen musste man halten, deshalb ließ ich mich nicht abwimmeln.

»Ich bin kein Fan, zumindest noch nicht. Ich heiße Dieter Nannen, bin ein Freund von Otto Baumeister und Privatdetektiv. Sie sollen ein Problem mit einem Stalker haben, und ich bin derjenige, der es lösen wird.«

Luna leerte ihren Becher in einem Zug und fuchtelte wild in der Gegend herum: »Lass ihn rein, Marc. Sei nett zu ihm, verdammt noch mal.«

Marc zwinkerte mir entschuldigend zu: »Verzeihen Sie, wir dachten, Sie seien ein Fan. Und Luna muss sich bei ihrem anstrengenden Programm in der Pause erholen. Da ist jede Störung pures Gift.«

Klar, für ein entspanntes Tête-à-Tête mit Johnnie Walker.

Ich schloss die Tür und setzte mich der Sängerin gegenüber. Der Schlagerstar sah abgewrackter aus als die Titanic zwanzig Jahre nach ihrem Untergang. Die Krähenfüße unter den Augen konnten selbst mit zentimeterdicker Schminkeschicht nicht verdeckt werden. Das blonde Haar war so verfilzt, als sei vor langer Zeit die Shampoo-Prohibition in Kraft getreten. Der Lippenstift war unregelmäßig aufgetragen. Nichtsdestotrotz schien es genug Herren zu geben, die Luna vergötterten. Warum sich also um gutes Aussehen und Benehmen kümmern?

»Darf der Herr bei unserem Gespräch dabei sein?«, fragte ich höflich nach und wies dabei mit dem Finger auf das zweite männliche Wesen in diesem Raum.

»Ach«, schnaufte sie und verdrehte die Augen. »Das ist Marc Kaiser, mein Manager. Der kümmert sich um die Dinge, die einen Schöpfergeist wie mich nur unnötig belasten würden. Auftritte vereinbaren, Werbung machen, Einkäufe tätigen. Marc putzt sogar mein Klo, wenn ich es verlange.«

Marc wirkte verlegen, nickte aber: »Für meine Schäfchen tue ich alles. Vor allem für eine solch göttliche Künstlerin wie Luna Mancini.«

Irgendwie schienen alle Menschen in der Nähe der Schlagertante einer Gehirnwäsche unterzogen worden zu sein. Was besaß sie nur, das ich nicht erkannte?

»Seit wann werden Sie von dem Stalker belästigt, Frau Mancini?«

»Du darfst mich Luna nennen«, verkündete sie huldvoll. »Vor ungefähr einem halben Jahr fing alles an. Erst kamen nur schmutzige Drohbriefe, aber seit einem Monat wird mein Haus beschmiert. Wissen Sie, mir ist natürlich bewusst, dass ich als international renommierte Sängerin auch mit vielen primitiven Fans leben muss. Aber primitiv hin oder her, sie kaufen halt meine CDs. Nichtsdestotrotz ist eine Künstlerseele sehr sensibel, und so haben mich die Briefe und erst recht die Schmierereien schon mitgenommen. Und jetzt hat der Wahnsinnige auch noch den guten Herrn Baumeister niedergeschlagen. Ich habe richtig Angst, das kannst du mir glauben.«

Und wieder ein Hieb aus dem Plastikbecher.

»Was kommt als Nächstes? Vielleicht vergeht er sich sogar an mir.« Sie erschauderte und goss sofort Fusel nach.

Mit dieser Frau wollte mein Freund etwas anfangen?

»Haben Sie die Briefe aufbewahrt?« Ich hatte mich entschieden, sie nicht zu duzen.

»Marc, hol das Dreckszeug aus meiner Wohnung, aber dalli!«, fuhr sie den armen Kerl an. Schien eine echte Freude zu sein, als Manager für Luna tätig zu sein.

»Aber Luna«, protestierte Marc. »In zehn Minuten musst du wieder auf die Bühne.«

»Die Schwachköpfe können warten, schließlich haben die mich schon oft genug gehört. Sind eh immer dieselben. Die Dülmener haben einfach keinen Draht zu hoher Kultur. Das nächste Mal verschaffst du mir ein Engagement in Düsseldorf oder Berlin. Jetzt hau schon ab.«

Marc verdrehte die Augen und schüttelte den Kopf, verließ aber wortlos den Raum.

»Gleich bekommen Sie den ganzen Schmutz, mit dem ein Star wie ich zugeschüttet wird. Liebesbriefe, Bettelschreiben, Morddrohungen. Von Männern und Frauen, von Pennern und

Vorstandsvorsitzenden. Ruhm ist ein Fluch, Jungchen, glaube mir.«

»Waren alle Briefe anonym?«, stellte ich eine rhetorische Frage.

Luna lachte sich scheckig: »Die Drohbriefe natürlich. Die Liebesbriefe sind größtenteils unterschrieben. Die Typen wollen Dates, heiße Liebesnächte, manchmal werden sogar Heiratspläne geschmiedet. Ist Ihnen der rotbärtige Mann im Publikum aufgefallen?«

Nicken.

»Der hat mir ein Dutzend Briefe geschickt. Es fing ganz zurückhaltend an, aber im Laufe der Zeit wurden die Schreiben immer intimer. Falls Sie Details über seine erotischen Phantasien erfahren möchten, bin ich die richtige Ansprechpartnerin. Einfach ekelhaft. Aber solange er Eintritt zahlt und mein Merchandise kauft, darf er träumen, was er will.«

»Kennen Sie seinen Namen?« Verschmähte Verehrer waren für einen Privatschnüffler immer interessant.

»Klar. Hans Superdampf. Oder Hajo Bredenhengst. Oder Geiler Jo. Wirklich einfallsreich, nicht wahr?«, röhrte sie und kippte den Hochprozentigen in einem Schluck hinunter. Ihre Augen wirkten immer glasiger. »Sein richtiger Name ist Hans-Joachim Bredenbach, ein ganz übles Subjekt. Er hat eine Frau und zwei Kinder, aber für mich würde er sich sofort von seiner Familie trennen. So einen Mist lässt der ab, ungelogen. Er wohnt in Münster und reist seit einem halben Jahr hinter mir her. Der Typ ist gaga, aber ich bezweifle, dass er meine Hauswand bekritzelt hat. Dafür ist er zu verschossen in mich.«

»Ich werde ihn mir vorknöpfen. Vielleicht verwindet er nicht, dass Sie ihn verschmähen. Und dann wird aus Liebe schnell Hass.«

»Bist mir ja ein schöner Hobbypsychologe«, spottete sie. »Egal, wie du es anstellst, aber schaff mir diesen Stalker vom Hals. Nicht nur, dass er mir eine Heidenangst einjagt, nein, die Nachbarn schauen mich auch schon schief an, und Tratsch oder üble Nachrede kann sich ein Künstler in meiner Liga nicht leisten. Dann ist es ganz schnell vorbei mit Glanz und Gloria.« An mangelndem Selbstbewusstsein litt Luna nicht, so viel stand fest.

»Okay. Ich koste zweihundert pro Tag plus Spesen plus Märchensteuer«, wies ich auf einen wichtigen Punkt hin, zumindest für mich.

»Ooh«, stöhnte Luna, griff sich mit der einen Hand theatralisch an die Schläfe und goss mit der anderen Whiskey nach. »Du willst Geld. Der gute Herr Baumann hat kostenlos ermittelt. Schließlich handelt es sich um einen Notfall.«

»Baumeister, nicht Baumann. Otto ist Amateur und deshalb brutal zusammengeschlagen worden. Ich bin Profi, und der hat natürlich seinen Preis. Dafür garantiere ich, den Stalker zu fassen.«

Bevor Luna den nächsten filmreifen Auftritt hinlegen konnte, betrat Marc Kaiser die Garderobe, mit Schweißperlen auf der Stirn.

»Ich bin mit hundertzwanzig durch die Landschaft gebrettert. Du musst sofort auf die Bühne, mein Engel. Die Gäste werden unruhig. Ernst hat auch schon gemosert.«

Er überreichte mir einen Karton. »Hier sind alle Briefe der letzten Monate. Viel Spaß bei der Lektüre.«

»Dieter will Geld«, brachte Luna ihren Manager auf den neuesten Stand.

»Wie viel?«

»Zweihundert pro Tag.«

»Plus Spesen.« Ordnung musste sein.

Marcs Stirn legte sich in Falten: »Das ist viel Geld, zu viel, wenn du mich fragst. Ich denke, wir sollten Herrn Baumeister weiterermitteln lassen.«

»Otto wird in der nächsten Zeit kaum helfen können, aber es ist einzig und allein Ihre Entscheidung, ob Sie mich engagieren oder nicht. Guter Lohn für gute Arbeit, und ich bin gut«, adaptierte ich Lunas Selbstbeweihräucherungsstil.

»Blödsinn. Sie bekommen zehn signierte CDs und lebenslang freien Eintritt zu meinen Konzerten«, blökte sie. Entweder war ihr die Peinlichkeit dieses Angebots nicht bewusst, oder sie war sternhagelvoll. Bei Betrachtung des Luftanteils im Flascheninnern eher Letzteres.

»Akzeptieren Sie meine Konditionen oder suchen Sie sich einen anderen. Wir sind hier nicht auf dem Basar.«

Freundschaft zu Otto hin oder her. Mit der Frau würde er sowieso nicht glücklich werden.

Ich erhob mich.

»Hundertfünfzig inklusive Spesen und ein Abendessen mit mir.« Mancini bewegte sich ebenfalls in die Vertikale. Dabei schwankte sie bedenklich.

Ich tippte an die nicht vorhandene Hutkrempe: »Auf Wiedersehen und viel Glück.«

Als ich die Klinke schon in der Hand hatte, hörte ich Luna meinen Namen rufen beziehungsweise lallen.

»Ja bitte?«

»Sie haben den Job. Wenn ich mir einen überbezahlten Manager leisten kann, steckt ein schweineteurer Schnüffler auch noch drin. Was soll es? Ich muss mich abfinden, dass man als Star von solchem Kroppzeug umgeben ist.«

Tickte diese abgetakelte Fregatte noch richtig?

»Suchen Sie sich einen anderen Dummen, ich will den Auftrag nicht. Ein schönes Leben noch.«

»Bleiben Sie bitte.« Sie versuchte mich am Ärmel festzuhalten, schlug aber stattdessen ein Loch in die Luft. Mittlerweile durfte sie gut und gerne zwei Promille intus haben. »Entschuldige, war nicht so gemeint. Frag Marc, ich bin halt impulsiv und meine nicht immer, was ich sage. Würdest du für mich arbeiten?« Als sie meine genervte Mimik registrierte, beeilte sie sich, ein »Bitte, bitte« hinzuzufügen.

Diese Frau machte mich aggressiv, zudem war ich auf den Job nicht angewiesen.

Aber zwei Dinge sprachen dafür: Zum einen hatte ich Otto mein Wort gegeben, zum anderen bot Luna mir die Chance, mich aus den Hochzeitsvorbereitungen und der Bespaßung der Nannen- und Schumann-Sippe auszuklinken.

»Okay, einverstanden. Tausend Euro Vorschuss, und wir sind im Geschäft.«

»Gib ihm das Geld«, schnauzte Luna den leidgeprüften Manager an. »Worauf wartest du? Dass ich die Penunzen aus den Ärmeln schüttle?«

»Tut es auch ein Scheck? Derartige Summen trage ich gewöhnlich nicht in bar mit mir herum.«

Nicht mit mir. Dieser Tingeltangelsängerin traute ich keinen Millimeter über den Weg. Zudem war angesichts der Zuhörermassen fraglich, dass sie die Kohle überhaupt hatte. Also blieb ich unerbittlich.

»Ich werde Ernst um einen Vorschuss bitten. Schließlich gastierst du noch den kompletten nächsten Monat hier«, nuschelte Marc und verschwand, nur um kurz darauf wiederaufzutauchen.

»Bitte«, seufzte er und drückte mir zehn Scheine in die Hand. »Ernst tut alles für die große Luna Mancini. Er bittet nur inständig, dass du wieder auf die Bühne kommst.«

Zufrieden verstaute ich die Penunzen in der Hosentasche und tauschte mit Marc Kaiser die Kontaktdaten aus. Dann ging es zurück in die Konzertarena.

## Die Flamme erlischt

Der Pressefuzzi hatte sich in der Pause vom Acker gemacht. Er verpasste jedoch nichts, denn die zweite Hälfte startete, wie die erste geendet hatte. Langweiliges Schlagergedudel, bei dem inflationär mit dem Wort »Liebe« umgegangen wurde. Hin und wieder wurde aber auch »Amore« oder »Love« benutzt, schließlich hatten wir es mit einer international renommierten Künstlerin zu tun. Professionell war Mancini aber allemal, denn ihren Alkoholpegel merkte man ihr zu keiner Sekunde an.

Bei einer eigenwilligen Interpretation von »Ganz in Weiß« registrierte ich kurz vorm Entschlummern, dass der Kronleuchter bedrohlich zu wackeln begann. Bevor irgendwer anders überhaupt etwas bemerkte, machten sich die Reflexe eines gewissen Dieter R. Nannen selbstständig. Er hechtete auf die Bühne und stieß die Sängerin mit aller Wucht zur Seite. Noch gerade rechtzeitig für Luna, aber zu spät für den selbstlosen Detektiv, denn ihn durchfuhr ein furchtbarer Schmerz an der linken Wade, als er vom Lüster erwischt wurde.

Der einzige, aber auch wirklich einzige Vorteil dieses spektakulären Unfalls war der sofortige Konzertabbruch. Als nach der obligatorischen Schrecksekunde alle Zuhörer auf die Bühne geklettert waren, um Lunas Händchen zu tätscheln – mein Befinden interessierte sie nicht die Bohne –, hatte Marc Kaiser die Vorstellung für beendet erklärt und anschließend sämtliche Gäste aus dem Saal gescheucht.

Wir standen zu dritt auf der Bühne und starrten auf die Überreste des Kronleuchters.

Luna verarbeitete den Schock mit einem kräftigen Hieb Whiskey. Dieses Mal nahm die goldbraune Flüssigkeit aber nicht den Umweg über den Becher, sondern floss direkt aus der Flasche in den Rachen.

»Bring mich nach Hause, ich bin fix und fertig«, lallte sie in Richtung ihres Managers.

»Sofort. Sind Sie okay, Herr Nannen? Was macht Ihr Bein?« Zumindest Marc zeigte ein wenig Anteilnahme an meinem Schicksal.

»Ist schon in Ordnung. Ich bleibe noch ein bisschen hier zur Regeneration, dann haue ich auch ab.«

»Danke für Ihre Hilfe. Sie haben Luna das Leben gerettet.«

»Ja, vielen Dank«, schaltete Mancini sich ein, »und jetzt los.«

Kaiser musste die Sängerin beim Verlassen des Saals stützen, so stark alkoholisiert war sie mittlerweile.

Mein Wunsch, noch ein wenig zu bleiben, hatte weniger therapeutische als vielmehr kriminalistische Gründe. Meiner Wade ging es wieder prächtig, sodass ich sogar auf die Trittleiter steigen konnte, die ich vom Abstellraum zur Bühnenmitte geschleppt hatte. Keiner außer mir schien nämlich den kleinen Blitz an der Decke bemerkt zu haben, bevor der Kronleuchter den erneuten Beweis für die Existenz der Schwerkraft geliefert hatte.

Und tatsächlich: In dem faustgroßen Loch in der Decke steckte eine kleine Gerätschaft, die bestimmt manches Bastlerherz höher hätte schlagen lassen. Da ich nicht zu dieser Gruppe zählte, konnte ich mich weder für das technische Etwas begeistern noch analysieren, was ich da in Händen hielt. Das sah mir schwer nach einem Besuch bei meinem Kumpel Guido von Elektro & More aus.

»Was treibst du da auf der Leiter, Freundchen, sieh zu, dass du Land gewinnst!«

Ich war nicht mehr allein.

»Wird gemacht.« Ich verspürte wenig Lust auf eine Konfrontation mit dem Kellner.

»Sie hatten doch während der Veranstaltung den Raum im Blick«, sagte ich, als ich wieder festen Boden unter den Füßen hatte.

»War das eine Frage? Wer sind Sie überhaupt?«

Freundlichkeit definierte man anders.

»Dieter Nannen, Lunas persönlicher Bodyguard.«

»Davon hat sie mir nichts erzählt. Ich bin Ernst Hofbauer, der Inhaber dieses Etablissements.«

»Ich bin auch erst vor einer Stunde engagiert worden, und wie es scheint, völlig zu Recht.«

»Soso.«

»Ich stelle mir gerade die Frage, ob sich jemand an Ihrer Prunkbeleuchtung zu schaffen gemacht hat.«

»An der verdammten Lampe mache nur ich mich zu schaffen!«

Offenbar war es mir nicht gelungen, das Gespräch in ruhigeres Fahrwasser zu navigieren.

»Weder vor noch während der Veranstaltung habe ich etwas Verdächtiges gesehen. Warum auch? Wir sind ein ordentliches Haus und wissen, was sich gehört. Oder sind Sie da etwa anderer Meinung?«

»Fakt ist, dass Frau Mancini vom Leuchter fast erschlagen worden ist.«

»Dinge gehen kaputt. Das war so, ist so und wird so bleiben. Morgen rufe ich den Elektriker an, und fertig ist die Laube. Also schreiben Sie sich hinter die Ohren: Es war ein stinknormaler Unfall, nicht mehr und nicht weniger.«

Während ich überlegte, ob es stimmen konnte, dass er tatsächlich nichts gesehen hatte, stiefelte er zum Tresen und zapfte zwei Bier.

»Auch ein Pils, Meister? Geht aufs Haus.«

Offensichtlich ein Friedensangebot. Ich nahm die Offerte an, und so verließ ich wenig später leicht beschwipst die Stätte des visuellen und akustischen Grauens.

»Na toll«, dachte ich, als ich den Ford durchs nächtliche Münsterland prügelte. »Heute übernehme ich einen beschissenen Fall, und morgen rocken die Heisterkamps an. Oh, du wundervolles Leben.«

Am Nannen'schen Anwesen versperrte ein verdreckter Trecker die Hofeinfahrt. Mühsam schob ich mich an ihm vorbei, wobei die rechte Wagenseite an Brombeersträuchern entlangschrammte. Erneut beglückwünschte ich mich zu meinem Grundsatz, ausnahmslos Gebrauchtwagen zu fahren.

Vor meiner Kemenate stand ein Pärchen in der Dunkelheit.

Der Mann, Mitte sechzig, stocherte mit einem Zollstock in meiner Fachwerkfassade herum. Er trug eine Latzhose am Leib, einen Hut mit Feder auf dem Kopf und eine unangezündete Pfeife im Mund. Die etwa gleichaltrige Frau war in einen schwarzen Poncho gehüllt und hatte die braun gefärbten Haare so hoch toupiert, dass sie garantiert die Genehmigung der Flugaufsichtsbehörde eingeholt haben musste.

»Was machen Sie da?«, fragte ich unwirsch. Als ein Junge mit Dackel um die Ecke bog, beantwortete sich die Frage von selbst.

»Ich will nach Hause«, nölte der Junge. »Kev und Gonzo dürfen Playsi daddeln, und ich muss mich mit den blöden Verwandten rumärgern.«

»Deine Verwandten sind nicht blöd, Jochilein. Und die Videospiele laufen dir nicht weg«, ermahnte ihn die Lady mit erhobenem Zeigefinger. Und dann zu mir: »Du bist bestimmt der Dieter?«

»Die Heisterkamps«, stellte ich lakonisch fest.

»Entschuldige, dass ich sofort beim Du bin, aber schließlich sind wir bald verwandt«, plapperte Rosi drauflos, umarmte mich und kniff mir in die rechte Wange. Puh, ein schreckliches Parfum. Leicht benommen befreite ich mich.

»Du bist Rosi, und das sind Günter, Jochen und Trudi«, rekapitulierte ich die Namen.

Jochen gab mir höchst widerwillig die Flosse und wischte sie danach demonstrativ an seinem Parka ab. Günter schien an einem Händeschütteln mit dem berühmten Bulderner Privatdetektiv nicht interessiert, sodass ich meine Tatze wieder in die Tasche steckte.

»Marode«, krakeelte er und zeigte mit dem Zollstock auf mein Haus. »Ich habe mir alles angesehen. Das Fundament, die Holzbalken, die Lehmfüllung. Katastrophal. In einem Jahr ist die Hütte eingestürzt.« Jetzt wies der Stock auf mich. Ich fühlte mich angeklagt.

»Ich habe diese Villa geerbt, und für eine Generalüberholung fehlte bisher das nötige Kleingeld.«

»Marode«, wiederholte Günter wütend. Dann erzählte er Rosi etwas in einer Sprache, die nach Niederländisch klang.

»Jetzt hab dich nicht so«, fauchte Rosi ihren Göttergatten an und an mich gewandt: »Er will hier nicht übernachten, weil er Angst hat, dass dein Haus einstürzt.«

Das kam mir gelegen: »Ihr könnt gerne bei Karin schlafen. Da ich euch sowieso erst morgen erwartet habe, ist auch noch nichts vorbereitet.«

»Günter hat das Bauernorakel befragt, und das meinte, dass heute ein besserer Reisetag sei. Da unser Jeep zur Inspektion ist, mussten wir leider den Trecker nehmen. Wir waren zuerst bei Karin, aber sie war nicht daheim. Also sind wir zu dir gefahren. Hach, wie ist das schön. Eine Hochzeit!« Erneut wurde meine Wange in Mitleidenschaft gezogen, zur Abwechslung aber die linke.

»Bauernorakel?«

»Eine Spinnerei«, mischte sich Jochen vorlaut ein. Der Junge hatte einen Mecki-Haarschnitt, der etwas aus der Mode war. Dazu weite Jeans und einen Bundeswehrparka, wie sie in meiner Jugend modern waren.

Günter zeterte wieder los, leider oder zum Glück erneut in Fremdsprache.

»Kannst du kein Deutsch sprechen?«, wurde er sofort vom Sohnemann angefahren. »Bis auf Mama versteht hier keiner dein Scheiß-Platt.«

»Eine Woche Playstation-Verbot. Verstehst du das, Junge?«

»Das finde ich krass ungerecht. Sag doch auch mal was, Frank.«

»Dieter«, korrigierte ich. »Und dein Ton passt mir ehrlich gesagt auch nicht.«

Auf Günters Gesicht deutete sich so was wie ein Lächeln an.

»Wir haben einen Ziegenbock namens Siegbert. Um das Orakel zu befragen, deponieren wir Zettel mit den möglichen Antworten in verschiedene leere Eimer. Dann lassen wir Siegbert los. Und was soll ich dir sagen: Er läuft immer zum Kübel mit der richtigen Antwort«, erklärte er, unterstützt von ausladenden Arm- und Handbewegungen.

»Aha.«

»Immer!«, insistierte Günter, während Jochen trotzig auf den Boden rotzte. »Ich frage ihn oft nach dem Wetter. Seine Antworten treffen immer ins Schwarze. Siegbert ist ein Medium.«

»Interessant.«

»Dein Schwein ist auch ein Medium. Ich habe es nämlich ausgependelt. Das Tier hat das dritte Auge.«

»Pedder? Niemals«, lachte ich, wurde aber sofort ernst, als ich Günters kritische Miene bemerkte.

»Der Günter versteht etwas von medial begabten Tieren«, stieß Rosi ins selbe Horn.

»Nun gut, ich werde Pedder im Auge behalten.«

»Glaub doch diesen Scheiß nicht. Meine Eltern haben einen an der Klatsche. Kannst unser komplettes Dorf fragen«, schaltete Jochen sich wieder ein.

»Zwei Wochen«, wurde die Strafe postwendend von Günter verdoppelt.

»Ey, du bist so was von krass fies. Wir sind ein freies, demokratisches Land, da darf ich doch wohl meine Meinung sagen.«

Ich war von den Heisterkamps bereits genervt, noch bevor sie einen Fuß in mein Haus gesetzt hatten.

»Und euer Dackel Trudi ist auch ein Medium?«, fragte ich der Vollständigkeit halber.

»Nee«, negierte Günter und schüttelte bedauernd den Kopf. »Tante Trudi hat mit Hellseherei nichts am Kopp. Ein Blindfisch vor dem Herrn.«

Der Dackel knurrte, als hätte er verstanden, was sein Herrchen von ihm hielt.

»Dann wäre das ja geklärt, aber bezüglich der Unterbringung sind wir noch keinen Schritt weiter. Ich versuche, Karin zu erreichen.«

Nach dem zehnten Signalton nahm sie ab.

»Oh, mein Ehemann in spe hat Sehnsucht nach mir. Leider hat die Versammlung der Dülmener Landwirte länger als erwartet gedauert. Bin aber gleich bei dir, also wärm schon mal das Bett an.«

»Vorher müssen wir allerdings noch eine Kleinigkeit regeln«, säuselte ich, während mein Missmutspegel drastisch anstieg angesichts stark gefährdeter erotischer Freuden. »Die Heisterkamps sind bereits hier, da das Ziegenorakel den heutigen Tag als Anreisetag auserkoren hat.«

Günter und Rosi nickten simultan. Jochen trampelte vor Wut auf den Boden. Tante Trudi scharrte im Kies.

»Wenn Siegbert das meint, hat das schon seine Richtigkeit. Die Ziege hat sich noch nie geirrt.«

Waren jetzt alle komplett verrückt geworden?

»Es ist, wie es ist«, antwortete ich kryptisch. »Günter will aber nicht in meinem Haus schlafen, da es seiner Meinung nach akut einsturzgefährdet ist.«

»Quatsch! Sei so nett und gib ihn mir mal.«

»Bitte«, murmelte ich und reichte dem Landwirt das Handy.

Vom Gespräch bekam ich nichts mit, aber alle paar Sekunden grunzte Günter. Schließlich gab er mir den technischen Wunderkasten zurück.

»Ich schlafe bei dir.«

Mist.

»Woher der Sinneswandel bei deinem Onkel?« Ich korrespondierte wieder mit meiner Holden.

»Ich habe ihm gesagt, dass der Vorbesitzer alle Baustoffe ausgependelt hat. Das Haus steht noch hundert Jahre.«

»Hat er?« Mich wunderte langsam gar nichts mehr.

»Natürlich nicht. Hauptsache, Günter ist happy.«

»Aber Jochen schläft bei dir?«, fragte ich voller Hoffnung.

»Ja klar, ist doch mein Patenkind. Der ist wirklich ein Goldjunge, oder?«

»Aber so was von. Kommst du gleich noch vorbei?«

»Vielleicht ist es ratsamer, wenn du den ersten Abend allein mit deiner künftigen Verwandtschaft verbringst. Da lernt ihr euch gleich intensiv kennen.«

»Eine spitzenmäßige Idee, warum bin ich da nicht selbst drauf gekommen? Jochen schicke ich dir aber rüber, klar?«

»Tu das. In zehn Minuten bin ich zu Hause. Schön, dass du

alles mitmachst. Und morgen frühstücken wir gemeinsam bei dir?«

»Oh, ich weiß nicht, ob ich das hinkriege. Der neue Fall ist komplexer als gedacht«, schwindelte ich ohne den Hauch eines schlechten Gewissens.

Nach einem für meinen Geschmack zu langen Schweigen antwortete Schumann: »Na gut, lass uns morgen drüber quatschen. Ich liebe dich übrigens.«

»Ich dich auch.«

Wir legten auf. Dann zu Jochen: »So, du schläfst bei deiner Patentante. Kannst sofort rüberlatschen, sie erwartet dich bereits sehnsüchtig.«

»Was soll ich denn bei der Alten? Bei der ist es krass unchillig, da sterbe ich vor Langeweile.«

»Hör genau zu, Freundchen«, schnauzte ich und ging einen Schritt auf ihn zu. »Du bewegst deinen Arsch sofort hier weg. Karins Hof ist der nächste auf der rechten Seite. Und wenn mir nur die klitzekleinste Beschwerde über dein Benehmen zu Ohren kommt, gibt es richtig Ärger. Kapiert?«

»Keine Beschwerden, kann ich mir merken«, nuschelte er und zog grußlos mit Trudi und einem Trolley von dannen.

»Das hast du gut gemacht«, seufzte Rosi. »Jochen ist ein Nachzügler. Eigentlich sind wir schon zu alt für ein pubertierendes Kind, und da lässt man manchmal mehr durchgehen, als für den Jungen gut ist.«

Auch Günter klopfte mir anerkennend auf die Schulter: »Bist kein Schlechter.«

In diesem Moment glaubte ich, dass die Heisterkamps und ich doch Freunde werden könnten.

Dieser Glaube erhielt neue Nahrung, als wir meine Räumlichkeiten betraten.

»Sehr apart«, lobte Rosi meine antiken Eichenmöbel.

»Nett, durchaus«, ließ sich auch Günter zu einem positiven Statement herab.

Ich verfrachtete meinen Besuch in die Küche, hastete zum Gästezimmer und bezog das Doppelbett. Zurück in der Kombüse befreite ich Hirsch und Rotkohl aus der Tiefkühltruhe sowie Kartoffeln aus dem Netz und positionierte alles auf der Arbeitsplatte.

»Darf ich euch etwas zu trinken anbieten?«

»Zwei Wasser bitte.«

Bei mir wird seit jeher Salvus getrunken, ein bekömmliches Wässerchen aus Emsdetten. Noch kein Gast hatte sich darüber beschwert, bis zu diesem Tag.

»Das ist doch wohl nicht dein Ernst«, polterte Günter, als hätte ich ihm ein unsittliches Angebot gemacht.

Ich blickte ihn nur baff erstaunt an.

»Jedes im Handel erhältliche Mineralwasser wird radioaktiv bestrahlt. Das weiß doch jedes Kind!«

»Ist mir neu. Und was trinkt man stattdessen?«

Der Landwirt schlug die Hände zusammen ob so viel Unwissenheit.

»Mit einem Partikel- und Aktivkohlefilter gereinigtes Leitungswasser. Das weiß doch jedes Kind«, wiederholte er die Phrase.

»Ich bin ein gut informierter Bürger, aber von Wasserkranken ist mir bisher noch nichts zu Ohren gekommen.«

»Das hat eine Langzeitwirkung«, schaltete sich Rosi ein. »Wir haben ein Seminar bei einem Körpercoach besucht. Menschen, die herkömmliches Mineralwasser trinken, sterben einen unmerklich langsamen Tod. Wie oft verabschieden sich Leute aus dem Leben, ohne dass die Ärzte wissen, woran sie verschieden sind? Des Rätsels Lösung: das falsche Wasser!«

»Wasser!«, echote Günter.

Da hatte Karin mir aber schöne Gäste einquartiert. Militante Hardcore-Ökos. Und das ohne Vorwarnung!

»Was anderes habe ich nicht, tut mir leid.«

Günter und Rosi sahen sich an und hoben synchron die Augenbrauen.

»Kann man nicht ändern«, sprach Günter schließlich die erlösenden Worte. »Wat mutt, dat mutt. Bitte.«

Ich schenkte ein. Während sie vorsichtig in kleinen Schlückchen tranken, machte ich mich ans Kartoffelschälen.

»Sind das Biokartoffeln?« Günter, ich liebe dich.

»Leider nein«, verteidigte ich mich reflexartig. »Karins Vorräte sind schon seit Tagen ausverkauft. Da habe ich auf Knollengewächse aus konventionellem Anbau zurückgegriffen. Ein Notkauf sozusagen.«

»Die Heisterkamps und Schumanns bauen ausschließlich ökologisch einwandfreie Produkte an. Natürlich verzehren wir auch nur solche«, klärte Günter mich mit finsterer Miene auf.

»Ein Notkauf«, wiederholte ich gebetsmühlenartig. »Normalerweise kommen mir auch nur Bioprodukte auf den Tisch. Der Hirsch ist von einem befreundeten Jäger, und der Rotkohl von einem Coesfelder Biohof.«

»Sonderangebote von Aldi« wäre treffender gewesen, aber da ich sie zum Einfrieren in Frischhaltefolie gepackt hatte, ließ sich die Herkunft nicht zurückverfolgen.

Die Tischgespräche verliefen etwas zäh. Rosi wollte mich aushorchen, fragte nach meiner Kindheit und Jugend. Um ein gutes Bild abzugeben, schwindelte ich Episoden in meine Biografie, die das Wohlwollen der Heisterkamps fanden. So hatte meine Familie nie richtigen Urlaub gemacht, sondern stattdessen bei den Brokdorf-Demos an vorderster Front gestanden. Klein Dieter hatte mit den Eltern »no Atomstrom in mein Wohnhome« gebrüllt, ohne zu verstehen, was er da skandierte. Das kam gut an bei den Heisterkamps. Ebenso meine Touren in den Semesterferien durch die Bioläden im Moselgebiet. Ich ließ noch einige Tiraden gegen Alkohol, Konzerne und Globalisierung los, dann hatte ich die Herzen des Bauernpaares gewonnen.

»Guter Junge«, offenbarte Günter und klopfte mir auf die Schulter.

»Jetzt verstehe ich auch, warum Karin dich heiraten möchte. Du passt in unsere Familie wie ein Grünkernbratling in die Pfanne«, pflichtete Rosi bei.

Auf meinen entsetzten Blick hin fügte sie rasch »Oder wie ein Adler in unseren Horst« hinzu.

Gegen Mitternacht verabschiedeten sie sich endlich.

»Mit den Eulen ins Bett, mit den Kühen aus dem Bett, denn nur der frühe Vogel fängt den Wurm«, wurde ich noch mit agrarökonomischen Weisheiten versorgt. Als die Zimmertür ins Schloss fiel, schlich ich zum Kühlschrank und befreite eine Flasche Köpi. Diese verbarg ich unter meinem Hemd und tappte ins Schlafzimmer.

»Hallo, Süße. Wie läuft's mit Jochen?« Ich funkte Karin Schumann an.

»Super, der Junge hat sich toll entwickelt. Stell dir vor: Der hat sein Bett und das deiner Stiefmutter bezogen und mich lecker bekocht. Und wie war dein Abend mit Onkel Günter und Tante Rosi?«

»Phantastisch. Wir surfen auf der gleichen Wellenlänge. Wenn Günter erst einmal aufgetaut ist, haut er eine Anekdote nach der anderen raus.«

»Das freut mich unglaublich«, seufzte meine bessere Hälfte. »Die beiden sind nämlich in puncto Ökologie und Spiritismus etwas seltsam drauf und deshalb in ihrem Dorf und unserer Verwandtschaft als komisch verschrien. Dabei sind sie die liebenswertesten Menschen, die man sich vorstellen kann.«

»Zum Frühstück schicke ich sie aber zu dir. Der neue Fall verlangt meine volle Aufmerksamkeit.«

»Macht Sinn. Deine Stiefmutter hat sich nämlich bereits telefonisch angekündigt. Ihr Flieger landet um sechs in Düsseldorf, dann nimmt sie sich ein Taxi. Zugfahren ist nichts für sie, hat sie meinem Anrufbeantworter erklärt.«

»Also ein Abbild meiner leibhaftigen Mutter?« Urplötzlich fröstelte es mich.

»Nein. Vollkommen liebenswürdig. Wir werden uns super verstehen«, lachte meine Holde.

Wir verabschiedeten uns so innig, wie das bei Telefonaten möglich war. Anschließend leerte ich das kühle Blonde und wanderte ins Reich der Träume.

Durch ein Getöse in der Lautstärke einer Schrottpresse wurde ich wach. Vier Uhr. Definitiv keine Zeit zum Aufstehen. Ich stand senkrecht im Bett. Stürzte mein Haus tatsächlich ein? Obwohl bei dem Lärm nicht erforderlich, schlich ich aus dem Zimmer. Wer hätte das gedacht: Die Quelle der Ruhestörung lag im Gästezimmer. Es klang, als würden Möbel gerückt. Mit brachialer Gewalt. Ich hörte Günter stöhnen und Rosi ächzen. Ich überlegte hin und her, entschied mich aber gegen ein Eingreifen. Spätestens morgen früh würde ich sowieso erfahren, was die Heisterkamps im Dunkel der Nacht getrieben hatten.

## Die Wünschelrute spricht

Dank Ohropax schlief ich bis zum Morgen. Dieser startete entgegen meinen sonstigen Gewohnheiten bereits um sechs.

»Aufstehen, Dieter. Die Morgensonne lacht. Hoch aus den Federn«, röhrte Rosi gut gelaunt und zupfte an meiner Bettdecke. Da halfen auch keine Ohrenstöpsel. Ich simulierte gepflegtes Weiterschlafen, doch dann begann sie auch noch zu singen: »Guten Morgen, guten Morgen, guten Morgen, Sonnenschein …« Konnte es Schöneres geben, als morgens in der Früh von Nana Mouskouri geweckt zu werden?

»Ich bestimme gerne selbst, wann ich aus dem Bett hüpfe.« Eine gewisse Gereiztheit konnte ich mir nicht verkneifen.

»Wir machen jeden Morgen Yoga. Zehn Zyklen des Sonnengrußes, und der Tag wird phantastisch. Bist du dabei?«

Sie trug einen pinkfarbenen Jogginganzug und ein lilafarbenes Stirnband. Zu viel Farbe für diese Uhrzeit.

»Heute nicht, vielleicht ein anderes Mal. Was habt ihr eigentlich heute Nacht gemacht? War ja schon ein wenig laut«, sagte ich, um vorsichtigste Formulierungen bemüht.

»Stell dir das vor. Mitten in der Nacht ist Günter plötzlich hochgeschreckt. Ich ebenfalls. Wenn man so lange verheiratet ist, fühlt man, wie es dem anderen gerade geht. Das werdet ihr Turteltäubchen auch noch feststellen«, plapperte sie und kniff wieder in meine Wangen. Mittlerweile mussten sie so durchtrainiert sein, dass sie Rosis Zuneigungsattacken ohne Blutergüsse überstehen durften. »Und was war? Wir hatten in dem ganzen Trubel gestern Abend völlig vergessen, das Bett auszupendeln. Also haben wir flugs die Wünschelrute aus dem Koffer geholt, und voilà.«

Sie blickte mich erwartungsvoll an.

»Ihr habt also über einer Wasserader geschlafen?«

»Schlimmer, viel schlimmer!«, stieß sie hervor und schüttelte den Kopf. »Metall! Das stört die Körperenergien noch empfindlicher. Wir mussten das Bett sofort umstellen, damit unsere Meridiane ungestört fließen konnten.«

Ich betete zu Gott, dass die Heisterkamps uns nicht öfter besuchen würden, denn lange hielten meine Geduldsfäden das nicht mehr aus.

»Wenn ihr Kaffee möchtet, mach ich welchen. Ansonsten gibt's um acht Frühstück bei Karin.«

»Nein«, sagte Rosi mit bedauerndem Unterton und fummelte an ihrem Stirnband herum. »Kaffee ist nicht gut für das innere Gleichgewicht. Wir trinken nur gereinigtes Wasser und Kräutertee. Und natürlich Milch von unseren Tieren.«

Aber sie versicherte mir noch zehn Mal, wie sehr sie beide mit meiner Gastfreundschaft zufrieden wären und wie sie sich über den Schwiegerneffen in spe freuten. Das fand ich gut. Als sich das Ehepaar endlich den Yogaübungen hingab, braute ich in der Küche einen Kaffee, mit doppelter Pulvermenge. Vielleicht erwachte ich dann aus diesem Alptraum.

Während ich mit schlechtem Gewissen das Heißgetränk schlürfte, verabschiedete sich mein Besuch in Richtung Nachbarschaft. Aus der Aussage, Karin hätte bestimmt einen Wasserfilter, hörte ich einen dezenten Vorwurf heraus, den ich geflissentlich ignorierte.

Endlich allein, nahm ich mir Luna Mancinis Kiste mit bestimmt hundert Briefen vor. Unvorstellbar, was die sogenannten Fans alles zu Papier gebracht hatten. Einige erzählten ihre kompletten Lebensgeschichten, die Krankheit, Tod, Pleiten, Pech und Pannen beinhalteten. Nur Lunas Musik gäbe ihnen Kraft zum Leben. Ich überlegte mir eine Systematik und bildete Häufchen. Anonyme Briefe und solche mit Absender. Dieser Bredenbach, von dem mir die Schlagerdiva bereits erzählt hatte, hatte um die zwei Dutzend Briefe geschrieben. Meistens Liebesbriefe, aber manche auch mit bedrohlichem Unterton. So hatte er in der letzten Woche mitgeteilt, dass er die Warterei auf Lunas Gunst leid sei. Schließlich würde er sich sofort für sie scheiden lassen, aber sie würde ihn wie einen Fisch in der Luft zappeln lassen. Sie solle sich nun endlich für ihn entscheiden.

Ich nahm mir die drei anonymen Drohbriefe vor. Eine Ähnlichkeit war auf den ersten Blick nicht ersichtlich. Einer war aus Buchstaben einer Tageszeitung zusammengesetzt, einer aus einer Illustrierten, und einer bestand aus gemalten Druckbuchstaben. Angaben, wann die Briefe eingegangen waren, gab es nicht. In einem der Schreiben wurde die Sängerin als Hure bezeichnet, die bald bekommen würde, was sie verdiente.

Ich beschloss, die Schriftstücke analysieren zu lassen. Ronny Sanger war ein Kumpel aus früheren Tagen, mit dem ich oft zu Punkkonzerten nach Oberhausen, Köln oder selbst Hamburg gefahren war. Irgendwann hatte er beschlossen, solide zu werden, und bei unserer Exekutive angeheuert, KTU. Seit dieser Zeit hatte ich ihn aus den Augen verloren, aber unser gemeinsamer Freund Peter Gurkennase Grabowski hatte ihn in letzter Zeit einige Male beim Billard getroffen. Ronny erinnere sich noch immer gerne an mich und hatte Gurkennase seine Mobilnummer zwecks Weiterleitung gegeben. Ein glücklicher Zufall.

Gesagt, getan. Nach dem dritten Klingeln nahm er ab.

»Sanger.«

»Hi, Ronny. Dieter hier. Alles tutti bei dir?«

Wir tauschten eine Viertelstunde lang unsere unterschiedlichen Lebenswege aus. Er war verheiratet, hatte zwei Kinder und war im Gegensatz zu vielen Kollegen mit dem Polizeidienst zufrieden. War erfrischend heutzutage, jemanden zu finden, der im Reinen mit sich und seinem Leben war.

Ich trug meine Bitte vor.

»Klar, kein Problem. Was willst du denn wissen?«

»Alles, was du über die Verfasser dieser Schreiben rausbekommen kannst. Ich weiß nicht, wie gut du bist.«

»Verdammt gut«, lachte Ronny. Unter mangelndem Selbstbewusstsein hatte er noch nie gelitten.

Ich sprach mit ihm ab, die Schreiben an seine Privatadresse zu schicken. Ronny meinte, dass er bereits übermorgen erste Ergebnisse liefern könne. Versprechen wollte er aber nichts. Wir verabredeten, in nächster Zeit zusammen mit Peter die Essener Kneipen unsicher zu machen. Nach Hochzeit und Flitterwochen.

Jetzt galt es, zu erkunden, was dieses technische Etwas war, das ich an der Decke des »Metropol« entdeckt hatte. Zudem musste ich Herrn Bredenbach einen Besuch abstatten. Ich forschte im Internet nach, und siehe da: Der Herr war sowohl privat mit Ehefrau Regina als auch mit dem Unternehmen Brefrost verzeichnet.

Eine SMS machte durch Piepen auf sich aufmerksam. Karin. »Deine Stiefmutter ist eingetroffen. Sehr nette Frau. Freue mich auf gemeinsame Unternehmungen«. Aha. Aus irgendeinem Grund glaubte ich nicht so recht, dass meine neue Verwandte eine patente Person sein sollte. Zu oft hatte mich die Nannensippe bereits enttäuscht.

Als Nächstes tippte ich die Nummer meines guten Kumpels Peter Grabowski in die Tasten. Er hatte mich bei meinen früheren Fällen oft unterstützt. Sein Leben lavierte ihn von einer prekären Situation in die nächste. Spielschulden, Arbeitslosigkeit, Suff und das Ganze wieder von vorne. Wir kannten uns seit einer halben Ewigkeit und hatten viele lustige, aber auch weniger amüsante Anekdoten gemeinsam durchlebt. Das schweißte zusammen.

»Christbäume Grabowski. Alles rund ums Weihnachtsfest«, meldete sich mein Adlatus mit kräftiger Stimme.

»Dieter hier. Neuer Job?«

»Yep.«

»Dir ist aber schon klar, dass zurzeit Frühling ist?«

»War eine Idee vom Arbeitsamt. Mit meiner Biografie kriege ich sowieso keinen Job als Angestellter, meinte der. Wenn ich mich nicht selbstständig mache, würden mir die Bezüge komplett gestrichen. Was blieb mir übrig? So gibt es Förder- und Brückengelder oder wie das heißt. Wenn ich scheitere, unterstützt mich wieder Onkel Hartz. So sieht's aus.«

»Und wieso um alles in der Welt ein Tannenbaumhandel?«

»Die haben mich in einen Crashkurs gesteckt. Einkauf, Marketing, Buchhaltung, der übliche Geschäftskram. Kennst du ja. Am Schluss wurden wir nach unserer Geschäftsidee gefragt. Da kam mir der Geistesblitz, dass Weihnachtskrempel immer gekauft wird. Fand unser Dozent richtig klasse. Schließlich habe ich ja schon genug Erfahrungen als Selbstständiger gesammelt.«

»Aber selten gute, oder?«

»Immerhin kenne ich mich in der Zeitschriften-, Finanzdienstleistungs- und Detektivbranche aus. Das Amt hat recht. Ich bin der geborene Selbstständige. Kann mich auch schlecht unterordnen.«

»Aber die Jobs hast du doch höchstens zwei Monate durchgehalten!«

»Dieses Mal wird alles anders. In der Spielhalle habe ich nämlich Oleg kennengelernt. Der kommt aus Sibirien, und da gibt es Bäume in Hülle und Fülle. Diese schmuggelt er dann irgendwie über die Grenze. Klang zunächst abenteuerlich, klappt aber einwandfrei. Ich habe schon dreißig prächtige Nordmanntannen bekommen, und das für schlappe hundertfünfzig Ocken. Ist das nicht geil?«

»Und was machst du mit den Bäumen? Bis Weihnachten sind die alle ratzekahl.«

»Momentan lagern die im Keller vom ›Karnap-Eck‹, meiner derzeitigen Stammkneipe. Ich bin mir sicher, dass ich die sukziv verkaufe. Mein Coach vom Arbeitsamt denkt das auch. Von dem habe ich auch das Wort ›sukziv‹. Klingt gut, wenn ich mich gewählt ausdrücke, wa?«

»Das heißt ›sukzessiv‹.«

»Wie auch immer. Ich nehme an, du hast noch keinen Weihnachtsbaum, oder? Mit Kugeln, Lametta, Sternen und dem anderen Gedöns gibt's eine echte Nordmanntanne für schlappe fünfzig Euronen. Wann soll ich liefern?«

»Am zwanzigsten Dezember. Mal was anderes: Ich habe einen Job für dich.«

»Du machst einen Fehler. So günstig kann ich im Dezember nicht mehr sein. Da will jeder einen grünen Blickfang für die Lieben. Auch die Zubehörpreise werden anziehen. Angebot und Nachfrage. Wie viel würde mir dieser Job denn einbringen? Eigentlich habe ich überhaupt keine Zeit.«

»Dreihundert Euro bis zum Ende der Woche. Du kommst doch sowieso zu meiner Hochzeit, oder hast du schon vergessen, dass du mein Trauzeuge bist?«

»Fünfhundert sollten schon drin sein. Schließlich kann ich während dieser Zeit meine Firma nicht weiter aufbauen«, erwiderte Gurkennase.

»Vielleicht sind dreihundert zu großzügig«, überlegte ich laut. »Zweihundert tun es auch.«

»Okay, okay. Was soll ich tun?«

Ich erzählte ihm das Wesentliche in knappen Sätzen.

»Du postierst dich vor Lunas Haus und passt auf, dass keine weiteren Anschläge passieren. Wann kannst du da sein?«

Die avisierten drei Stunden waren in Ordnung. Ich teilte ihm Mancinis Adresse mit und kündigte dieser nach Beendigung des Gesprächs mit Grabowski seinen Besuch an. Genau genommen ihrem Anrufbeantworter. Wahrscheinlich schlief die Dülmener Lerche noch ihren Rausch aus.

Nachdem das alles geregelt war, schwang ich mich ins Auto und raste an Weiden, Feldern, Wiesen und Zäunen vorbei in die City.

Elektro & More, der Laden von Guido Matu, lag in einer gepflasterten Gasse schräg gegenüber einer Eisdiele, deren Pistazieneis zum Besten gehörte, was meinen verwöhnten Gaumen jemals gekitzelt hatte.

Das Schaufenster des Elektroladens präsentierte neben den neuesten Hightech-Knallern auch gebrauchte Plattenspieler und Kassettenrekorder. Vergangenheit und Moderne, friedlich vereint.

Schaffte man es, die verzogene Ladentür zu öffnen, wurde man mit einem wummernden Beat belohnt. Guido war nämlich Techno-Freak und hatte sich im Keller ein kleines Tonstudio eingerichtet, wo er bekannte Schlager mit viel Bass und mindestens hundertzwanzig BPM »pimpte«, wie er es nannte.

Vor zig Jahren hatte mich mal ein Studienfreund gefragt, was den Unterschied zwischen einem guten und einem schlechten Lied ausmachen würde. Bis ich zum ersten Mal Guidos Geschäftsräume betreten hatte, hatte ich ihm die Antwort schuldig bleiben müssen. Nach meinem ersten Besuch bei Elektro & More hatte ich besagten Kumpel direkt dorthin geschleppt: »Das ist ein schlechter Song, alle anderen sind gut!«

Matu schraubte hinter der Theke an etwas herum, das entfernt nach einem Kaffeevollautomaten aussah, den er aber sofort beiseiteschob, als er den hohen Gast registrierte.

»Der alte Nannen, ich werd nicht mehr!« Sprach's und lief mit ausgebreiteten Armen auf mich zu. »Lecko pfanni, wie lang ist es her, dass wir uns gesehen haben, zwei Jahre doch bestimmt, oder?«

»Noch nicht lange genug, wenn ich mir die Schrottmucke hier anhöre«, schaffte ich noch loszuwerden, bevor er mich erdrückte. Guido war kein Leichtgewicht, und vor seiner Elektrokarriere war er jahrelang auf Jahrmärkten in einer Boxbude aufgetreten, und zwar nicht als Kartenabreißer.

»Was treibt dich zu mir?« Er kreischte fast, so sehr schien er sich über mein Auftauchen zu freuen.

»Die Sehnsucht, Guido, die pure Sehnsucht.« Endlich hatte ich mich aus seinen Klauen befreit.

»Laber keinen Scheiß, Alter, also?«

»Es geht um dieses Gerät hier«, flüsterte ich geheimnisvoll und zog das Spielzeug aus der Jackentasche. »Das ist benutzt worden, um einen Kronleuchter auf eine Dame stürzen zu lassen.«

»Bei der Dame handelt es sich doch wohl nicht etwa um Karin Schumann?«

»Nee, Luna Mancini war die Auserkorene, eine abgetakelte Tingeltangelsängerin.«

Matu wich drei Schritte zurück und starrte mich ehrfürchtig an: »Doch nicht etwa *die* Luna Mancini, die Göttin des Schlagers, die Heilige des Chansons?«

»Nein, nicht die, sondern die alkoholkranke Schmusesong-Missinterpretin, die abgehalfterte, aufgedunsene Trällerliese.«

»Hast ja recht, sie hat ihre besten Zeiten hinter sich, aber immerhin habe ich zwei grandiose Stücke von ihr gepimpt. Eins davon war sogar wochenlang in den Radio-Pfiff-Charts vertreten. Jetzt mal Butter bei die Fische: Was hast du mit der Mancini zu schaffen?«

Ich brachte ihn in knappen Worten auf den aktuellen Stand.

Matu wurde immer aufgeregter, und als ich geendet hatte, riss er mir den Kasten förmlich aus der Hand und begutachtete ihn. Ich vertrieb mir die Wartezeit, indem ich mich im Laden umschaute. Hinterm Tresen moderne Unterhaltungselektronik à la Wii, Xbox und Playstation, rechts diverse Hi-Fi-Komponenten und Flachbildfernseher und auf der linken Seite Staubsauger und Waschmaschinen.

Hintenraus gab es noch eine Werkstatt, mit der Guido eigentlich sein Geld verdiente. Wenn jemand seine Kettensäge zu einem Rasenmäher umrüsten wollte, kein Problem. Wenn einer C64-Spiele auf der Xbox daddeln wollte, kein Thema. Wenn jemand eine Schellackplatte übers iPhone abspielen wollte, nichts leichter als das.

»Dieter, komm mal anbei!«, grunzte es in meinem Rücken, kaum dass der Sekundenzeiger zwei Runden gedreht hatte.

Ich löste meinen Blick von einem Sandwich-Toaster und erwartete die Vorlesungsstunde im Fachbereich Elektrotechnik.

»Simpel, aber effektiv. Eine kleine Sprengladung, die via Funk ausgelöst wird. Muss man kein Nobelpreisträger für sein, um das zu bauen, aber gewisse Kenntnisse braucht man schon.«

»Wie weit darf der Sender vom Empfänger maximal entfernt sein?«

»Dreißig, höchstens vierzig Meter, wenn keine Mauern dazwischen sind.« Das war mal eine scharfe Auskunft, schränkte es den Kreis der Verdächtigen doch erheblich ein.

»Du hast das Teilchen aber nicht gebaut und verscherbelt, oder?«

Das wäre auch des Guten zu viel gewesen: Matu hatte nichts dergleichen fabriziert, aber er versprach, sich mal unter den anderen Elektrofreaks umzuhören.

»Und, wie laufen die Geschäfte?«, wechselte ich in den Small-Talk-Modus.

»Kann nicht klagen, ehrlich. Seitdem ich beim Kauf eines neuen Fernsehers gegen eine geringe Gebühr das Sky-Vollprogramm installiere, rennen mir die Kunden die Bude ein. Ach, Scheiße, was red ich denn da, du bist ja ein Bulle.«

»Privatschnüffler, das ist was völlig anderes. Was hältst du von einer Zechtour in nächster Zeit?«

»Ist geritzt. Bimmel durch, und ich bin am Start. Hast bestimmt ein paar heiße Schoten zu erzählen, so als Schlüssellochspanner.«

Damit war alles gesagt. Der Abschied fiel weniger druckintensiv als die Begrüßung aus, sodass ich ohne die Hilfe eines Orthopäden auf die Straße treten konnte.

Auf dem Weg zum Auto registrierte ich, dass ich nicht allein war. Ein Ohrwurm begleitete mich, und zwar »Schwarzbraun ist die Haselnuss«, Guidos neueste Kreation. Es gab Schlimmeres im Leben. Aber nicht viel.

## Polnischer Sliwowitz

Bredenbach residierte in Münster-Roxel, dem Stadtteil, aus dem Annette von Droste-Hülshoff stammte. Historisches Terrain sozusagen. Noch heute stritten die Gelehrten über die Bedeutung des Namens. Die Interpretationen reichten von Rappenpferch bis Krähenwald, was bedeutete, dass man eigentlich nichts wusste. Mein für zwanzig Euro bei eBay geschossenes Navi führte mich zu einem Bürgerhaus der Jahrhundertwende mit angebautem Garagenhof. Diesen verließen gerade zwei Lkws mit der Aufschrift »Brefrost«.

Ich parkte den Escort auf dem Bürgersteig und latschte auf den Hof. Hinter den Stellflächen befand sich ein Anbau, der als Büro diente. Ich stiefelte hinein. Hinter einem Rechner saß eine sympathisch wirkende Frau mittleren Alters. Sie trug die glatten blonden Haare halblang. Eine grüne Bluse und Jeans rundeten das Bild ab. Auf ihrem Schreibtisch stand ein Foto, auf dem Bredenbach mit zwei Jungen abgelichtet war. Also Regina. Wegen meiner messerscharfen Intelligenz klopfte ich mir in Gedanken selbst auf die Schulter.

»Guten Tag, Frau Bredenbach«, begrüßte ich sie. »Ich heiße Dieter Nannen und suche Ihren Mann.«

»Worum geht es denn? Über geschäftliche Dinge können Sie auch mit mir reden. Wir sind gleichberechtigte Partner.« Sie bewegte sich mit einer natürlichen Anmut. Ob sie wusste, dass ihr Männe hinter einer abgehalfterten Chanteuse herhechelte? Wenn ich die Wahl zwischen ihr und Luna hätte …

»Ich muss ihn schon persönlich sprechen. Es geht um das gestrige Konzert von Luna Mancini, bei dem der Kronleuchter von der Decke gefallen ist. Als Mancinis Sicherheitschef klappere ich nun alle Konzertbesucher ab und höre nach, ob jemandem etwas aufgefallen ist. Reine Routine.«

»Davon hat er heute beim Frühstück erzählt. Schrecklich, nicht wahr? Aber Hans-Joachim meinte, dass es ein Unfall gewesen sei.

Deswegen verstehe ich Ihre Rolle in dieser Angelegenheit nicht so ganz.«

»Ich überprüfe, ob es wirklich ein Unfall war. Es könnte sich nämlich auch um ein Attentat handeln. Aber das ist bisher nur ein vager Verdacht.«

Sie seufzte und goss schwarzen Tee in eine Tasse vom Fremdenverkehrsverein Münster.

»Mein Mann verehrt diese Frau geradezu. Nicht auszudenken, falls ihr etwas zustoßen sollte«, seufzte sie und nippte an der Tasse. »Möchten Sie vielleicht auch einen Tee? Oder Kaffee?«

Ich lehnte dankend ab.

»Ich mag ihre Musik nicht besonders. Unter uns gesagt verstehe ich nicht, was mein Göttergatte an diesem Schlagergesäusel findet. Aber solange das sein einziges Laster ist …« Sie machte eine wegwerfende Handbewegung.

Wenn man vom Beelzebub sprach: Die Bürotür öffnete sich schwungvoll, und der Schlagerfan kam mit einem großen Stapel Fertigpizzen ins Büro gestolpert.

»Verdammte Hacke! Das Kühlaggregat im Wagen ist erneut ausgefallen. Nie wieder kaufe ich einen Transporter von den Polacken. Scheiß was auf die Mehrkohle, die du für ein deutsches Fabrikat löhnen musst, aber diese slawischen Geldabschneider haben verkackt, und zwar für immer und ewig. Bring die Ware sofort ins Kühlhaus, damit der Schaden nicht noch größer wird«, rief Bredenbach seiner Frau zu.

Da seine Sicht durch die Kartons versperrt war, stieß er gegen den Bürotisch, und die italienischen Leckereien landeten auf dem Boden. Erst jetzt bemerkte mich der Rothaarige, der in einem blau-weiß gestreiften Brefrost-Anzug steckte. Erinnerte stark an die Farben eines Fußballvereins aus der Nähe von Wanne-Eickel.

»Wer sind Sie denn?«, zeterte er unfreundlich, während Regina die Packungen wegschaffte, vernünftigerweise in kleineren Losgrößen.

»Dieter Nannen, Luna Mancinis Security-Chef. Übrigens bin ich polnischer Abstammung. Bis zur Eindeutschung unseres Namens hießen wir Nanninowski.«

»Das habe ich doch nur so dahergesagt. Ich habe nichts gegen unsere polnischen Nachbarn. Wirklich. Natürlich gibt es patente Menschen und viele gute Dinge in Polen. Vortreffliche Wurst machen Ihre Landsleute. Und Schnaps«, ergänzte er und hob den Zeigefinger. »Der polnische Sliwowitz ist schließlich weltberühmt. Prima Sache.«

»Eher die serbische Variante. Aber unser *Śliwowica* kann sich auch sehen beziehungsweise trinken lassen.«

»Natürlich. Und wenn Sie für Luna arbeiten, müssen Sie ein herausragender Mensch sein, denn für Luna ist nur das Beste gut genug.«

»Sollen wir nicht besser unter vier Augen sprechen? Ich denke nicht, dass Ihre Frau unser Gespräch mitbekommen sollte.«

Als Regina erschien, um die übrigen Kartons abzuholen, bekam Hans-Joachim einen roten Kopf. Wie süß.

»Selbstverständlich, Herr Nanninowski, ich zeige Ihnen gerne unser Firmengelände.« Und zu seiner Frau: »Bestellst du bitte fünfzig Kilo Scampi bei den Tomatenpflückern?«

Draußen stellten wir uns in eine mit leeren Kartons gepflasterte Ecke.

»Ich weiß nicht, was Sie meinen«, raunte er und zog einen Kaugummi aus der Brusttasche. Mir bot er keinen an, also steckte ich mir eine Zigarette ins Gesicht.

»Sie waren gestern auf dem Konzert. Wir vermuten, dass es kein Zufall war, dass der Kronleuchter auf die Bühne gesegelt ist.«

»Ach nee, das ist ja interessant.«

»Haben Sie eventuell bemerkt, dass sich jemand an der Beleuchtung zu schaffen gemacht hat?«

»Nein, bedaure, ich habe nur Augen für Luna gehabt. Aber ich kann mit Sicherheit sagen, dass nirgendwo rumgeschraubt worden ist, seit ich den Saal betreten hatte. Alles lief professionell ab, wie immer bei ihren grandiosen Konzerten.«

»Wo waren Sie vor dem Auftritt?«

»Verdächtigen Sie etwa mich? Das kann doch nicht Ihr Ernst sein. Ich verehre Luna und ihre Musik. Wieso sollte ich ihr etwas antun?«

»Beantworten Sie bitte meine Frage«, sagte ich stur.

»Sind Sie noch ganz dicht?«, schnauzte er mich an und spuckte den Kaugummi auf den Boden. »Ich muss überhaupt nichts sagen. Ein Konzertbesuch ist schließlich kein Verbrechen.«

»Stellen Sie sich doch nicht dümmer an, als Sie sind. Ich weiß, dass Sie Luna Liebesbriefe schreiben. Ich weiß, dass Sie Ihre Familie sofort für Frau Mancini verlassen würden. Ich weiß, dass der Ton in den Schreiben ruppiger geworden ist, weil Sie nicht die erhoffte Antwort erhalten haben.«

»Nicht so laut«, zischte er, »meine Frau darf das nicht hören. Glauben Sie mir: Die ganze Angelegenheit war nur ein kurzer Aussetzer. Die Hormone oder was weiß ich. Ich liebe meine Familie.«

»Bullshit. Wenn dem so wäre, würden Sie nicht weiterhin ihre Konzerte besuchen.«

»Ich wollte gestern mit ihr Schluss machen«, log er hilflos. »Leider bin ich durch den Unfall nicht mehr dazu gekommen.«

»Wie kann man mit jemandem Schluss machen, mit dem man gar nichts hatte?«

Bredenbachs Gesichtszüge bekamen etwas Träumerisches: »Sie hat mich immer von der Bühne aus angelächelt. Das war ein eindeutiges Zeichen, dass da was geht. Doch mittlerweile ist mir klar geworden, dass eine Beziehung mit ihr meine Existenz zerstören würde. Meine Frau hält die Mehrheit am Unternehmen. Eine Scheidung würde mein finanzielles Aus bedeuten.«

»Luna hat anonyme Briefe erhalten, in denen sie aufs Übelste beleidigt worden ist. Das würde zu Ihnen als enttäuschtem Möchtegernliebhaber passen.«

»Meine Briefe habe ich alle unterschrieben, ich bin doch keine anonyme Dreckschleuder. Okay, ich gebe zu, dass die letzten nicht sehr freundlich waren, aber schließlich hat sie mich wer weiß wie lange hingehalten.«

Auch wenn ich ihn nicht leiden konnte, tendierte ich dazu, ihm zu glauben.

Just als ich meine Zigarette mit dem Absatz zermalmte und mich verabschieden wollte, trat Regina vor die Bürotür und schaute misstrauisch zu uns herüber.

»Ihr zwei kommt klar? Vielleicht doch einen Kaffee, Herr Nannen?«

»Alles bestens«, versicherte ihr Gatte. »Herr Nanninowski wollte eh gerade gehen.«

Als seine bessere Hälfte wieder im Haus verschwunden war, flüsterte Bredenbach mir zu: »Außerdem gibt es genug andere Leute, die Animositäten gegenüber Luna hegen.«

»Aha.«

»Na, die Süße hat doch Männer wie Unterwäsche zerschlissen. Erst schöne Augen machen, dann abzocken und tschüssikowski. Davon hat sie Ihnen bestimmt nichts erzählt, richtig? Wie Sie sich vielleicht denken können, habe ich mich ausführlich mit Lunas Biografie beschäftigt. Spontan fallen mir dieser Prollsänger Christian Kramszik, dann Georg Deitert und ein gewisser Herr Menke ein. Alles Exgatten. Aber obwohl alle drei Ehen geschieden wurden, tauchen diese Typen immer noch bei ihren Konzerten auf.«

Triumphierend verschränkte er die Arme vor der Brust und blickte mir zum ersten Mal direkt in die Augen.

»Und warum sollte einer der Herren sie umbringen wollen?« Ich blieb gelassen, obwohl ich mich wie ein Kind über diese Info freute.

»Was weiß ich? Fragen Sie Luna. Auch Engel haben das eine oder andere schmutzige Geheimnis. Jetzt zu meinem Alibi: Direkt vor dem Konzert habe ich Erbsensuppe an die Dülmener Polizei geliefert. Ein gewisser Herr Reichert hat den Empfang quittiert.«

Hörte sich nach einem guten Alibi an. Ich nickte wohlwollend und notierte mir die Namen von Mancinis Exmännern auf einem Stück Karton.

»Ich behalte Sie im Auge, Sportsfreund«, bekundete ich und verabschiedete mich in Richtung Escort.

Als ich mich in die bequemen Polster des Fahrersitzes fallen ließ, dudelte mein Handy »Hey Joe«. Grabowski.

»Bin vor Ort«, meldete er.

»Ja und?«

»Vor dem Haus wimmelt es von Bullen.«

»Was ist passiert?« So etwas wie Nervosität überkam mich.

»Die Trällerliese liegt erschossen im Treppenhaus. Kriege ich trotzdem meine dreihundert Öcken?«

Dreihundert Öcken? Eher dreihundert Stockhiebe, weil Gurkennase unterwegs bestimmt an einem Kiosk gehalten hatte, um sich ein Bier zu genehmigen, anstatt Luna zu beschützen.

»War nur ein Joke, Dieter. Ehrlich gesagt rufe ich nur an, weil ich die Hausnummer vergessen habe«, drang es aus dem Lautsprecher.

»Vierzehn!«, brüllte ich ins Handy, noch unentschieden, ob ich mich freuen oder ärgern sollte.

»Okay, Chef, bin gleich da.«

»Sag Bescheid, wenn du Kontakt zu ihr aufgenommen hast, aber sofort!«, bellte ich zum Abschied und klickte das Gespräch weg.

Da ich keinen blassen Schimmer hatte, wer oder was mich zu Hause erwartete, machte ich einen Abstecher zum »Café Wildfang« in Dülmen-Downtown. Ich musste nachdenken, und das war in der Nannen-Villa bestimmt nicht möglich.

Nachdem ich einen Cappuccino geordert und erhalten hatte, ließ ich meinen Gedanken freien Lauf: Fünf Tage vor meiner Hochzeit hatte ich einen Scheißfall übernommen. Nun gut, dadurch hatte ich eine Ausrede, mich von der Nannen- und Schumann-Sippe fernzuhalten, aber das war auch der einzige Punkt auf der Habenseite. Auf der Sollseite standen eine unsympathische Auftraggeberin, Grabowskis Beauftragung, die stets in einem Chaos endete, und ein Fall, der viel Herumrennerei und -fragerei bedeutete.

Das Pendel schlug eindeutig in Richtung Haben aus. Ich fragte Tereza – nette Kellnerin und passionierte Passiv-Tätowiererin, der ich mal bei der Suche nach ihrer verwirrten Mutter geholfen hatte – nach einem Telefonbuch. Schließlich galt es, einige Adressen zu checken.

»Leider keines da, aber du kannst gerne mein iPad haben.«

Besser ging's nicht. Drei Koffeingetränke später hatte ich bereits eine Menge herausgefunden. Luna Mancini war tatsächlich schon dreimal verheiratet gewesen und ebenso oft geschieden worden.

Ehemann Nr. 1:

Heiner Menke, Alter unbekannt. Außer der Anschrift, Luisenstraße 22 in Dülmen, und der Telefonnummer war nichts über ihn zu finden.

Ehemann Nr. 2:

Christian Kramszik, einundfünfzig Jahre alt, Sänger und Entertainer. Wohnhaft in der Kiepenkerlstraße 17 in Münster. Seine Homepage offenbarte tiefe Abgründe: Rechtschreibfehler en masse, grelle Farben, Referenzen von drittklassigen Lokalen, wo er zum Tanz aufgespielt hatte – das am weitesten entfernte lag im Frankfurter Bahnhofsviertel –, und ein Foto, das an Rex Gildo erinnerte, allerdings zwei Jahre nach seinem unrühmlichen Ableben. Eine CD konnte man auch bestellen. Titel wie »Gruß und Kuss, meine Venus«, »Allein im Bett ist gar nicht nett« oder »Madame XXL, jetzt aber schnell« erzeugten Entenpelle bei mir, verbunden mit dem Wunsch, die Homepage des Schreckens zügig zu verlassen. Ich konnte mir richtig gut vorstellen, wie Luna und Christian vor dem Scheidungsrichter standen und als Begründung für die Trennung »musikalische Differenzen« angaben.

Ehemann Nr. 3:

Georg Deitert, sechsundfünfzig Jahre alt, Inhaber mehrerer Gaststätten in Havixbeck, Coesfeld, Gladbeck und Bottrop. Die Namen der Lokale deuteten nicht auf Sternerestaurants hin: »Rote Liebe«, »Dat Fass« und zweimal »Zwetschgenbaum«. Ich klickte mich ein wenig durch die Homepages der Lokale. Am langweiligsten war die Seite vom »Fass«: Öffnungszeiten (täglich von 16 bis 24 Uhr, Montag Ruhetag) und eine Getränkekarte, die einiges über die Klientel aussagte: Pils € 1.20, Korn € 1.00, Wacholder € 1.00, Kümmerling € 1.00, Cola, Fanta, Sprite, Wasser € 1.00. Im »Zwetschgenbaum« war die Getränkekarte umfangreicher, und die offerierten Mixgetränke schienen auf ein jüngeres Publikum hinzudeuten. Des Weiteren wurden regelmäßig Bagger-Events wie »Lady sucht Gentleman«, »Bauer sucht Frau« oder »Topf findet Deckel« durchgeführt. Wäre ich nicht mit Karin liiert gewesen, hätte ich sofort alles stehen und liegen gelassen und wäre dorthin gedüst. Das Konzept der »Roten Liebe« war dem des »Zwetschgenbaum« nicht unähnlich, allerdings sollte hier wohl ein älteres Publikum angesprochen werden: Tanztee-Veranstaltungen und Discofox-Nächte für einsame Menschen jenseits der vierzig sowie Schlagerkonzerte für die Freunde des guten musikalischen Geschmacks. Und siehe da: Einmal im Jahr, und zwar zu den mit »legendär« titulierten Weihnachtskonzerten, trat Luna Mancini in der »Roten Liebe« auf. Karten nur per Vorbestellung, da sofort vergriffen. Schien wohl nicht von ihr loszukommen, der gute Deitert. Mehr war aus dem World Wide Web nicht über Georg herauszufischen, nur noch die Privatadresse, Lindenallee 6 in Coesfeld.

Als ich alles Wichtige notiert hatte, winkte ich Tereza herbei: »Heißen Dank für die Kiste, hat mir sehr geholfen. Sag mal eine Zahl zwischen eins und drei.«

»Eins«, kam es wie aus der Pistole geschossen. »Wieso?«

»Ich konnte mich nicht entscheiden, wen ich heute noch befragen soll, also habe ich dich bestimmen lassen. Hast den Nächstgelegenen ausgesucht, vielen Dank.«

Ich zahlte die Zeche und legte ein ordentliches Trinkgeld drauf. Nette Bekannte mit iPads waren mit Geld nicht aufzuwiegen.

## Teutonischer Terror

Die Luisenstraße, in der Heiner Menke, Lunas erster Ehemann, wohnte, war schnell gefunden. Wenn ich mich recht erinnerte, hatte ich in dieser Straße schon mal irgendeinen Zeugen befragt. Stimmt, das war gewesen, als ich für meinen Freund und Anwalt Klaus Lindner einen Arbeitnehmer beschattet hatte, der aus Sicht seines Dienstherrn die unangenehme Eigenschaft gehabt hatte, die Arbeitswochen mit Hilfe von Krankenscheinen zu verkürzen.

Warum ich das erzähle? Um mein großes Herz zu zeigen. Der Grund für die reduzierten Arbeitszeiten war nämlich seine kranke Mutter gewesen, die er pflegen musste. Also hatte ich Lindner einen frisierten Bericht übergeben, dass alles in Ordnung wäre.

Nur wenig später hatte sich das Problem von selbst erledigt, weil die Mutter gestorben war und der Beschattete wieder die vollen vierzig Stunden pro Woche schaffen konnte.

Menkes Straße war an Nullachtfünfzehn-Mäßigkeit nicht zu übertreffen. Links eine zweigeschossige Häuserzeile in rotbraunem Klinker, rechts in grauem Putz. Menkes Haus war klinkerlos und lag ziemlich genau in der Mitte.

»Tereza hat beim ›Eins, zwei oder drei‹-Spielchen leider die falsche Zahl genannt«, dachte ich, als ich zum vierten Mal auf den Klingelknopf neben der Wohnungstür drückte, ohne die gewünschte Reaktion zu erzielen. Da eine Personenbefragung ohne die entsprechende Person wenig Sinn ergab, machte ich auf dem Absatz kehrt.

»Hallo«, vernahm ich eine Stimme in meinem Rücken, als ich die ersten Treppenstufen bergab gemeistert hatte. Menkes Stimme konnte es nicht sein, kombinierte ich messerscharf, es sei denn, er wäre unter die Eunuchen gegangen.

Noch im Umdrehen ließ ich ein »Ja bitte?« los – Zeitverschwendung war noch nie meine präferierte Beschäftigung gewesen – und stiefelte zurück.

»Suchen Sie vielleicht den Herrn Menke?«

Das etwa siebzigjährige weißhaarige Mütterlein, das mir nun gegenüberstand, hatte offenbar einen guten Überblick über die in ihrem Haus vor sich gehenden Dinge.

»Sie sind ja Hellseherin. Wissen Sie vielleicht, wo ich Heiner finde?« Ich hatte spontan entschieden, mich als Menkes Verwandten auszugeben.

»Wer will das denn wissen? Kommen Sie näher, junger Mann, meine Augen sind nicht mehr die besten.«

»Gestatten, Dieter, ich bin der Neffe des Bruders von der Tochter von der alten Frau Menke, und ich soll Heiner etwas Wichtiges ausrichten.«

»Was soll das sein? Der Neffe des Bruders von der Tochter von der alten Frau Menke?«, grummelte sie und schob die randlose Brille ein Stück nach oben. Aufgepasst, Nannen, die Lady war verdammt fit in der Birne!

»Also, stellen Sie sich vor, Sie wären die alte Frau Menke, okay?«

»Ja.«

»Und sie hat zwei Töchter und zwei Söhne.«

»Wie heißen die?«

»Das tut nichts zur Sache.«

»Wenn Sie wissen wollen, wo sich Herr Menke aufhält, schon«, erklärte sie und grinste mich verschmitzt an.

»Peter, Stefan, Karin und Bettina«, wilderte ich Vornamen aus meinem Freundeskreis.

»Sind Zwillinge dabei?«

»Nein.«

»Welchen Schulabschluss hat die ältere Tochter?«

»Abitur.«

»Ist eines der Kinder homosexuell?«

»Drei definitiv nicht, eines hat sich noch nicht festgelegt.«

»Hat die alte Frau Menke etwas mit der Psychosozialen Kontakt- und Beratungsstelle zu schaffen?«

»Hä?«

»Die Anfangsbuchstaben der Vornamen ihrer Kinder sind PSKB, und das ist das Kürzel für die Psychosoziale Kontakt- und Beratungsstelle.«

»Wollen Sie mich verscheißern?«

»Ja, aber das beruht wohl auf Gegenseitigkeit.«

Jetzt war es erst mal an der Zeit, sich kaputtzulachen.

»War ein netter Versuch«, fuhr das Mütterchen fort, »und deswegen werde ich Ihnen helfen. Der Heiner, dieser Knallkopf – oh, Entschuldigung –, ist natürlich in seinem Schrebergarten hinter der Eisenbahnbrücke. Wissen Sie, wo das ist?«

Auf meine horizontalen Kopfbewegungen hin erhielt ich eine Beschreibung, die so einfach war wie mein Verwandtschaftsverhältnis zu Mutter Menke.

Ich bedankte mich höflich und war exakt an derselben Stelle wie vor wenigen Minuten, als sie mich erneut mit einem »Hallo!« zurückzitierte.

»Richten Sie Heiner bitte aus, dass er mir endlich den Hochdruckreiniger zurückgeben soll, den er sich schon vor Wochen ausgeliehen hat.«

»Wird erledigt.«

Sie, werter Leser, werden sicherlich ahnen, was geschah, als ich beschwingten Schrittes wieder einige Stufen hinabgeklettert war …

»Hallo!«

Ich fühlte mich wie Reinhold Messner, als ich erneut vor der Dame stand.

»Ich wünsche Ihnen eine traumhafte Hochzeit mit Karin Schumann und alles nur erdenklich Gute für Ihr Eheleben.«

Anstatt einer Antwort blickte ich sie nur konsterniert an.

»Gestatten, dass ich mich vorstelle: Elsbeth Reichert, Ludger Reicherts Mutter. Sie beide scheinen ein sehr spezielles Verhältnis zu haben, zumindest erzählt er ständig von Ihnen. Natürlich hat Ludger Sie auch dezidiert beschrieben.«

»Sie sind herzlich zur kirchlichen Trauung am Samstag eingeladen. Ich würde mich wirklich über Ihre Anwesenheit freuen, aber darf ich jetzt bitte gehen?«

Ich war richtig geschockt, als ich die elfte Treppenstufe meisterte ohne ein »Hallo« im Rücken.

Trotz Elsbeths umständlicher Wegbeschreibung fand ich die Schrebergartenkolonie problemlos. Reicherts Mutter hatte mir Menkes Laube als die größte und pompöseste des gesamten Geländes beschrieben, sodass ich sie schon von Weitem orten konnte.

Ich öffnete das Gartentor und marschierte auf das tatsächlich beeindruckende Häuschen zu. Massiver Steinbau, schneeweiß verputzt, ohne irgendeinen Flecken an den Wänden. Die Sprossenfenster waren sogar mit Rollläden ausgestattet. Das Dach war mit roten Schindeln gedeckt, aus dem gemauerten Schornstein drang Rauch. Der sorgfältig geharkte Kiesweg wurde an den Seiten von akkurat gestutzten Buchsbäumen flankiert. Zur Rechten bot eine Teichlandschaft Lebensraum für Frösche, Libellen und anderes Getier, die linke Flanke wurde als Gemüsegarten genutzt.

Der einzige Makel an dieser Idylle war der fehlende Besitzer.

Als meine Knöchel Kontakt zur Holztür aufnehmen wollten – Schlamperei, dass Heiner keine Klingel installiert hatte –, fiel ein Schuss.

Mit geübter Leichtigkeit ließ ich mich auf den Boden fallen und griff instinktiv zum Hosenbund, um den Revolver zu ziehen. Ein sinnloses Unterfangen, da ich unbewaffnet war. Wer rechnete auch mit so etwas?

Nach Sekunden gespenstischer Stille, die sich wie Minuten anfühlten, tauchte ein Gewehrlauf hinter der linken Häuserecke auf. Ein Klacks für mich, aufzuspringen, den Lauf zu ergreifen und ein überraschtes »Oh!« zu provozieren.

Ich trat einen Schritt zurück und harrte mit einem Luftgewehr in der Hand der Dinge, die da kommen sollten.

»Was wollen Sie?« Um die Ecke bog ein fast zwei Meter großer Mann, der seinen sechzigsten Geburtstag bereits hinter sich haben musste. Zur Begrüßung knallte ich ihm den Gewehrkolben vor das rechte Schienbein, was ihm unangenehm war, mir aber eine gewisse Genugtuung verschaffte. Grundsätzlich sah ich es nämlich nicht gern, wenn auf mich geschossen wurde.

»Wer sind Sie?«, herrschte ich ihn an, obwohl ich die Antwort natürlich kannte, aber nach der Begegnung mit Reicherts Mutter wollte ich auf Nummer sicher gehen.

»Heiner Menke«, presste er zwischen den Zähnen hervor, während er sein Schienbein rieb.

»Sie haben auf mich geschossen!«

»Ich habe geschossen, das ist korrekt, aber nicht auf Sie, wer immer Sie auch sein mögen. Ich habe natürlich absichtlich danebengezielt.«

»Dann kochen Sie mal einen schönen Kaffee, und anschließend unterhalten wir uns ein bisschen. Ich bin übrigens Dieter Nannen und als Privatdetektiv für Luna Mancini tätig.«

»Luna?« Ich vermeinte ein Flackern in seinen Augen zu erkennen. Konnte aber auch die Sonne gewesen sein.

»Erst den Kaffee. Lassen Sie uns reingehen.« Mit einem zirkusreifen Wurf versenkte ich das Luftgewehr im Teich, in der Hoffnung, nicht die Ichthyofauna zu zerstören.

»Sind Sie verrückt? Das Teil hat ein Vermögen gekostet!«

»Dann seien Sie froh, dass Sie es los sind. Zu viel Reichtum macht unglücklich. Und jetzt rein.«

Gerade als Menke die Tür öffnen wollte, platschte ein Luftballon an ebendiese. Heraus spritzte rote Farbe, die Heiners grauem Haar einen punkigen Anstrich verlieh.

»Dieser Krawallski!«, jaulte er auf, spurtete zum Teich und versuchte, die Waffe herauszuziehen, mit dem Ergebnis, dass ich ihn kurz darauf aus dem Wasser fischen konnte. Leider hatte ich den Farbbeutelwerfer nur flüchtig aus den Augenwinkeln gesehen, aber Menke schien ja zu wissen, um wen es sich handelte.

Der Kaffee war das, was man gemeinhin als Blümchenkaffee bezeichnete, so dünn, dass man das Muster auf dem Tassenboden erkennen konnte. Während ich an der dünnen Plörre nippte, wechselte Menke die Klamotten. Das Innere der Laube war feist: Gasherd, Kühlschrank, Mikrowelle, Kamin, Flatscreen, Dolby-Surround-Anlage. Auf einem Regal sorgfältig nebeneinander positioniert um die fünfzig »Columbo«-DVDs. Geschmack hatte Menke, zumindest im cineastischen Bereich.

»Soso, Sie arbeiten also für mein Exweib. Wie war noch mal Ihr Name?«

»Dieter Nannen. Frau Mancini hat mich angeheuert, weil sie massiv bedroht wird.«

»Ist doch nichts Ungewöhnliches, wenn man im Rampenlicht steht.« Menke hatte sich ebenfalls einen Kaffee eingeschüttet und trank die Brühe, ohne eine Miene zu verziehen. Ein beinharter Knochen.

»Ist aber schon ungewöhnlich, wenn Anschläge verübt werden wie gestern Abend, als der Kronleuchter auf Luna gestürzt ist.«

»Das ist ja schrecklich. Wo ist das passiert?«

»Verkaufen Sie mich nicht für dumm, Freundchen. Sie sind doch dabei gewesen.« Auch wenn ich manchmal in Richtung Alzheimer tendierte, war mein Namens- und Gesichtergedächtnis ganz passabel, und Heiner Menke war definitiv gestern im Publikum gewesen.

»Ich bin aber auch so was von vergesslich. Stimmt, aber das war doch ein Unfall.«

»Der Kronleuchter war manipuliert, und mittlerweile steht zweifelsfrei fest, dass der Täter in unmittelbarer Nähe gewesen sein muss.«

Allmählich begann Menkes selbstsichere Fassade zu bröckeln. Er fragte: »Ach nee, und Sie glauben, dass ich Luna ans Leder wollte?«

»Ich glaube überhaupt nichts, aber immerhin waren Sie mit ihr verheiratet, es gibt also eine Verbindung. Außerdem haben Sie ihr in letzter Zeit einige unschöne Briefe geschrieben.«

»Diese Schlampe will immer noch Geld von mir. Seit unserer Scheidung muss ich jeden Monat ein stolzes Sümmchen berappen, und da –«

»Wofür?«, unterbrach ich ihn.

»Nun ja, zunächst natürlich Unterhaltszahlungen, aber das wäre längst vorbei, wenn dieses Flittchen nicht einige unangenehme Dinge über mich wissen würde.«

»Mäßigen Sie sich mal im Ton!« Seine Gossensprache ging

mir gegen den Strich. »Außerdem tragen diese Hasstiraden nicht gerade zu Ihrer Entlastung bei.«

»Ist mir scheißegal, ob ich verdächtigt werde oder nicht. Ich habe mit dem Anschlag nichts zu schaffen. Ja, ich habe boshafte Briefe geschrieben, und ja, Madame Mancini geht mir tierisch auf den Sack, aber für die gestrige Sache müssen Sie sich einen anderen suchen.« Sprach's und schüttete sich noch einen Kaffee ein. Menke war wirklich hart im Nehmen.

»Womit hat Luna Sie in der Hand?«, bohrte ich schnell nach, bevor er noch an der Ekelbrühe verreckte.

»Das geht Sie so viel an wie mich die Kleiderordnung im Vatikan.«

Da ich auf religiöse Erörterungen keine Lust hatte, ließ ich es dabei bewenden. Aus Menke war nichts herauszuholen, aber unverdächtig ging anders.

»Was hatte es vorhin eigentlich mit dem Farbbeutelwurf auf sich?«, wechselte ich das Thema.

»Das ist dieses Schwein Krawallski. Voll der Asoziale. Er meint, mich drangsalieren zu müssen, nur weil ich beim Vorstand moniert habe, dass sein neuer Prachtbau die in der Satzung festgelegte Maximalhöhe um vier Zentimeter überschreitet.«

»Scheint mir aber ein arg rüder Umgangston zu sein in Ihrem Verein.«

»Einer muss schließlich auf Recht und Ordnung achten, sonst geht es hier bald zu wie in Sodom und Gomorrha. Und dieser Krawallski ist beileibe nicht der Schlimmste. Da sind noch zwei, drei andere Pächter, die mich ebenfalls schikanieren.«

»Natürlich grundlos«, merkte ich ironisch an, nicht wissend, warum ich hier eigentlich noch meine Zeit verschwendete.

»Die können offensichtlich nicht damit umgehen, dass es Menschen gibt, die auf die Einhaltung von Regeln achten. Wo soll das denn hinführen, wenn jeder macht, was er will? Zum Beispiel dieser Petersen schräg gegenüber. Ist gerade mal seit neunzehn Monaten im Verein, aber lässt am Wochenende dermaßen laut die Musik dröhnen, dass man sich wie auf der Loveparade fühlt.«

»Skandalös.«

»Oder dieser Brömmer samt seinen drei verkommenen Blagen. Der Garten sieht aus wie nach der Bombardierung durch die Amis, und die Rotzgören lassen permanent ihre Roller auf dem Gehweg liegen.«

»Gut, dass Sie da ein Auge drauf haben.«

»Da sprechen Sie wahre Worte gelassen aus. Oder dieser ehrenwerte Herr Falter. Hat seinen Zaun seit sage und schreibe vier Jahren nicht gestrichen, und der Wasserhahn tropft auch schon die ganze Zeit. Da muss man doch einschreiten, oder etwa nicht?«

Anstatt einer Antwort meinerseits brach die Hölle los.

## Deine blauen Augen

Ein Ziegelstein segelte durchs Fenster und zerstörte meine Kaffeetasse. Gleichzeitig stürmten mehrere Personen in die Laube, in ihren Augen funkelte der blinde Hass. Sah nicht nach Kaffeekränzchen aus.

Ich trat der Meute entgegen und brüllte: »Stopp!« Der Erste in der Angriffsreihe, ein untersetzter Mittfünfziger mit osteuropäischem Erscheinungsbild, knallte mir volle Lotte seine Faust ins Gesicht. Ich war so überrascht, dass ich mich erst mal auf den Hosenboden setzte.

Da ich jedoch nicht das Objekt der Begierde zu sein schien, konnte ich im Folgenden die Lage sondieren. Außer dem werten Herrn, der sich erdreistet hatte, den Privatdetektiv Dieter R. Nannen niederzuschlagen, gab es zwei weitere Eindringlinge, beide mit tüchtig Mordlust in den Augen. Der Kleinere hielt einen Baseballschläger in den Händen, der Größere eine Axt.

Während meiner Heldentat hatte sich Heiner Menke unauffällig an die Küchenzeile zurückgezogen. Jetzt rüttelte er fickerig an einer Schublade herum.

»Jetzt bist du fällig!«, zischte ihn der Mann mit der Axt an.

»Jungs, wir können über alles reden. Man muss doch nicht gleich überreagieren.«

»Drauf geschissen«, schaltete sich der Untersetzte ein. »Jetzt gibt's eine Lektion, damit du ein für alle Mal mit dem Terror aufhörst.«

Ich war erleichtert, denn »Lektion« hörte sich danach an, dass wir lebend aus dieser Situation herauskommen würden. Aber drauf gewettet hätte ich nicht.

»Wer bist du überhaupt?« Leider war ich wieder in den Fokus der Aufmerksamkeit gelangt. »Auch so ein Korinthenkacker wie der alte Menke?«

»Dieter Nannen, Privatdetektiv«, antwortete ich höflich, knapp und vollständig.

»Kein Wort zu irgendwem, sonst bist du auch dran«, lärmte der Dritte im Bunde und schwenkte den Baseballschläger bedrohlich in meine Richtung.

»Auch wenn es mich nichts angeht, aber ich würde mir das an eurer Stelle überlegen«, unternahm ich einen letzten Rettungsversuch.

»Hast recht, geht dich nichts an. Und jetzt mach die Tür von außen zu.«

Menke mit den Kannibalen allein lassen? Es musste eine andere Möglichkeit geben.

Und siehe da, die gab es auch: »Zischt ab, ihr Dreckspack«, blaffte Heiner plötzlich los. Gewagte Worte für einen, der drei mordlüsternen Männern gegenüberstand, von denen zwei bewaffnet waren. Allerdings hatten sich die Kräfteverhältnisse ein wenig verschoben, denn der Schrebergartensheriff hielt eine hässliche Pistole in seiner Rechten.

Jetzt wurde es gefährlich. Drei Gegenstände, mit denen man sich übel wehtun konnte, in den Händen absoluter Amateure.

Ein Beil und ein Basie gegen eine Knarre waren unfair, also zog der, der mich niedergeschlagen hatte, ein Messer aus der Tasche. Die Millisekunde, die Heiner abgelenkt war, nutzte die Axt im Walde zu einem gezielten Schlag, allerdings mit dem stumpfen Ende voraus. Menke wurde an der linken Schulter erwischt, schrie schmerzerfüllt auf und drückte ab. Die Kugel verpasste dem Widersacher ein drittes Auge.

Dann wurde es richtig hässlich. Als Messerjocke völlig entsetzt seinen daniedersinkenden Kumpel anstarrte, rappelte ich mich blitzschnell auf und trat ihm das Messer aus der Hand. Das brachte seinen bisher untätig gebliebenen Kollegen derart in Rage, dass er mit dem Baseballschläger ausholte und ihn voll gegen meine Hüfte knallen ließ. Eine Welle höllischen Schmerzes durchfuhr mich, und mir wurde schwarz vor Augen. Ich vernahm nur noch, wie geschlagen wurde und weitere Schüsse fielen. Just als ich wieder klar sehen konnte, wurde Menke von dem zweckentfremdeten Sportgerät am Schädel getroffen, fiel hin und landete mit dem Hinterkopf auf dem Ziegelstein, der unschuldig dort gelegen hatte.

Unter seinem Kopf bildete sich eine Blutlache, und selbst ein Laie konnte erkennen, dass für ihn alle Messen gelesen waren.

Sein Angreifer ließ wie paralysiert den Baseballschläger fallen und sackte zu Boden. Jetzt konnte ich auch erkennen, wo die übrigen Kugeln gelandet waren. Eine steckte im linken Bein des Messerwerfers, die andere im rechten Arm. Fühlte sich zumindest keine Seite benachteiligt.

Da die Fete vorbei war, zückte ich mein Handy und rief bei der örtlichen Polizeidienststelle an, die mich prompt zu Ludger Reichert durchstellte.

»Ich habe zwei Leichen und zwei Verletzte zu melden.« Ich zählte mich großzügig dazu. Nachdem ich ihm die Adresse mitgeteilt hatte, verschwand das Mobiltelefon wieder in meiner Hosentasche. Wenige Sekunden später klopfte es an der Tür: »Aufmachen, Polizei!«

»Sind Sie geflogen?« Ich war sowohl überrascht als auch erfreut, meine Hassliebe Reichert derart schnell zu sehen.

»Mir gehört eine Laube hier, nur einen Steinwurf entfernt. Eigentlich habe ich heute frei, aber damit ist jetzt wohl Essig«, knurrte er und ließ seinen routinierten Blick durch den Raum gleiten.

»Mann, Nannen, da haben Sie sich wieder selbst übertroffen. Zwei Leichen auf einen Schlag ist Rekord.«

»Sind Arzt und Leichenwagen verständigt?« Trotz der Situation musste ich innerlich ein wenig schmunzeln: Ludger Reichert erholte sich nach der Verbrecherjagd im Schrebergarten. Ich hatte ihn zwar schon immer für spießig gehalten, aber für so spießig auch wieder nicht.

»Sind unterwegs. Und jetzt fangen Sie an zu erzählen!« Die beiden Überlebenden zischte er an: »Und Sie rühren sich nicht vom Fleck!«

Minutiös schilderte ich die Geschehnisse seit meinem Eintreffen in der Schrebergartenidylle. Entgegen meiner Gewohnheit, Reichert schon allein aus Eigenschutz nur die Hälfte der Geschichte wiederzugeben, ließ ich dieses Mal kein Detail aus und blieb bei der Wahrheit und nichts als der Wahrheit. Auch wenn ich wusste, dass Ludger mich liebend gerne – und sei es nur aus therapeutischen Gründen – in den Knast stecken würde, brauchte ich dieses Mal nicht auf der Hut zu sein. Ich hatte keine der Waffen berührt, und auch in Bezug auf meine Auftraggeberin konnte ich ihm reinen Wein einschenken. War schließlich kein Verbrechen, als Schnüffler für Luna Mancini zu arbeiten.

Erleichtert wurde die Befragung dadurch, dass die beiden Überlebenden ein volles Geständnis ablegten. Heiner Menke hatte die drei Schrebergärtner monatelang terrorisiert. Mal war das Gras zu hoch, mal das Laub nicht weggefegt, mal waren irgendwelche vorgeschriebenen Mindeststandards nicht eingehalten worden. Natürlich hatten sie niemals beabsichtigt, ihn umzubringen. Er sollte nur eine kleine Abreibung bekommen.

Als die Rettungswagen eintrudelten, ließ ich Hüfte und Auge untersuchen. Die Hüfte war stark geprellt, und wegen des Auges saß ich eine Stunde später beim Dülmener Brillenstudio meiner Wahl. Vorher hatte ich Reichert versichern müssen, morgen bei seiner Dienststelle vorbeizukommen und meine Aussage zu bestätigen und zu unterschreiben.

»Was ist denn mit Ihnen passiert, Sie Armer?«, piepste die bildhübsche Brillenstudiofachangestellte und musterte mich halb mitleidig, halb angeekelt.

»Hatte eine Auseinandersetzung im Schrebergarten, an deren Ende zwei Tote und zwei Verletzte standen.«

»So eine einfallsreiche Begründung habe ich ja noch nie gehört.« Sie lächelte verschmitzt. Irgendwie schien sie mir nicht zu glauben. »Dann machen wir erst mal einen Sehtest, würde ich vorschlagen.«

»Können Sie sich schenken, ich brauche nur eine Sonnenbrille. Am Wochenende wird nämlich geheiratet, und da macht sich ein Veilchen nicht so gut. Wird sowieso noch Ärger geben mit meiner besseren Hälfte.«

Sie marschierte durch den Laden und kam mit einigen Modellen zurück.

»Das ist momentan der absolute Renner«, informierte sie mich und deutete auf das erste Exemplar.

»Erwecke ich den Eindruck, dass ich meine Brötchen als Zuhälter oder Drogendealer verdiene?«

»Wie wäre es dann mit dieser hier?«

»Die halten Sie mal lieber zurück, bis Heino vorbeischaut.«

»Und diese?«

»Nicht schlecht für Puck, die Stubenfliege.«

»Sie sind aber eine harte Nuss. Wie wäre es denn mit diesem Prachtexemplar? Darauf gibt es sogar zehn Prozent Rabatt.«

»Ich will auf eine Hochzeit und nicht auf eine Achtziger-Jahre-Revival-Party.«

Nachdem ich versichert hatte, dass ich weder einen Pilotenschein besaß noch auf blaue oder grüne Gläser stand und auch kein Freund von Horn war, fanden wir endlich das passende Modell: schwarze Gläser, schmal geschnitten, platinfarbenes Gestell. Und zufälligerweise die billigste Brille im Sortiment.

Ich drückte die Piepen ab, bedankte mich für die exzellente Beratung und empfahl mich. Just als ich auf den Bürgersteig trat, brach die Sonne durch die Wolkendecke. Gut, dass ich gewappnet war. Grelles Licht war sowieso nicht gut für die Augen.

Während der Rückfahrt ins beschauliche Buldern ließ ich die letzten Stunden Revue passieren, untermalt von der grandiosen CD »Letters & Signs« der Erfurter Kapelle Northern Lite. Ob der Sänger Andreas Kubat auch eine Sonnenbrille trug? Ich wusste es nicht, aber auch ohne war die Mucke der absolute Oberhammer. Elektroklänge, gepaart mit rockigen Gitarrenriffs, und als Krönung die charismatische Stimme Kubats.

Hätte ich geahnt, was mich zu Hause erwartete, hätte ich den Trauermarsch aufgelegt.

Da ich dies jedoch nicht voraussehen konnte, lauschte ich halt Northern Lite und war trotz des erlebten oder besser gesagt wegen des überlebten Massakers gut drauf. Zwei Tote wegen nichts, das musste man sich mal reinziehen!

Heiner Menke schien der personifizierte Schrebergarten-Satan gewesen zu sein. Ob er auch hinter den Anschlägen auf Luna Mancini steckte, war fraglich, aber es war ja relativ simpel: Falls die Mordversuche aufhörten, war er es gewesen. Nichtsdestotrotz wollte ich nicht darauf warten, sondern würde mir morgen die anderen Exgatten vorknöpfen. Musste ja schließlich was tun für mein Geld. Außerdem sagte mir mein Gefühl, dass Menke zwar gehörig einen an der Waffel hatte, aber mit den Anschlägen auf die Schlagerdiva nichts zu schaffen hatte.

## Französischer Schimmelkäse

Als ich die Bulderner Dorfgrenze passierte, entschloss ich mich spontan, bei Karin vorbeizuschauen, anstatt auf direktem Wege zur Nannen-Kemenate zu jetten. Ein bisschen Fremdbewunderung und Betüddelung ob meiner Blessuren war genau das, was ich jetzt brauchte.

Leider sorgte mein linker Vorderreifen dafür, dass ich weder zu Karin noch zu mir fahren konnte, da er sich spontan entschieden hatte, sehr schnell Luft zu verlieren. Ich brachte den Wagen am unkrautüberwucherten Straßenrand zum Stehen und kletterte aus der Blechkiste. Jawohl, der Schlappen war platter als eine unter die Walze geratene Flunder. So ein Dreck!

Das nächste bewohnte Gebäude gehörte Schumann, allerdings war es ob der dichten Besiedelung in dieser Einöde immer noch Kilometer entfernt. Da ich weder Werkzeug noch Ersatzreifen zur Hand hatte, blieb nur ein gemütlicher Fußmarsch.

Just als ich meine Schnürsenkel fest zugezogen hatte und die ersten Schritte gegangen war, wurde ich durch eine durch ein infernalisches Hupen ausgelöste Druckwelle in den Straßengraben geschleudert.

Der Unimog verfehlte mich nur um Haaresbreite, als er mit quietschenden Bremsen und qualmenden Reifen den Straßenrain durchpflügte. Während ich meinen Wortschatz auf originelle Flüche durchforstete, öffnete sich die Tür, und Stefan Jahnknecht hüpfte freudestrahlend aus der Fahrerkabine. Stefan war mein einziger richtiger Freund in Buldern. Kennengelernt hatten wir uns, als ich kurz nach meinem Umzug von Essen nach Buldern im münsterländischen Niemandsland einen Fahrradplatten gehabt und er diesen behoben hatte.

Hast dich tapfer geschlagen hier in den letzten Jahren, dachte ich im Stillen, als ich zu meinem Auto hinüberblickte. Schließlich war ich damals nicht aus ökologischen oder sportlichen Gründen mit dem Drahtesel unterwegs gewesen, sondern einzig und allein aufgrund der finanziellen Klemme, in der ich gesteckt hatte.

»Hallo, Dieter, was du machen hier?«

»Mein linker Vorderreifen ist platt, und ich war gerade auf dem Weg zu Karin.«

»Oh, soll ich dir helfen tun?«

Stefans eigenwilliger Satzbau spiegelte keineswegs einen speziellen Münsterländer Dialekt, sondern seine intellektuellen Fähigkeiten wider. Der als Landwirtschaftshelfer arbeitende Jahnknecht war nämlich recht einfach strukturiert.

Auch wenn ich mit ihm nur schwerlich über die wirtschaftspolitischen Auswirkungen der Eurokrise oder den Einfluss der katholischen Kirche auf die Geburtenraten in der Dritten Welt diskutieren konnte, hatte er sich als absolut treue, ehrliche und hilfsbereite Seele erwiesen, die ich im Laufe der Zeit lieb gewonnen hatte. Selbstverständlich hatte ich ihn auch zu unserer Hochzeit eingeladen.

»Kannst du mir denn helfen? Ich glaube nämlich nicht, dass der Ersatzreifen deines imposanten Gefährts auf meine Achse passt.«

Anstatt einer Antwort holte Stefan einen Wagenheber und einen Drehmomentschlüssel von der Ladefläche und machte sich an die Arbeit. Meine Frage nach Unterstützungsbedarf wurde brüskiert zurückgewiesen.

Nach erfolgreicher Demontage setzte sich mein Kumpel auf den Hosenboden und studierte akribisch das luftleere Etwas. Die stoische Ruhe, mit der er den Pneu Millimeter für Millimeter abtastete, führte mir vor Augen, wie hektisch doch die heutige Zeit war.

»Du bist drübergefahren über dicken Nagel, schau her!« Er zeigte mit seinem Zeigefinger und aufgesetztem Expertenblick auf eine Stelle, wo ich beim besten Willen nichts erkennen konnte.

»Ich tu Flickzeug dabeihaben, wir können machen Reifen wieder heile.«

Stefan holte das Flickzeug aus dem Unimog und fuckelte mit atemberaubender Geschwindigkeit am Reifen herum.

»Fertig.«
»Super, Stefan. Jetzt brauchen wir nur noch eine Luftpumpe.«
»Du haben Pumpe bei?«
»Leider nicht.«
»Ich auch nicht.«
»Scheiße.«
»Wir aber auch nicht brauchen unbedingt.«
Was soll ich sagen? Wir benötigten tatsächlich keine Luftpumpe. Stefan setzte das Ventil an seinen Mund, blies die Backen auf, und kurz darauf hatte ich wieder einen prall gefüllten Vorderreifen.
»Das ist ja der Hammer!«, entfuhr es mir, nachdem wir den Reifen festgeschraubt hatten.
»Wir nicht mehr brauchen Hammer, ist doch jetzt alles fertig.«
»Du bist 'ne Wucht. Darf ich dich zu einer Cola einladen als Dank für deine Hilfe?«
»Cola nicht gut für Stefan, sagt Mama. Ich soll lieber trinken lecker Milch. Oder vielleicht sogar eine Fanta?«, johlte er und strahlte mich glückselig an.
»Hast du denn schon Feierabend?«
»Jawoll, heute nicht viel zu tun für Stefan. Wollte jetzt nach Hause fahren. Und, hast du wieder neuen Fall mit Tod und Mörderei? Ach, natürlich nicht, da du doch bald heiraten tun willst.«
»Tja, mein Freund, schön wäre es, aber ich musste leider eine Sache von Otto übernehmen, da er momentan unpässlich ist. Ich soll mich um eine Schlagersängerin kümmern.«
»Oh, ich und Mama lieben Schlager. Wer ist es denn?« Erwartungsvoll schauten mich zwei große Augen an.
»Die Werte hört auf den Namen Luna Mancini und wird zurzeit bedroht. Ich soll sie beschützen«, gab ich Stefan Einblick in meinen Arbeitsalltag.
»Du das noch mal sagen!«, erhob er die Stimme und packte mich fest an der Schulter.
»Die Werte hört auf den Namen Luna Mancini und wird zurzeit bedroht. Ich soll sie beschützen.«

»Das ist ja endgeil!«, überraschte mich Jahnknecht mit Jugendsprache. »Kannst du mir tun Gefallen? Bitte, bitte.«

»Klar. Soll ich Freikarten für das nächste Konzert besorgen?«

»Das würdest du tun, lieber Dieter? Du musst wissen: Mama ist ganz großer Freund von Frau Mancinis Musik, und sie hat ganz viele Schallplattenscheiben von ihr. Wenn du so gut kennst Frau Mancini, kannst du vielleicht auch besorgen Autonome von sie?«

»Autogramme«, korrigierte ich. Stefan konnte ich mir wirklich schwerlich in der linken Szene vorstellen.

»Ja, mit schwarzem Stift auf Schallplattenscheiben schreiben. Mama nämlich am Samstag Geburtstag, und das wäre allerbestes Geschenk für sie.«

»Klar kann ich die Platten signieren lassen, wenn es dir wichtig ist.«

»Du sein bester Freund, den gibt«, kreischte er voller Begeisterung und umarmte mich. »Sollen wir schnell holen die Sachen von Mama? Sie nämlich gerade sein auf Häkeltreffen, also Luft ist rein.«

»Aber immer.«

Und so zuckelten ein Unimog und ein Escort zu Stefans Heim. Während ich draußen Wache schob, schlich sich mein Kumpel ins Haus. Wenig später stürzte er mit einem Stapel Schallplatten unter dem Arm und einer nicht potthässlichen Sonnenbrille auf der Nase zurück ins Freie.

»Warum hast du denn eine Sonnenbrille aufgesetzt? Ist doch total bewölkt.«

»Wenn Dieter trägt Brille für Sonne, ich möchte auch tragen eine.«

»Ach so, nee, ich habe dieses Teil nur auf, weil ich vorhin einen auf die Augen gekriegt habe.«

»Ich nicht ganz verstehen tu. Hier sind die Schallplattenscheiben. Sieben große und zwei kleine.«

»Die großen nennt man Langspielplatten und die kleinen Singles«, versuchte ich mich in Wissensvermittlung. Eigentlich unnötig, da in ein paar Jahren sowieso keiner mehr die Dinger kennen würde.

»Und du kannst wirklich besorgen Autokilos?«

»Autogramme. Ja, null Problemo.«

»Du bist wahrer Freund, Dieter.« Sprach's, umarmte mich und drückte mir einen fetten Schmatzer auf die Wange. Lecker.

»Morgen, spätestens übermorgen hast du die Scheiben wieder. Wie kann ich dich am besten erreichen, ohne dass deine Mutter etwas bemerkt?«

»Ich habe jetzt Handy, damit ich immer Mama rufen kann, wenn was Schlimmes ist.«

»Dann gib mir mal die Nummer. Sobald Luna sie signiert hat, melde ich mich.«

»Okay. Also, Nokia N95.«

»Nein, nicht die Marke, sondern die Telefonnummer.« Wie bereits erwähnt, war Meister Jahnknecht manchmal geistig etwas außerhalb der normalen Pfade.

Nachdem ich weder die Seriennummer noch die Tastaturfolge 1-2-3-4-5-6-7-8-9-0 als korrekte Antwort akzeptiert hatte, schalteten wir den Telefonkasten ein und fanden die richtige Ziffernfolge. Ich speicherte die Nummer auf meinem Handy, klopfte Stefan zum Abschied auf die Schulter, deponierte die Platten auf dem Rücksitz und machte mich endgültig auf zum Schumann'schen Anwesen. Kaum dass ich die Straße erreicht hatte, kam mir Mutter Jahnknecht in ihrem altersschwachen Benz entgegen.

Noch mal Glück gehabt, dass sie uns nicht beim Einsacken der Mancini-Preziosen entdeckt hat, schmunzelte ich in mich hinein und hob die Hand zum Gruß.

Auf Karins Hof jagte Tante Trudi zähnefletschend hinter einem Huhn her, das sich verzweifelt auf einen Mauervorsprung zu retten versuchte.

»Sitz!«, fuhr ich den Hund an, um das arme Federvieh vor dem drohenden Herzinfarkt zu retten. Vergeblich. Der mit Testosteron gedopte Dackel kläffte, als wollte er sein Opfer durch akustische Folter töten. Nach drei weiteren ergebnislosen Befehlen wurde es mir zu bunt. Ich schnappte sein Halsband und zog ihn mit aller Kraft vom Huhn weg. Prompt hatte der Köter ein neues Hassobjekt und schnappte nach meiner Hand.

»Was machst du denn da, mein schmaler Freund?« Eine Pranke legte sich von hinten auf meine Schulter. Günter. Der hatte mir gerade noch gefehlt.

»Euer Familiendackel versucht gerade, ein Huhn zu reißen. Wäre schön, wenn ihr ihn anleinen würdet«, erwiderte ich wütend.

»Lass sofort Trudi los«, fauchte Günter mich an. »Das Tier muss sich frei entfalten, sonst wird es traumatisiert. Da kannst du jeden Tierpsychologen fragen.«

»Und das Huhn wird nicht traumatisiert?«

»Was ist denn hier los?« Karin stand mit pinkfarbener Küchenschürze bekleidet in der Haustür.

»Dieter quält Tante Trudi«, erklärte Günter wehleidig. »Das geht so nicht.«

»Der Hund hat eines deiner Hühner gejagt. Ich wollte nur den Vogel schützen«, verteidigte ich mich.

»Kindsköpfe.«

Ich ließ den Dackel los, der mittlerweile jedes Interesse an der Jagd verloren hatte und sich auf Karin stürzte, die ihn liebevoll hinter den Ohren kraulte.

»Bist doch unsere Beste, was«, schnatterte sie und streichelte das Mistvieh. »Kommt doch herein. Das Essen ist gleich fertig. Wie siehst du denn aus, Dieter?« Sie schlug die Hände über dem Kopf zusammen.

Hatte sie zunächst nur meine formschöne Sonnenbrille gemeint, wiederholte sie die Frage, als ich die Gläser von der Nase zog.

»Kleine Auseinandersetzung während der Ermittlungsarbeit. Aber das ist gar nichts im Vergleich zu meiner Hüfte, die auch was abbekommen hat.« Ein folgenschwerer Satz, sollte sich bald herausstellen.

Wir gingen ins Innere. Jochen und Tante Rosi saßen am Esstisch im Wohnzimmer. Jochen daddelte ein Gameboy-Spiel und fluchte alle zehn Sekunden. Rosi studierte gelangweilt das Kirchenblatt. Am anderen Ende des Tisches saß eine schwarz gelockte Frau Anfang zwanzig. Sie hatte eine Sonnenbrille auf den Kopf gesteckt und studierte einen Modekatalog.

»Dieter, mein Stiefsohn. Endlich lernen wir uns kennen. Komm zu Mama, Süßer«, rief sie euphorisch. Ich fand es recht befremdlich, von einer jüngeren Frau als Sohn empfangen zu werden.

»Ich bin Arabella, die neue Frau an der Seite deines Vaters«, ergänzte sie, als sie meine Verwirrung bemerkte.

»Schön, dich kennenzulernen«, log ich, während sie mir Küsse auf die Wangen hauchte.

»Arabella hat sich bereits mit meiner Familie angefreundet«, erklärte Karin mit sarkastischem Unterton. »Beim Essen wollen wir noch mal den Ablauf der Hochzeit durchsprechen.«

»Karin ist ja so süß. Ich weiß, dass es ein wenig spät ist, aber Klaus und ich haben noch einige Ideen bezüglich der Hochzeit. Das wird ein rauschendes Fest. Der Einkaufsbummel mit Karins Verwandtschaft war leider ein Reinfall. Dieses Münster ist ja so ein Dorf. Ich habe nichts gefunden, was ich zur Hochzeit anziehen kann. Aber es ist ja noch ein wenig Zeit.« Sie spielte mit der Perlenkette vor ihrem Dekolleté.

»Ich hole mal das Essen«, sagte Karin und wandte sich dann an mich: »Und du erzählst jetzt, warum du so lädiert aussiehst.«

Alle starrten mich gebannt an. Während Karin den gusseisernen Topf mit Wirsing hineintrug, gab ich die heutigen Erlebnisse zum Besten, natürlich dramatisch ausgeschmückt. Als ich zum Ende kam, fühlte ich mich als strahlender Held, der Heerscharen von Drachen und Teufeln niedergekämpft hatte.

»Du bist ja krass drauf.« Jochen hatte als Erster die Sprache wiedergefunden. »Wenn ich gewusst hätte, was du für ein Hammertyp bist, wäre ich zum Gangsterjagen mitgekommen. Das glaubt mir kein Mensch.« Er zückte eine Digitalkamera, und ehe ich mich's versah, war ich abgelichtet.

»Was soll das?«

»Digger, das kommt auf meine Facebook-Seite. Keiner der Kollegen hat einen Onkel, der sich mit Verbrechern prügelt. Endgeil.«

Vielleicht hätte ich weniger dick auftragen sollen. Meine Geltungssucht bedauerte ich umso mehr, als Karin den Schöpflöffel beiseitelegte und einen Umschlag auf dem Tisch platzierte.

»Was ist das?«

»Gut, dass dies heute passiert ist, denn ich wollte das bereits seit Längerem ansprechen. Ich weiß, dass dir dein Job wichtig ist, aber wenn wir eine Familie gründen wollen, ist der Detektivberuf einfach zu gefährlich. Ich möchte dich bitten, über berufliche Alternativen nachzudenken.«

Rumms! Benommen griff ich zur Kelle und beförderte Wirsingeintopf auf meinen Teller. Ich konnte doch nicht so mir nichts, dir nichts meinen Job aufgeben.

»Ich habe einige attraktive Stellenanzeigen aus der Zeitung ausgeschnitten. Ehrlich gesagt liebe ich dich auch, wenn du gar nichts machst und den ganzen Tag zu Hause bist. Detektiv ist kein Beruf für einen Familienvater. Heute wurdest du verprügelt, morgen landest du im Krankenhaus, und übermorgen bist du tot. Mit diesen Sorgen kann ich nicht leben.«

Ich lutschte am Wirsing, konnte ihn aber kaum runterschlucken.

»Ich weiß nicht, was du hast«, mischte sich Arabella ein. »Ist doch ein cooler Job. Zwar gefährlich, aber *no risk, no fun*.«

»Karin hat recht.« Jetzt war es an Tante Rosi, ihren Senf dazuzugeben. »Ich hätte niemals einen Detektiv geheiratet. Sieh dir doch diesen Matula im Fernsehen an. Der ist fast siebzig und muss immer noch arbeiten. Keine Rentenversicherung und nichts auf der hohen Kante. Du solltest für deine Familie Verantwortung übernehmen und einer geregelten Tätigkeit nachgehen. Und wenn alle Stricke reißen: Auf unserem Hof können wir immer einen Helfer gebrauchen. Was meinst du, Günter?«

Onkel Günni knurrte nur. Er schien von dieser Idee genauso wenig angetan zu sein wie ich.

Ich öffnete Karins Umschlag und studierte die Schnipsel: Bürgermeister Schlemmbachs Seifenfabrik suchte einen Pförtner, na toll. Der Edeka-Markt von Meister Gahlen benötigte einen Lagerarbeiter. Was für eine Karriere.

»Das ist doch wohl nicht dein Ernst?«

»Immerhin verpasst dir Herr Schlemmbach kein blaues Auge«, ätzte sie und wies mit sarkastischem Grinsen auf mein Veilchen.

»Ich finde Detektiv zwar cool«, mischte sich Arabella erneut ein, »aber wenn es dir zu gefährlich wird, kann Dieter ja auf Musikproduzent umschulen. Auf Malle hörst du die neuesten Vibes. Ich kann da Kontakte für dich konnekten.«

»Kokolores.« Tante Rosi ließ sich in meine Berufswahl nicht hereinreden. »Dieter ist ein Mann des Dorfes. Der soll sich hübsch auf Karins Hof engagieren. Von Musik hat der doch keine Ahnung, wat.«

»Bei Dieters Berufswahl sollte die Meinung seiner Familie ausschlaggebend sein. Und die wird durch mich vertreten«, fauchte Arabella und legte demonstrativ ihre Brille auf den Tisch.

»Es ist mein Leben. Ich entscheide, was ich mache. Ende der Diskussion!«, zischte ich. Momentan fühlte ich mich einfach nur unbeschreiblich angenervt.

»Natürlich entscheidest du, Liebster. Aber dir sollte klar sein, dass wir uns alle um dich sorgen. Nur deshalb mischen wir uns ein.« Zu allem Überfluss tätschelte Karin mir wie einem Idioten die Schulter.

Es klingelte an der Tür.

»Uh, da kommen Frédéric und Pierre«, quietschte Arabella und klatschte vergnügt in die Hände.

»Bitte?«, fragten Karin und ich simultan.

»Frédéric ist dein Schneider. Und Pierre …«, flüsterte sie bedeutungsvoll, »… ist eine Überraschung.«

Sie stürzte zur Haustür und kehrte mit zwei Männern zurück, an jeder Hand einen. Der linke mochte um die dreißig sein. Von seinem Kopf fiel eine braune Lockenmähne, die seinen Rapperbart umrahmte.

Federnden Schrittes kam er auf mich zu: »Du musst Didi sein, der stolze Bräutigam. *Fantastique.* Du bist ein herbstlicher Typ. Ja, *mon ami.* Aber deine Kleidung, *non,* das geht gar nicht. Für deine Hochzeit müssen wir uns was einfallen lassen.«

»Dieter hat bereits einen Anzug. Ihre Dienste sind also nicht vonnöten.« Danke, Karin.

Theatralisch wedelte Frédéric mit den Händen herum: »Zeige mir den Anzug, Süße. Für Didier ist nur das Beste gut genug.« Seltsamerweise dackelte Karin sofort los, gefolgt von Frédéric.

»Ist er nicht ein Schatz?«, schwärmte Arabella.

Günter murmelte etwas von debilen Froschfressern, was aber nur ich zu hören schien. Ich blickte auf Pierre. Er trug eine mit Papageien bestickte Baumwollhose und ein Hemd, an dem bunte Stoffdrachen klebten. Erinnerte an »Dschungelcamp«-Moderator Dirk Bach. Die weitere Musterung wurde von Frédéric unterbrochen, denn er stürmte mit meinem Fünfhundert-Euro-Fummel in den Raum und hielt ihn vor Wut schnaubend in die Höhe.

»Didier, das geht gar nicht. *Dégoûtant*! Die Nähte sind unsauber verarbeitet, der Stoff fällt wie Fleisch von einem fetten Nilpferd. So kannst du nicht heiraten.«

»Mein Zukünftiger sieht perfekt aus. Sieh zu, dass du Land gewinnst«, fauchte Karin, die ebenfalls wieder zurückgekehrt war.

»Moment.« Ich hob die Hand. »Der Mann versteht etwas von seinem Job. Lassen wir ihn in Ruhe arbeiten.«

Während Karin mich vollkommen verblüfft anstarrte, drückte mir Frédéric einen Schmatzer auf die Wange.

»Du weißt meine Arbeit zu schätzen, Didi. Ich liebe dich.«

Aus einem Lederköfferchen zog er Notizblock, Maßband und Nadelkissen, dann missbrauchte er mich als Fakir, gab französisches Fachvokabular von sich, verdrehte die Augen, schrieb unleserliche Zahlen und fluchte. Wie gebannt starrten ihn alle an.

»Warum lässt du diesen Mist mit dir machen?«, erkundigte Karin sich und drückte mir ihren Zeigefinger in die Seite.

»Einen guten Anzug kann man immer gebrauchen, vor allen Dingen, wenn Papa ihn sponsert.«

»Frédéric ist der Beste«, beteuerte Arabella. »Der hat schon für Prinz Charles und Heidi Klum genäht.«

*»Mais oui«*, verschaffte sich der Schneider wieder Gehör. »So einen schicken Stoff hast du noch nicht gesehen und gefühlt, *petit* Didi. Dein lieber Monsieur Papa gibt Frédéric viel Geld, um zu feiern schöne Hochzeit.«

Karin knirschte zwar mit den Zähnen, aber einem geschenkten Gaul schaute man halt nicht ins französische Maul.

Nach einer gefühlten Stunde war Frédéric endlich fertig.

»Ich fahre jetzt *vite, vite* in *mon atelier.«* Dieses lag in Düsseldorf in bester Rheinlage, wie er nicht ohne Stolz berichtete. Flugs schwebte er in das Taxi, das vor dem Haus wartete, und weg war er.

»Ist das nicht ein Supertyp?«, frohlockte Arabella. »Mein Stiefsohn wird den schönsten Tag in seinem Leben haben.«

»Und was bist du für einer?«, wandte ich mich an Pierre.

»Ich bin euer Wedding-Planner. Eigentlich heiße ich Elmar Klappuschinski und stamme aus Wattenscheid. Pierre ist nur mein Künstlername. Mitte der Neunziger habe ich nach Malle rübergemacht und mein Business als Wedding-Planner gestartet. Die Promis brauchen jemanden, der den ganzen lästigen Organisationskram übernimmt. Da habe ich offene Türen eingerannt. Und heute steht Malles König der Hochzeitsplaner vor euch. Dieters Vater meinte, ihr hättet Bedarf. Also ran ans Werk.« Er holte ein dickes Buch hervor.

»Unsere Hochzeit ist bereits komplett geplant«, fauchte meine Lieblingsbiobäuerin.

»Kindchen, Kindchen, das höre ich jedes Mal. Aber es gibt immer Optimierungspotenzial. Ich habe mit Klaus den Ablauf schon besprochen. Immerhin sponsert er den Tag eures Lebens.«

Das stimmte. Mein alter Herr hatte versprochen, das Fest finanziell zu unterstützen, koste es, was es wolle. Und es würde eine Menge kosten, da zahlreiche Geschäftsfreunde meines Erzeugers anreisen sollten. Weder Karin, geschweige denn ich verfügten über finanzielle Mittel, um fünfhundert Leute auszuhalten. Den Großteil kannten wir nicht einmal. Papa Klaus hatte Familienforschung betrieben und erfahren, dass es Verwandtschaft in Schottland, den Südstaaten und Kasachstan gab. Kurzerhand hatte er alle eingeladen, und kaum einer hatte abgesagt. Zum Glück mussten wir uns nicht darum kümmern. Er hatte sie in einem noblen Münsteraner Hotel einquartiert, und wir würden die McNannens und Nannowiczs erst am Hochzeitstag kennenlernen.

Doch jetzt konnte Karin nicht länger an sich halten: »Weißt du was, Elmar? Wir verzichten auf Klaus' Geld. Setz dich in deinen Flieger und lass uns in Ruhe.«

»Süße, es soll doch nur schön für euch werden«, versuchte Arabella zu beschwichtigen. »Klaus denkt dabei nur an euch.« War mir neu.

»Lass doch Pierre erst mal erzählen, was ihm vorschwebt«, versuchte ich die Wogen zu glätten.

»Nein, erst einmal erzähle ich Pierre, was wir planen«, erwiderte meine bessere Hälfte. »Wir werden mit der Kutsche zum Standesamt gefahren. Dort gibt es einen Sektempfang. Anschließend werden wir in Sankt Pankratius von Reverend Jones getraut. Danach geht es in Anja Hiskers ›Bauerncafé‹, wo unsere Gäste mit westfälischen Spezialitäten wie Pfefferpotthast, Panhas und dicken Bohnen mit Speck verköstigt werden. Die Bohnen stammen übrigens von meinen Feldern. Dörthe Dickfurt vom Kirchenchor wird ihre legendären Hochzeitsspiele machen, und dann wird abgehottet mit Lucky Five, der besten Partyband im Umkreis. Und jetzt du, Pierre.«

»Das ist wirklich urig. Und so primitiv.« Arabella zeigte sich extrem begeistert und holte ein seidenes Tuch aus ihrem Gucci-Täschchen. »Auf einer richtigen Dorfhochzeit war ich noch nie. Bohnen sind ein delikates Essen, was, Pierre?«

»Haha, in der Tat.« Der Wedding-Planner lachte sich scheckig, wurde aber mit einem Mal ernst. »Klaus hat mir natürlich davon berichtet, aber wir beide waren uns schnell einig: So kann ein Nannen nicht heiraten! Insbesondere der amerikanische Zweig deiner Familie legt großen Wert auf Etikette. Otto Nannen besitzt bei Atlanta mehrere Baumwollplantagen. Dem Mann darf man kein Arme-Leute-Essen vorsetzen.«

Arabella strahlte, Karin kochte, und meine Gemütslage befand sich kurz vor der Explosion. Was erlaubte sich mein Vater?

»Meine Hübschen, ich sage euch jetzt, wie die Hochzeit ablaufen wird: Ihr fahrt in einem Cadillac zum Standesamt. Wie Dieters Eltern bei ihrer Trauung. Das ist der Nannen-Style. Sektempfang finden wir gut. Allerdings wird der Catering-Service zusätzlich Austern und Kaviar reichen. Das heizt die Libido an, was gut ist für die Hochzeitsnacht. An Reverend Jones gibt es nichts auszusetzen, schließlich respektieren wir die lokalen Gegebenheiten. Allerdings erhält er prominente Unterstützung, und zwar von Bischof Johannes von Dötelingen. Der ist Mitglied im Polo-Club deines Vaters und hat schon zahlreiche Prominente getraut. Er hat bereits zugesagt, einen Teil der Trauung zu übernehmen. Das ›Bauerncafé‹ fällt flach. Wir haben das ›Grand Hotel Excelsior‹ in Münster angemietet. Dorthin werden die Gäste mit Charterbussen transportiert. Ein Fünf-Sterne-Koch wird die Gaumen der Hochzeitsgesellschaft verwöhnen. Als Conférencier ist Thomas Gottschalk im Gespräch, die Verhandlungen mit ihm stehen kurz vor dem erfolgreichen Abschluss. Zum Tanz spielen Musiker des James-Last-Orchesters auf. Dein Vater hat erzählt, dass du auf Hard Rock stehst. Ich habe mit den Jungs gesprochen: Die werden nur für dich ›Highway to Hell‹ und ›Smoke on the Water‹ spielen, ist das nicht klasse? Natürlich in eher keyboardlastigen Versionen, damit die Herzschrittmacher unserer betagteren Feiergäste nicht kollabieren. Was sagt ihr jetzt?«

»Kannst du knicken«, bekundete Karin mit verkniffenen Mundwinkeln.

»Endgeil«, johlte Jochen und blickte dafür sogar von der Daddelkiste auf. »Ein richtiger Caddy, das ist ein echter Oberhammer. Wie Elvis Aggro, der gurkt auch mit so einem Teil durch die Hood. Wisst ihr: Isch bin der Charlottenburger Ficker, und meine Alte nennt misch Digger.«

»Jochen Heisterkamp! Solche Worte nimmst du nicht in den Mund, sonst werden deine Computerspiele konfisziert. Außerdem finde ich nicht gut, dass meine Nichte in einem Auto zur Hochzeit fährt, in dem dieser Gangster rumkutschiert.« Gut gesprochen, Tante Rosi.

»An den Plänen kann nichts mehr geändert werden. In Klaus

Nannens Auftrag habe ich dem ›Bauerncafé‹ und dieser Hinterhofband bereits abgesagt.« Pierre rieb sich die Hände.

»Wie bitte?« Blankes Entsetzen beim zukünftigen Ehepaar Nannen.

Arabellas Reaktion fiel deutlich anders aus als unsere: »Ich liebe dich, Pierre. Du bist der Beste. Eine rauschende Ballnacht mit Stil. So haben Klaus und ich uns das vorgestellt.« Sie holte eine Digitalkamera aus dem Handtäschchen. »Bitte alle mal lächeln. Chin-chin.«

Eigentlich hatte ich mich aus der Hochzeitsorganisation heraushalten wollen, aber jetzt schien der Zeitpunkt für ein Machtwort gekommen: »Mein lieber Elmar. Es ist unsere Hochzeit, also findet das Fest genau so statt, wie wir es geplant haben. Das kannst du meinem Vater ausrichten. Er ist gerne eingeladen, soll sich aber nicht weiter in unsere Angelegenheiten einmischen. Außerdem braucht die bucklige Nannen-Verwandtschaft gar nicht hier aufzulaufen! Hast du verstanden?«

Es klingelte an der Tür.

»Ist offen«, brüllte Günter, der mich wie hypnotisiert anstarrte.

Herein kam mein Kumpel Stefan.

»Moin. Ich tu planen Überraschung für Hochzeit. Will ich vorführen jetzt.«

Er holte eine Vuvuzela aus seiner schmuddeligen Adidas-Sporttasche und trötete los.

Tapfer widerstanden wir dem Drang, unsere Finger in die Lauscher zu stecken.

»Was war das?«

»Hochzeitsmarsch. Ich hoffe, dass euch die Musik gefallen tut«, erklärte mein Freund und strahlte dabei über den ganzen Körper.

»Super«, versicherte Karin. »Den habe ich nie schöner gehört. Nun zu dir, Elmar. Dieter hat alles gesagt. Wir wünschen dir weiterhin viel Erfolg auf Malle, aber unsere Hochzeit versaust du nicht.«

»Bitte«, zischte er zurück. »Wenn ihr keine anständige Party wollt, seid ihr selbst schuld. Erklär du das deinem Vater. Ich für meinen Teil werde nie wieder einen Fuß in dieses Kaff setzen.« Und schwups, war er weg.

»Ihr wollt nicht feiern tun?«, fragte Stefan entsetzt.

»Doch«, beeilte sich Karin zu sagen, »aber auf unsere Weise.«

»Es war eine Unverschämtheit, wie ihr Pierre behandelt habt«, fauchte meine Stiefmutter. »Ich werde jetzt auf mein Zimmer gehen und mit Klaus die neuen Entwicklungen durchsprechen. Er wird sehr von euch enttäuscht sein.« Sie erhob sich und wackelte die Treppe hoch.

Karin umarmte und küsste mich: »Das hast du toll gemacht, mein Held. Aber bitte überleg dir das mit dem Job. Es ist mir sehr, sehr wichtig.«

Ich nahm den letzten Löffel Wirsing vom Teller und verspeiste ihn im Stehen: »Ich düse jetzt nach Hause, um in Ruhe darüber nachzudenken.«

»Wir kommen mit«, verkündete Günter. »Dieser Vorbereitungskram hat mich total erschöpft, ich muss mich dringend erholen.«

Also lud ich die Heisterkamps samt Dackel Trudi in den Escort und zuppelte nach Hause. Gott sei Dank hatten Karins Verwandte keine Lust mehr auf ausgiebige Gespräche und verzogen sich direkt ins Schlafzimmer.

Mein nächster Gang führte mich zu den Tierställen und dort direkt zu Pedders Box: »Karin will, dass ich meinen Job aufgebe.«

Der Vierbeiner grunzte nur abfällig.

»Du bist also auch der Meinung, dass ein Mann tun muss, was ein Mann tun muss?«

Das Schwein rieb seine Borsten am Zaun und grunzte zufrieden. Alles klar. Ich warf ihm aus dem Essensresteeimer ein halbes Steak rüber, das er augenblicklich verputzte.

»Du hast es gut, mein animalischer Freund. Dir redet keiner in dein Leben rein. Du kannst dich vollkommen selbst verwirklichen.«

Statt einer fundierten Antwort ließ das Borstentier einen fahren.

Ich versorgte die Kaninchen mit leckerem Grünzeug, dann ging es zurück in meine Kemenate.

Im Wohnzimmer fand ich Grabowski, der selig mit einer Bierflasche im Arm schlummerte. Ihm schien es auch gut zu gehen. Schade, dass er nicht mehr aus seinem Leben machte.

»Igor, jetzt bin ich der Chef vom Kiez«, schreckte er plötzlich hoch und zielte mit der Pulle auf mein Herz. »Alles tanzt nach meiner Pfeife, klar?« Dann sackte er wieder zusammen und schnarchte weiter.

Bei mir war an Schlaf nicht zu denken. Unruhig wälzte ich mich im Bett hin und her.

Dann werde ich eben Knecht wie Stefan, war mein letzter Gedanke. Du wirst schon sehen, was du davon hast.

## Augen auf

»Steh auf, Schnarchnase!« Jemand rüttelte an mir. »Ist es denn zu glauben? Alle warten vorm Standesamt, und der Bräutigam ratzt wie eine defekte Dampflok.«

Standesamt, Bräutigam, Dampflok? Was wollte Grabowski mitten in der Nacht von mir? Ich schlug die Augen auf.

»Unmöglich, der Junge«, verkündete Günter und kippte sich einen Sekt hinter die Binde, während Peter sich verzweifelt bemühte, mit der rechten Hand die Krawatte zu binden und mit der linken die Bierflasche zu bedienen.

»Ist doch erst Dienstag«, murmelte ich schlaftrunken.

»Scheiße«, fluchte Gurkennase, als das Bier schäumte und sein blütenweißes Hemd durchtränkte. »Du warst so fertig, dass du drei Tage durchgepennt hast. Respekt, das habe selbst ich noch nicht geschafft.«

»Nur der frühe Vogel fängt die Raupe. Besonders am Hochzeitstag«, verhunzte Günter das Sprichwort. Der missbilligende Unterton war allerdings nicht zu überhören.

»Wie konnte das passieren?«, fragte ich fassungslos.

Gurkennase grinste feist: »Der Schock. Als braver Ehemann hast du Karin gehorcht, deinen Detektivjob aufgegeben und eine Stelle als Zugbegleiter angetreten. Unglücklicherweise musstest du dich bereits bei der ersten Tour mit einer Gruppe besoffener Hools rumärgern. Nachdem dich dein Chef zusammengemangelt hat, weil du nicht für Ordnung gesorgt hast, bist du zusammengebrochen. Du darfst übrigens heute keinen Alkohol trinken, schließlich beginnt deine nächste Schicht um vier, eine Tour nach Leer in Ostfriesland. Ist zwar ärgerlich, dass du deine Hochzeit mittendrin verlassen musst, aber der Job geht vor. Ich trinke einen für dich mit.«

Aus seiner Bierflasche spritzte wieder Schaum, dieses Mal so viel, dass ich komplett nass wurde. Mist.

Ich wachte auf. Zum Glück war es nur ein wilder Traum

gewesen. Dabei hatte ich anscheinend um mich geschlagen und das Wasserglas vom Nachttisch gehauen, denn nass war ich tatsächlich. Sicherheitshalber blickte ich auf den Kalender. Dienstag. Gott sei Dank. Erleichtert stand ich auf, tappte ins Bad und duschte ausgiebig.

Anschließend düste ich rasch zur Polizei und unterschrieb das Protokoll der gestrigen Schießerei. Reichert war überraschenderweise freundlich. Er freue sich sehr über die Einladung zu meiner Hochzeit, verriet er mir. Ich ebenso, log ich, ohne rot zu werden.

Als ich wenig später das Esszimmer betrat, saßen Grabowski und die Heisterkamps bereits vor dem noch ungedeckten Frühstückstisch und starrten mich erwartungsvoll an.

»Hunger«, grunzte Grabowski.

»Du scheinst kein Frühaufsteher zu sein. Aber jeder nach seiner Fasson«, blies Tante Rosi ins gleiche Horn.

»Ich war bereits dienstlich unterwegs. Außerdem ist der Kühlschrank nicht abgeschlossen«, entgegnete ich bissig. Dennoch setzte ich Kaffeewasser auf und stellte Brot, Wurst und Käse auf den Tisch. Gurkennase übernahm die Geschirr- und Besteckbestückung.

»Ich habe das Pendel schwingen lassen. Eure Ehe hält länger als vierzig Jahre«, schmatzte Günter, nachdem er einen ordentlichen Biss von der Käsestulle genommen hatte.

»Das ist schön, aber Karins Wunsch, meinen Beruf aufzugeben, bereitet mir Bauchschmerzen.«

»Ihr jungen Leute wollt aufregende Arbeitsstellen. Jeder Tag muss voller Äkschen sein«, erwiderte Rosi. »Aber glaube mir, später bist du froh, wenn du deine Ruhe hast. Portier oder Garten-Landschaftsbauer wären gute Berufe für dich, nicht wahr, Günter?«

»Landwirt ist der einzig wahre Beruf, mein Junge.«

»Nicht lang schnacken, Kopf in den Nacken. Wie wäre es mit einem Korn zur Verdauung?«, fragte Grabowski.

Ich stellte eine Flasche Böckenhoffer Edelkorn samt Pinnchen auf den Tisch. Peter kippte sich gleich die halbe Kaffeetasse voll.

»Jamjamjam, ist das gut.«

»Ich muss die Tiere füttern. Bis später.« Meine Lust, über berufliche Perspektiven zu spekulieren, bewegte sich gegen null.

Als ich Pedders Trog befüllte, kam Grabowski um die Ecke geschlendert.

»Du darfst mich nicht mit den Spinnern allein lassen. Die hören doch das Gras husten. Günter will mir ein Pendel verkaufen, damit ich die Energien in meiner Bude prüfen kann.«

»Ja«, antwortete ich, obwohl ich nur mit einem Ohr zugehört hatte.

»He, was ist los, mein Freund?« Peter legte seinen Arm um meine Schulter. Sein tierischer Namensvetter grunzte eifersüchtig.

»Nichts«, sagte ich und streichelte mein Schwein, das sich freudig grunzend über das Frühstück hermachte.

»Ach komm. Bin zwar nicht der Sensibelste, aber ich merke doch, wenn dich was bedrückt. Wem willst du es sonst erzählen, wenn nicht mir?«

Ich beschloss, ihm reinen Wein einzuschenken: »Ach, weißt du, Karin möchte, dass ich meinen Beruf an den Nagel hänge. Ich will aber nichts anderes machen. Bei einem Nine-to-five-Job würde ich mich zu Tode langweilen. Heute Nacht hatte ich schon Alpträume deswegen.«

Pedder grunzte verständnisvoll. Ein wahrer Freund.

Ganz anders Grabowski: »Pass mal auf, von Mann zu Mann. So eine Frau wie Karin wirst du nie wieder kriegen. Und mit ihrem Hof verdient die richtig Asche. Ich an deiner Stelle würde prontissimo die Detektei dichtmachen. Wie oft habe ich schon Jobs aufgegeben …« Er klopfte sich auf die Brust, als wäre das etwas, auf das er stolz sein könnte.

»Du verstehst mich nicht. Die Detektivarbeit ist nicht nur ein Job, sie ist mein Lebensinhalt. Klingt vielleicht schwülstig, entspricht aber der Wahrheit. Ohne den Schnüfflerjob würde mir etwas Entscheidendes fehlen. Ich wäre einfach nicht komplett. Ist das nachvollziehbar?«

Grabowski fasste sich an die Stirn. »Du spinnst mehr als die bekloppten Heisterkamps, aber jetzt mal im Ernst: Was braucht ein Mann zum Leben? Ein Dach überm Kopf, was zu fressen, was zu saufen und 'ne Schickse. Kam in meiner Aufzählung irgendwo das Wort Job vor? Wenn nicht Maloche eine der wenigen Möglichkeiten wäre, legal an Kohle zu kommen, würde doch keiner den Scheiß machen. Ob Bundeskanzler oder Detektiv, alles der gleiche Mist. Schließ dein Büro und mach dir auf Karins Kosten einen lauen Lenz. Sie will es doch so. Deine Probleme möchte ich haben.«

»Lass mich bitte allein«, bat ich Gurkennase. »Ich brauche ein paar Minuten für mich.«

»Dafür sind Freunde doch da. Ich geh rein und kill den Korn. Was für ein Tropfen! Solltest du auch mal trinken, das bringt dich auf andere Gedanken.«

Als wir wieder allein waren, fragte ich Pedder: »Was meinst du? Soll ich meinen Beruf wirklich aufgeben und auf Karins Kosten leben?«

»Schweine dürfen so leben, Menschen nicht«, grunzte er. »Das ist auch eine Philosophie.« Wir schienen auf einer Wellenlänge zu surfen.

Ich war traurig, denn bis auf Pedder verstand mich keiner. Warum tat ich mich nur so schwer, den weiß Gott nicht ungefährlichen Schnüfflerjob an den Nagel zu hängen und stattdessen einen gemütlichen Lebensabend mit meiner geliebten Karin zu verbringen? Vielleicht, weil ich mich einfach noch nicht nach Lebensabend fühlte?

Egal, wie ich mich entscheiden würde, momentan war ich noch in Amt und Würden. Außerdem war Arbeit immer noch die beste Medizin gegen trübe Gedanken. Ich beschloss, Grabowski meine Schnapsvorräte zu überlassen und mich dem Geschäft zu widmen.

Es war zwar nicht gänzlich auszuschließen, dass der Schrebergarten-Terrorist Heiner Menke hinter dem Anschlag auf Luna steckte, allein mir fehlte der Glaube.

Also war es wohl das Beste, den nächsten Exmann unter die Lupe zu nehmen: Georg Deitert. Ich zog meine Notizen zurate: sechsundfünfzig Jahre alt, Inhaber mehrerer Gaststätten in Havixbeck, Coesfeld, Gladbeck und Bottrop mit wenig verheißungsvollen Namen wie »Rote Liebe«, »Dat Fass« und »Zwetschgenbaum«.

Da die Lokale um diese Uhrzeit mit Sicherheit noch nicht auf Betriebstemperatur waren, tackerte ich seine Privatadresse, die Lindenallee 6 in Coesfeld, ins Navi und gab Gummi.

Musikalisch untermalt von den gutklassigen Stücken der neuen Motörhead-CD – ehrlich erworben und nicht aus dem Internet gesaugt, wohlgemerkt –, sauste ich durch Münsterländer Wiesen, Felder und Wälder, bis irgendwann die Bebauung dichter wurde und ich im mondänen Coesfeld landete.

Deitert hatte sich auf einem schnieken Fleckchen Erde niedergelassen. Als ich meinen Wagen auf dem Parkstreifen ausrollen ließ und dabei einen Blick durch das riesige Eisentor warf – der Rest des fußballplatzgroßen Grundstücks war von einer mannshohen Hecke eingefasst –, kam mir spontan der Gedanke, ins Gaststättengewerbe einzusteigen. Das riesige Haupthaus – ich würde es mal als weiß getünchten Bunker bezeichnen – war definitiv nicht für einen Hartz-IV-Jahresscheck zu haben.

Andererseits durfte ich jetzt gar nicht mehr den Job wechseln, ohne Karin um Erlaubnis zu fragen. Am Ende hatte sie noch eine Allergie gegen Kochgerüche oder wollte einen Mann, der pünktlich zur »Tagesschau«-Zeit zu Hause war und nicht seine Abende in Kneipen verbrachte, selbst wenn es aus beruflichen Gründen war.

Genug gelästert.

Das Handy klingelte.

»Nannen.«

»Und?«

Ich schwor, mir beim nächsten Benz eine Freisprecheinrichtung zu gönnen. Leider war der Zeitpunkt nicht abzusehen, wann ich mir ein Auto über fünfhundert Euro leisten konnte. Ich bremste.

»Wer spricht da?«

»Otto. Du hast dich lange nicht mehr gemeldet. Hast du den Stalker überführt? Ich kann in meiner momentanen Verfassung nur eine Kerze in der Kirche für Luna anzünden und beten.«

»Ich bin auf einem guten Weg, mein Bester. Das Schwein schnappen wir. Versprochen. Ich verdächtige Lunas Exgatten. Gerade fahre ich auf Deiterts Hof. Ich melde mich, sobald ich mehr weiß.«

»Soll ich noch mehr Kerzen anzünden? Ich will auch mein Scherflein zur Ermittlung beitragen. Auch wenn ich nicht wie sonst die Fäuste sprechen lassen kann.«

Ich musste lachen.

»Die Dülmener Verbrecherwelt ist froh, dass Terminator Baumeister gehandicapt ist. Kerzen sind okay.«

Wir verabschiedeten uns.

Ich brachte den Motor zum Schweigen, versuchte lässig die Fahrertür aufzustoßen und scheiterte kläglich.

»Wieder mein sauer verdientes Geld zur Kfz-Werkstatt tragen«, dachte ich, bis ich zwei Kinderschädel auf der anderen Seite der Scheibe entdeckte.

»Sonnenbrille, mach den Sittich!«, drang es gedämpft ins Wageninnere. Dazu ein Gesichtsausdruck, der nichts, aber auch gar nichts von einer unschuldigen Kindheit ausstrahlte.

Furchtlos, wie ich war, drückte ich feste gegen die Tür, und so stand ich wenig später zwei Rotzlöffeln gegenüber, die unterschiedlicher nicht hätten sein können. Zusammen wogen sie sicher neunzig Kilo, wobei der eine doppelt so schwer wie der andere war. Dafür fehlte dem Korpulenteren der beiden ein Drittel an Länge, um gleich groß wie sein Kamerad zu sein, wobei der Größere das Fünffache an Größe in Zentimetern maß, wie er an Kilogramm auf die Waage brachte.

»Du darfst hier nicht parken, kapiert, schon gar nicht mit so einer Schrottkiste«, ergriff Bohnenstange das Wort, während ich fasziniert auf den Totenkopfring in seinem Ohrläppchen und den silbernen Stecker in seiner Augenbraue starrte.

»Ich rede nicht mit Leuten, die sich nicht vorgestellt haben«, machte ich einen auf gute Kinderstube.

»Unsere Namen gehen dich einen Scheißdreck an. Dafür wissen wir, wie du heißt.«

»Da bin ich aber gespannt. Wie heiße ich denn?«

»Pissnelke!«

Mein Gott, war das ein Gejohle – bis ich am Ohrring des Namenlosen herumnestelte.

»So, Freunde, wir haben alle schön gelacht, aber jetzt geht wieder spielen. Papa muss arbeiten.«

Prompt schaltete sich der Dicke ein: »Wir wollen einen Parcours für unsere Boards aufbauen, und deine Rostlaube steht im Weg, kapiert?«

»Was sagt dein Kumpel, ich kann ihn so schlecht verstehen?« Ich zog fester am Totenkopf.

»Justin hat gesagt, dass du deine verdreckte Mistkarre woanders parken sollst, Vierauge. Zum Beispiel auf dem Schrottplatz. Auf dem Weg dorthin kannst du ja beim Ohrenarzt vorbeijetten, wenn du Probleme mit den Lauschern hast.«

Mutig war er ja. Also konnte ich den Totenkopfring genauso gut loslassen.

»Genug gequatscht, Jungs, ich muss los.«

»Dann brauchst du aber einen, der auf die Dreckskarre aufpasst. Ist 'ne gefährliche Gegend hier.« Der Dicke zog ein Springmesser aus der Hosentasche und trat mehrmals mit dem Fuß gegen den frisch geflickten Vorderreifen. »Für zwanzig Öcken garantieren wir, dass nachher noch in allen Schlappen Luft ist.«

Der Schreck fuhr mir in alle Glieder, allerdings nicht wegen der Unverfrorenheit der Kids, sondern wegen des markerschütternden Schreis, der im kompletten Stadtgebiet zu hören sein musste.

»Justin und Justin, Mittagessen, aber sofort!«

Damit war der nette Plausch beendet, denn in Schallgeschwindigkeit waren die Halbstarken durch das Eisentor auf das Grundstück der Deiterts geschlüpft. Ich schloss den Escort ab und folgte.

Mir qualmten die Socken, als ich endlich meinen Daumen auf

den Klingel-Button der Villa pressen konnte. Das Anwesen war größer, als ich beim ersten flüchtigen Blick geschätzt hatte. Beim nächsten Besuch, wenn es denn einen geben sollte, würde ich Wegzehrung mitnehmen, anders war die Entfernung zwischen Tor und Haustür nicht zu bewältigen. Ich musste den zweiten Daumen zur Hilfe nehmen, um die Klingel zu betätigen, so geschwächt war ich.

Die Gänge im Haus mussten ähnlich lang wie die Einfahrt sein, anders ließ sich die üppige Wartezeit nicht erklären. Mit einer Daddelkiste und Internetverbindung hätte ich die komplette »World of Warcraft«-Trilogie durchspielen können, bis endlich die Pforte geöffnet wurde.

»Sie wünschen?«

Das war die Stimme, die Justin, Justin und Dieter hatte zusammenzucken lassen.

»Dieter Nannen. Ich würde gerne mit Georg Deitert sprechen.«

Keine Rose ohne Dornen. Die schönste Frau der Welt aka Karin Schumann hatte den miesesten Modegeschmack der Welt, die zweitschönste Frau der Welt aka …

»Ich bin Mandy Deitert, was wollen Sie von meinem Mann?«

Mandy Deitert hatte die zweitmieseste, ach, was sage ich, mieseste Stimme der Welt. Obwohl der Sommer in weiter Ferne lag, war mein Gegenüber mit einem gestreiften Bikini bekleidet. Okay, einen flauschigen Bademantel hatte Mandy auch noch übergeworfen. Ohne zu sehr ins Detail gehen zu wollen, würde ich sie mal als Model in Hübsch bezeichnen. Sie hatte ungefähr mein Alter und meine Größe, und vom Aussehen her passten wir auch gut zusammen.

Ich wischte mir den Sabber vom Mund, bevor ich mein Anliegen erneut vorbrachte: »Ich bin für Luna Mancini tätig und würde Ihrem Mann gerne ein paar Fragen stellen. Nette Jungs haben Sie übrigens.«

»Sind nicht meine. Justin eins ist aus der zweiten Ehe meines Mannes, und Justin zwei haben wir adoptiert, als seine Eltern erschossen worden sind.«

Da ihre Stimme wirklich nicht zum Aushalten war, ging ich nicht näher darauf ein. Leider sprach sie aber auch unaufgefordert weiter.

»Eigene Kinder kommen nicht in Frage. So eine Schwangerschaft versaut einem ja die komplette Figur.«

Mandy war wohl eine Anhängerin des neuesten Pädagogiktrends. Anstatt immer wieder an den Schwächen eines Menschen herumzudoktern, sollte man sich auf die Stärken desselben fokussieren. Ihre Stärke hatte ich ja bereits zu Genüge beschrieben.

»Sie arbeiten für diese abgetakelte Sängerin, den größten Fehler meines Mannes? Coole Sonnenbrille übrigens.«

»Korrekt. Frau Mancini wird bedroht, und ich hoffe, dass Ihr Gatte mir weiterhelfen kann.«

»Wissen Sie eigentlich, dass Sie richtig sexy aussehen? Und offenbar sind Sie noch ungebunden.« Ihr Blick richtete sich auf meinen rechten Ringfinger.

Holla, die Waldfee, die ging aber ran. Aber ein Leben mit Ohropax war nicht das, was ich mir unter einer glücklichen Zukunft vorstellte.

»Vielen Dank für die Blumen. Ist Herr Deitert zu Hause?«

»Wir essen gerade zu Mittag, aber kommen Sie ruhig herein. Wie finden Sie eigentlich meine Brüste?« Und schwups, hatte sie den Bademantel geöffnet und das Bikinioberteil gelüftet. Kein Wunder, dass Mandy so luftig gekleidet war, es war nämlich ziemlich heiß hier.

»Phantastisch, ehrlich. Was halten Sie davon: Ich spreche kurz mit Ihrem Mann, und anschließend widmen wir uns diesem Thema etwas intensiver?«

Statt einer Antwort packte sie die Teile wieder ein und schritt voran in die Tiefen des Hauses. Über ihre Art zu gehen und deren Auswirkungen auf die männlichen Hormone breite ich den Mantel des Schweigens.

Ohne weitere Zwischenfälle gelangten wir in den Essbereich. Das Mittagessen schien hier traditionell nicht gemeinsam eingenommen zu werden. Die Justins hockten mit Pizza vor der

Glotze und feuerten Arnold Schwarzenegger im Dschungelkampf gegen den Predator an, Mandys Teller stand auf dem Küchentisch neben einer Zeitschrift, Gala, glaube ich, und Georg Deitert hatte ein Handy in der einen und ein Stück Salamipizza in der anderen Hand. Neben ihm stand ein lebender Kleiderschrank, dessen Scharniere aber gut geölt waren, wie ich an den fließenden Bewegungen ausmachen konnte. Gefährlich, gefährlich. Der kahl rasierte Schädel und die Tätowierung am Hals machten den Knaben nicht sympathischer.

Der Hausherr murmelte gerade eine Abschiedsfloskel ins Telefon, als er mich registrierte: »Wer sind Sie?«

»Das ist Herr Nannen, er möchte –«

»Dich habe ich nicht gefragt, Schätzchen. Also, was wollen Sie hier?« Er überschlug sich geradezu vor Freundlichkeit.

»Ich arbeite für Luna Mancini. Sie ist in den letzten Wochen massiv bedroht worden, und ich habe gedacht, Sie könnten mir vielleicht ein paar Hinweise geben.«

»Abgesehen davon, dass es unhöflich ist, die Sonnenbrille nicht abzunehmen, wüsste ich nicht, wie ich Ihnen weiterhelfen könnte. Ich pflege schon seit Jahren keinen Kontakt mehr zu Luna.«

»So ganz stimmt das ja nicht. Immerhin sind Sie vorgestern auf ihrem Konzert gewesen.« Ich war richtig stolz auf mein fotografisches Gedächtnis.

»Gehen wir in mein Arbeitszimmer, damit meine Frau und die Blagen ungestört ihr Mittagessen einnehmen können. Hank, du kommst mit.«

Im Arbeitszimmer, das eher ein Arbeitssaal war, lehnte ich mich an den Schreibtisch und wiederholte meine Frage, während Georg sich eine Zigarre ansteckte und Hank seine Knöchel knacken ließ.

»Herr …« Deitert stoppte und ließ sich erst mal von seinem Lakaien Zunder geben.

»Nannen.«

»Herr Nannen, es ist richtig, dass ich auf besagtem Konzert gewesen bin. Nennen Sie mich sentimental oder was weiß ich, aber ich höre Luna gerne singen, auch wenn sie eine Schlampe ist und dazu noch hässlich wie die Nacht.«

»Und weiter?«

»Nichts weiter. Ich weiß nichts von irgendwelchen Drohungen, und es interessiert mich auch nicht. Vielen Dank für das Gespräch, auf Wiedersehen.«

»Sie werden verstehen, dass ich das nicht auf sich beruhen lassen kann, sondern weitere Nachforschungen anstellen werde«, lehnte ich mich ein wenig aus dem Fenster, wobei mir schon ein wenig mulmig war ob des Muskelpakets neben mir.

»Da würde ich dringend von abraten, Freundchen. Wühlen Sie woanders im Dreck, haben Sie mich verstanden?«

»Mal sehen.«

Georg Deitert warf Hank einen kurzen Blick zu, dann ging er auf Tuchfühlung, wobei sein rauchgeschwängerter Atem meinen Geruchssinn beleidigte. »Raus jetzt, aber schnell, sonst lernen Sie mich kennen. Hank, zeig diesem Affen den Weg nach draußen.«

Es war zwecklos, diese Runde war an Deitert gegangen. Hank geleitete mich zur Haustür. Der Hinweg mit Mandy hatte mir besser gefallen. Als er das Portal öffnete, flüsterte er mir ins Ohr: »Ich muss Ihnen was sagen, aber nicht hier. Ich begleite Sie zu Ihrem Wagen.«

Klang interessant. Gemeinsam stiefelten wir zum Escort und ließen uns auf dem Fahrer- respektive Beifahrersitz nieder.

Ich ging sofort in medias res: »Schießen Sie los.«

Bevor ich mich's versah, hatte er mir die Faust unter das Kinn geschmettert, sodass ich den Großen Bären, den Kleinen Bären und einige noch unentdeckte Sternbilder studieren konnte. Dann nahm er mir liebevoll die Sonnenbrille ab und donnerte mir einen saftigen Haken vors Auge, und zwar vor das unbeschädigte. Die Brille zermalmte er kurzerhand mit seinen Doc Martens.

»Lass Herrn Deitert in Ruhe.« Tür auf, Tür zu, und ich war allein mit meinen Schmerzen.

»Wie kann man nur so bescheuert sein?«, fragte ich mich auf dem Weg zum Optiker.

Eine Reparatur der Brille war nicht möglich, sodass ich eine neue erwerben musste, begleitet vom Spott der Brillenfachverkäuferin. Glücklicherweise hatte sie das gleiche Modell vorrätig, sodass die Brillenwahl zügiger als beim ersten Mal vonstattenging und ich nach kurzer Zeit wieder im Ford saß.

Georg Deitert war ein rabiates Kerlchen, so viel stand fest. Das bedeutete natürlich nicht, dass er hinter dem Anschlag auf Luna stecken musste, aber unverdächtig ging anders.

Was nun? Mancini würde sich bestimmt über einen Höflichkeitsbesuch freuen. Bei der Gelegenheit konnte ich sie auch gleich über ihre Exmänner ausquetschen.

Luna bewohnte ein schmuckes Apartment mitten in der Innenstadt, wenn man dies in Dülmen so bezeichnen konnte. Obwohl das Gebäude nur zweigeschossig war, gab es einen Fahrstuhl, den ich sofort testete. War ja klar: Bei Befragungen in dreihundertstöckigen Wolkenkratzern funktionierte der Lift nie, aber wenn man nur in die erste Etage musste, brachte er einen problemlos nach oben.

Das sieht total bescheuert aus, dachte ich, als ich mein Konterfei im Liftspiegel betrachtete.

»Du siehst total bescheuert aus«, sagte Gurkennase, als er die Wohnungstür öffnete.

Zusammen schlenderten wir ins Wohnzimmer, wo Luna vor der Glotze hockte. Als sie mich entdeckte, sprang sie erfreut auf: »Wie schön, Sie zu sehen, Herr Nannen. Peter und ich gucken uns meine früheren Auftritte an. Er kann gar nicht genug von meiner Sangeskunst bekommen, nicht wahr, Schnuckelchen?«

»Jawoll!«, pflichtete Grabowski bei. »Bis gestern habe ich gar nicht gewusst, dass es so eine Musik überhaupt gibt, und jetzt bin ich der größte Fan. Hör mal, jetzt kommt mein Lieblingslied.«

Andächtig lauschten wir »Weiße Rosen aus Athen« von Nana Mouskouri, performed by Luna Mancini. Dem Aussehen nach zu urteilen, stammte die Aufnahme aus den Achtzigern.

»Wie läuft's denn so bei euch?«, setzte ich ein, als Nana aka Luna »Auf Wiedersehn, auf Wiedersehn« intoniert hatte.

Luna schaltete den Fernseher auf tonlos, dann wandte sie sich an mich: »Den heutigen Auftritt habe ich abgesagt. Das packe ich mental einfach noch nicht. Ernst hat volles Verständnis dafür.«

»Ich habe zwar angeboten, sie auf Schritt und Tritt zu begleiten, aber Luna hat trotzdem Schiss. Und deshalb haben wir es uns hier so richtig gemütlich gemacht.«

Das war ein Job ganz nach Grabowskis Geschmack. Faul vor dem Fernseher hocken mit ausreichend Sprit in den Knochen. Trotz der fast leeren Flasche Mariacron auf dem Couchtisch machten die beiden aber einen nüchternen Eindruck.

Ich brachte Luna schnell auf den neuesten Stand, insbesondere über die Gründe für den Zustand meiner Augen.

»Um Heiner tut es mir nicht leid, der war ein Ekelpaket vor dem Herrn. Allerdings fallen jetzt wohl die Unterhaltszahlungen weg.«

»Und was ist mit Deitert?«

»Der größte Fehler meines Lebens. Der Georg ist richtig gefährlich. Seine Spelunken sind nur Tarnung, sein Geld macht er in Wirklichkeit mit allem, was verboten ist. Zuhälterei, Drogen, Wucher. Sie können froh sein, dass Sie mit einem blauen Auge davongekommen sind.« Im wahrsten Sinne des Wortes.

»Können Sie sich vorstellen, dass er hinter den Anschlägen steckt?«

Luna überlegte, aber nur kurz: »Durchaus möglich, der ist zu allem fähig.«

»Und er war wie Menke auf Ihrem Konzert.«

»Und mein dritter Ex auch.«

»Christian Kramszik?«

»Ist das nicht rührend? Alle drei wollen nichts mehr mit mir zu tun haben, aber zu meinen Auftritten kommen sie immer noch.«

»Gibt es denn irgendetwas in Ihrem Verhältnis zu Ihren Exmännern, das ich wissen müsste?«

»Die einzige Verbindung neben den gelegentlichen Konzertbesuchen sind ihre monatlichen Schecks. Ansonsten herrscht absolute Funkstille.«

»Ich würde gerne mit Ihrem Manager reden. Können Sie mir sagen, wo er steckt?«

»Marc ist auf dem Weg nach Coesfeld. Er betreut nämlich auch Christian, und der hat heute Abend einen Auftritt in der ›Fabrik‹. Als er gehört hat, dass ich mein Konzert abgesagt habe, ist er kurz entschlossen dorthin gefahren.«

»Herr Kaiser managt weitere Künstler?«

»Na klar, aber nur skurrile Typen oder abgehalfterte Ex-Sternchen. Ich bin mit Abstand sein bestes Pferd im Stall.« Wer's glaubte.

»Dann werde ich mir Herrn Kramszik gleich mal vorknöpfen. Bin schon lange nicht mehr in der ›Fabrik‹ gewesen. Ehrlich gesagt hatte ich gedacht, der Schuppen hätte schon längst dichtgemacht.«

»Ich glaube, der läuft besser denn je. Christian ist auf jeden Fall sehr aufgeregt vor dem Auftritt, hat Marc gesagt. Sonst spielt der ja nur auf Geburtstagen und Hochzeiten.«

»Wie sind Sie denn mit Ihrem Leibwächter zufrieden?«, fragte ich und nickte in Gurkennases Richtung, der trotz Stummschaltung gebannt auf den Bildschirm starrte.

»Peter ist ein Ass und so süß …«

»Das bedeutet, ich kann euch ohne schlechtes Gewissen allein lassen?«

»Ja sicher, Dieter«, schaltete Gurkennase sich ein. Offensichtlich hatte er das Gespräch genau verfolgt. »Wir machen uns einen richtig netten Abend. Wir werden zusammen kochen, und eine Flasche Weißwein ist auch schon kalt gestellt. Und jetzt such das Weite, damit ich den Ton wieder anstellen kann.«

»Zu Befehl, mein Freund.«

Als ich draußen auf das Pflaster trat, überkam mich ein plötzlicher Anfall von Wehmut. Grabowski amüsierte sich mit Luna, während ich wegen eines drittklassigen Alleinunterhalters zu dieser Dorftrottel-Disco zuckeln musste. Andererseits wollte ich es ja nicht anders. Ich brauchte nur Karin mitzuteilen, dass ich den Schnüfflerjob an den Nagel hängte, und dann wäre mit Sicherheit mehr drin als ein romantisches Essen und eine Flasche Wein. So ein verdammter Mist. Beinahe wäre ich zurückgegangen, um den Auftrag zu stornieren, aber irgendetwas hielt mich davon ab, und so sauste ich wenig später durch die Münsterländer Flora und Fauna zurück in Richtung Coesfeld.

## Der König von Coesfeld

Was hatte ich hier für tolle Konzerte erlebt? Type O Negative während ihrer »Bloody Kisses«-Tour, Danzig mit seinem dritten Album, The Cassandra Complex zu ihren besten Zeiten und die Einstürzenden Neubauten, als sie noch richtig Krach gemacht hatten. Die Disco hatte ich jedoch nie besucht, denn das Publikum hatte mir damals einfach nicht zugesagt.

Es war mittlerweile neun – unterwegs hatte ich mir noch eine Mantaschale einverleibt –, und für einen Dienstagabend um diese Uhrzeit war der Parkplatz ordentlich gefüllt. Wenn Kramszik rief, strömten die Massen.

Am Eingang studierte ich das Plakat und musste meine Meinung revidieren. Das Gros der Gäste dürfte wegen der Achtziger-Jahre-Party hier sein, wohingegen Christian im Club, einem vermutlich hühnerverschlaggroßen Raum, für die Schlagerfans auflegte. Allerdings schimpfte sich Kramszik auf dem kitschigen Plakat »DJ Love Injection«. Leichter Schüttelfrost überkam mich.

Am Eingang musste ich fünf Euronen abdrücken, dann ging es vorbei am großen Saal, aus dem Madonnas »Like a Prayer« dröhnte, zu dem doch nicht so kleinen Club. Überraschenderweise waren um die hundert Leute versammelt, und das Durchschnittsalter betrug nicht wie vermutet siebzig, sondern dreißig.

Und Kramszik rockte wirklich die Hütte! Er präsentierte zwar mit seinem Gemisch aus Ballermann-Hits und deutschem Schlager nicht unbedingt meine bevorzugte Musikrichtung, aber das Publikum ging völlig steil. Christian hatte sich richtig herausgeputzt: Die dunkelblonden Haare waren nach hinten gegelt, dazu ein gelbes T-Shirt mit seinem Konterfei und seinem Künstlernamen in roten Lettern sowie eine schwarze Lederhose mit Nieten. Im Gegensatz zu mir hatte er seine Sonnenbrille lässig hochgeschoben. Im linken Ohr trug er einen überdimensionalen Ring.

Ich orderte ein Pils und verfolgte die Show. Kramszik arbeitete mit zwei Turntables und zählte damit zu einer sympathischen, aber wohl bald ausgestorbenen Spezies von DJs. Das Scratchen bei »Er gehört zu mir« von Marianne Rosenberg war Extraklasse, musste ich neidlos anerkennen. Zwischendurch griff er zum Mikro, um bekannte Hits stimmlich zu begleiten oder seine eigenen Stücke zu präsentieren. Und Christians Stimme war gut. Hatte ich mich beim Studium seiner Homepage bei Titeln wie »Madame XXL, jetzt aber schnell« oder »Allein im Bett ist gar nicht nett« noch tüchtig geekelt, waren sie live der echte Burner, abgesehen vom miserablen Text, aber das gehörte bei dieser Art von Mucke ja dazu.

Ich war ziemlich allein an der Theke, da neunundneunzig Prozent der Gäste auf der Fläche abhotteten. Der Typ brachte die Massen wirklich zum Kochen.

»Das ist ja eine Überraschung«, schrie mir plötzlich jemand ins Ohr. Marc Kaiser.

»Der ist richtig gut, der DJ Love Injection. Prost«, posaunte ich zurück und ließ meine Krombacher-Flasche gegen Marcs klirren.

»Hat ja auch einen hervorragenden Manager. Noch ein Bier?«

»Bin mit dem Auto hier, aber eins passt noch. Geht auf mich.« Ich zeigte der Thekenbedienung zwei Finger.

»Was treibt Sie hierher? Die pure Freude an guter Musik?« Kaiser war offensichtlich auf Reden eingestellt.

»Nee, bin beruflich hier. Ich möchte Herrn Kramszik ein bisschen über sein Verhältnis zu Luna befragen.«

»Glauben Sie etwa, dass Chris was mit den Anschlägen zu tun hat?«

»Immerhin war er vor Ort, als sich der Kronleuchter selbstständig gemacht hat. Das macht ihn automatisch verdächtig.«

»Dann schlage ich vor, dass ich Sie in der Pause mit ihm zusammenbringe, da können Sie ihn richtig ausquetschen.«

Die Pause ließ noch auf sich warten, was nicht schlimm war, da eine stattliche Anzahl gut aussehender Ladies mit Dieter Nannen tanzen wollte. Und das machte einen Heidenspaß. Mittlerweile hatte ich Marcs Rat befolgt, das Auto stehen zu lassen und richtig abzufeiern. Eine vortreffliche Idee. Außerdem konnte ich mich an keine Passage im Detektivhandbuch erinnern, die die nüchterne Befragung eines Verdächtigen vorschrieb.

Nach einer eigenwilligen Interpretation von Mickie Krauses »Zehn nackte Friseusen« legte Kramszik eine Pause ein. Marc und ich waren bereits gut angesoffen, als Christian sich zu uns gesellte, und auch er war nicht mehr nüchtern, wie ich seinem Atem entnehmen konnte.

Nachdem unsere Bierflaschen auf Glasfühlung gegangen waren und wir uns aufs Duzen geeinigt hatten, startete ich die Befragung.

»Und, Chrischtian, hascht du den Kronleuchter vorgeschtern manipuliert?«

»Nein, wiescho schollte isch?«

»Hatte isch ausch nicht erwartet, alscho nix für ungut.«

Wir ließen eine Runde Doppelwacholder in unseren Körpern verschwinden, dann musste DJ Love Injection wieder performen.

Während Marc der lässige Thekensteher war, tanzte ich mir die Seele aus dem Leib. Der Strom an tanzwütigen Damen schien nicht abzureißen, unterbrochen nur von einer kurzen Durststrecke, als bei einer wilden Disco-Fox-Figur die Brille auf den Boden fiel und einige Ladies meine blauen Augen entdeckten.

Als Marc sich doch einmal bequemte, auf die Fläche zu stolpern, und ich auf den Tresen aufpasste, schoss mir wie aus dem Nichts ein Gedanke durch den Kopf: Diesen Job willst du aufgeben? Doch was war die Alternative? Ein Leben ohne Karin war schwer vorstellbar, schließlich liebte ich sie doch. Aber wenn sie mich genauso liebte, warum verlangte sie dann dieses Opfer von mir?

Genug Trübsal geblasen, die Realität würde mich früh genug wieder einholen.

»Willst du mit mir abrocken, Süßer?« Oh Mann, die Nächste.

»Aber klar, Süße. Schwing die Hufe!«

Die Taxiuhr zeigte halb drei, als ich zusammen mit Marc in Richtung Heimat aufbrach. Chris hatte eine Übernachtungsmöglichkeit bei einer Dame klargemacht, die nur wenige Meter von der »Fabrik« entfernt wohnte.

Während der Fahrt musste ich mir anhören, dass meine Gesangsleistung bei »Disco Pogo« allererste Sahne gewesen war. Hatte ich mich tatsächlich zu Chris aufs Podium gestellt und einen auf den Rapper Frauenarzt gemacht? Konnte ich mich gar nicht mehr dran erinnern. Als Marc dann noch meine Limbo-Performance lobte, wusste ich, dass er mich auf den Arm nehmen wollte. Oder etwa doch nicht?

In Dülmen schmissen wir Marc raus, dann ging es weiter. Ich versuchte, ein Gespräch mit dem Taxifahrer anzuzetteln, aber er stand leider auf Kriegsfuß mit der deutschen Sprache. Vielleicht hatte er aber einfach keinen Bock auf Besoffski-Gebrabbel. So wurde es eine ruhige Fahrt zur Nannen-Villa.

Genauso ruhig war es im Innern. Ich putzte flugs die Zähne, erschrak über das, was den Abend über hinter der Sonnenbrille verborgen gewesen war, und dann hieß es, die Bettdecke hochzuziehen und tüchtig zu schnarchen.

## Musikalische Früherziehung

Satan, Teufel, Beelzebub, Schaitan und der große Widersacher. Sie alle hatten sich zusammengerottet und den Alkohol erfunden. Da hatte Kollege Mohammed völlig recht. Und jetzt feierten die Manifestationen des Bösen zusammen mit Slayer und Slipknot ein Metal-Festival in meinem Kopf, das Wacken. Mit gefühlten zweitausend Marshall-Verstärkern. Nun wäre ich für ein paar Takte Mozart dankbar gewesen oder noch besser John Cages Konzert »4'33"«, in dem nur der Klavierdeckel geöffnet und geschlossen wurde, ohne dass ein einziger Ton erklang. Leider wechselten sich die Schwermetaller mit Jürgen Drews ab. Bei gleichbleibender Dezibelstärke. Hatte ich gestern wirklich zu deutschem Schlager abgefeiert? Ich konnte es nicht fassen, aber die Quittung präsentierte mir mein zermatschter Schädel. Mit dem Nachttisch als Stütze erhob ich mich.

Müde und verkatert tappte ich ins Wohnzimmer. Mist. Die ganze Bagage hatte sich dort eingefunden. Die Heisterkamps, Arabella und Karin futterten Brötchen und waren bester Laune.

»Dieter«, kreischte meine bessere Hälfte, sprang auf, rannte zu mir und küsste mich. »Wir haben dich extra schlafen lassen. Soll ja gestern spät geworden sein.« Dabei zwinkerte sie Günter verschwörerisch zu. Super, die Stasi im eigenen Haus.

»Bin noch nicht ganz fit«, umschrieb ich meine Lage euphemistisch.

»Mein armer Schatz«, sprach Karin ihr Beileid aus und klopfte mir auf den Hinterkopf, was meinen elenden Zustand exponenziell verstärkte.

»Die Tiere brauchen Futter«, konstatierte ich, um mich geschmeidig vor der lästigen Veranstaltung zu drücken.

»Nichts da«, fuhr mir Stiefmütterchen in die Parade. »Wir haben ein ernstes Problem.«

Die Heisterkamps nickten simultan.

»Tiere schon gefüttert.« Siehe da, Stefan hatte den Raum

betreten. Da die Hosenbeine seines blauen Overalls mit frischer Schweinekacke garniert waren, schien er die Wahrheit zu sagen. Arabella rümpfte ihr hübsches Näschen.

»Ich habe keine Lust auf Probleme«, stöhnte ich. »Könnt ihr das nicht lösen?«

»Stefan auch kein Problem haben tun«, erklärte mein streng riechender Freund.

Bevor jemand etwas sagen konnte, klingelte es an der Tür.

»Ist offen«, verkündete Karin. Hinein trat Reverend George Jones, der Pfarrer von St. Pankratius.

»Guten Morgen«, begrüßte er uns freudestrahlend. Mein langjähriger Chef Pfarrer Wilpert war vor einem halben Jahr in den wohlverdienten Ruhestand getreten. Bei ihm hatte ich ab und an die Kirchenorgel gespielt. Anfangs hatte es noch gewisse Kommunikationsschwierigkeiten gegeben, aber in seinem letzten Jahr waren wir fast so etwas wie Freunde geworden. Nee, ein Wilpert hatte keine Freunde, aber zumindest tolerierten wir uns. Aus Ermangelung an Alternativen hatte der Bischof den dunkelhäutigen Reverend Jones zum Nachfolger berufen. Ein gewagtes Experiment, da die Westfalen alles Neue prinzipiell skeptisch betrachteten. Ein deutscher Priester hätte es schon schwer genug gehabt, aber ein Afroamerikaner? Hatten alle gedacht. Doch Georges überbrodelnde Lebensfreude hatte ein spirituelles Feuer in den Buldernern entzündet, dass selbst Papst Franziskus vor Neid erblasst wäre. Die Bauern brachten ihm ihre Kühe zur Segnung, der FC Dülmen ließ ihn vor jedem Heimspiel den Ball bebeten, die Seniorinnen der Frauenhilfe vergötterten ihn. Alle liebten den unkomplizierten Reverend Jones.

Ich spielte ab und zu mit dem Geistlichen Basketball auf dem Kirchhof. Da George wie ich die Hardboiled-Krimis der Achtziger liebte, tauschten wir uns gerne über Estleman und Parker aus. Zudem spielte ich zur Sonntagsmesse die Orgel, im Gegensatz zu früheren Zeiten jedoch freiwillig. George bevorzugte Gospelgesang und Elektrogitarre, die er selbst bediente. War zwar nicht unbedingt die Lieblingsmusik der Kirchgänger, aber wenn

George diese Klänge mochte, mussten sie gut sein. Mir ließ er bei der Musikauswahl für die Orgelstücke vollkommen freie Hand. War schon was anderes, als jede Woche »Großer Gott, wir loben dich« zu intonieren.

»*Well*, wir wollen noch mal den Ablauf des Gottesdienstes durchsprechen, meine Lieben.« Der Reverend setzte sich.

»Stefan spielen doch nicht Vuvuzela, sondern Mundharmonika«, triumphierte mein Kumpel und zog eine Bluesharp aus der Tasche.

»Gerne, *my son*. Du bist fest in den Gottesdienst eingeplant.« George strahlte, und auch Stefan grinste breit und blies – sagen wir mal: etwas unkoordiniert – ins Metallteil. »Ist Metallica. Dieters Lieblingsmusik.«

Wir alle nickten wohlwollend, obwohl die Kakofonie ebenso gut die Eruption einer verstopften Toilette hätte sein können.

»Das ist der Punkt«, erklärte Arabella. Alle schauten sie verwundert an. Fast alle, denn Karin blickte nur genervt und drückte ihre Kaffeetasse, als wollte sie diese zerquetschen.

»Ich habe mit Dieters Vater gesprochen, und er hat seine eigene Meinung dazu.«

»Aha?« George runzelte die Augenbrauen.

Arabella zog eine DVD aus ihrer Handtasche und steckte sie in den Player.

Nach kurzem Flimmern erschien Klaus Nannen auf dem Monitor. Natürlich in den üblichen Armani-Klamotten, in der Hand einen farbenfrohen Cocktail, auf der Nase eine Cartier-Sonnenbrille. Im Hintergrund schaukelten Palmen seicht im Wind vor der Mittelmeerkulisse.

»Sind wir auf Sendung, Dieter? Gut.« Mein alter Herr ruckelte an seiner Krawatte. »Herr Wedel kann jetzt nicht«, brüllte er in den Hintergrund, wo eine edel gekleidete Frau verschreckt durch das Bild huschte.

»Also.« Er räusperte sich. »Dieter, mein lieber Junge.« Er nestelte einige Blätter aus der Jacketttasche. »Sorry, das fällt mir schwerer als jede Vorstandsrede, deshalb lese ich lieber ab. Ähm, ja …« Er räusperte sich erneut. »Wollen wir jetzt starten?«

Mendelssohns »Hochzeitsmarsch« ertönte und wurde dann langsam ausgeblendet.

»Dieter, mein lieber Junge«, las Klaus vom Blatt. Klang hölzern, aber das passte perfekt zu unserer Vater-Sohn-Beziehung. »Am Freitag findet der wichtigste Tag deines Lebens statt, deine Hochzeit mit Karin. Ich gebe zu, dass wir nicht immer mit deinem Lebenswandel einverstanden waren. Die Qualmerei, der Alkoholkonsum« – an dieser Stelle richteten sich alle Augenpaare strafend auf mich – »deine Arbeit oder wie man es nennen soll. Aber in diesem Punkt hat Karin einen guten Einfluss auf dich. Es ist, wie es ist, wie Goethe schon sagte. Nun, deinen Entschluss, Karin zu heiraten, unterstützen deine Mutter und ich und meine große Liebe Arabella von ganzem Herzen.«

Die Angesprochene warf eine Kusshand in Richtung Mattscheibe, und Vater tupfte sich mit einem grünen Seidentuch die Augen. Kam mir ziemlich surreal vor.

»Aber dazu später einige Worte. Zunächst freue ich mich, mit meinem Sohn und seiner Zukünftigen diesen wunderbaren Tag feiern zu können.« Kurzes Schluchzen. Mein Gott, als Bankvorstand hatte er ohne mit der Wimper zu zucken Tausende Angestellte ins kalte Merkeldeutschland entlassen und abends mit seinen Schlipsträgerkumpanen Schampus gesoffen und Kaviar durchs Hilton-Foyer geworfen. Und der heulte vor Rührung, weil sein missratener Sprössling dem Singledasein Lebewohl sagte?

»Freitagmorgen werde ich einen Charterjet Richtung Münster besteigen, und bereits beim Betreten der Gangway möchte ich wissen, dass dieser Tag optimal verlaufen wird. Aus diesem Grund wende ich mich per Videobotschaft an dich, mein lieber Sohn.«

Eine Frau huschte ins Bild, puderte sein Antlitz und verschwand wieder.

»Filmen ist nichts für deinen alten Herrn«, presste er gequält hervor. »Weiter im Text. Arabella hat mir von einigen organisatorischen Unzulänglichkeiten berichtet. Nicht viele, aber signifikante.«

Mit ernster Miene blickte er auf und wackelte tadelnd mit

dem Zeigefinger wie mein früherer Mathelehrer. »Wäre es meine Hochzeit, gäbe es unzählige Dinge, die ich anders machen würde. Da es jedoch die deine ist, möchte ich nur zwei Punkte ändern. Dies sollte für dich akzeptabel sein. Erstens: Ich wünsche nicht, dass Peter Grabowski dein Trauzeuge ist.«

»Pedder ist der Beste«, skandierte Stefan und stampfte auf den Boden. Gurkennase und er hielten wie Pech und Schwefel zusammen.

»Ich erinnere mich noch mit Grausen, wie er mich mit sechzehn in seiner unnachahmlichen Art und Weise belehrt hat. Er war mit dir nach Frankfurt gekommen und dinierte bei mir und meiner damaligen Freundin. ›Alter‹, sagte er zu mir, als er die Kanapees erblickte, die unsere Köchin in mühevoller Arbeit zubereitet hatte. ›Alter, drei Bier sind 'ne Mahlzeit. Und bekommst du ein viertes, hast du noch ein Getränk dazu. Nur so wird ein Schlappen draus.‹ Spätestens da war mir klar, dass dieser Grabowski kein Umgang für einen Nannen ist. Bedauerlich, dass du ihn noch zu deinen Freunden zählst. Aber der kann unmöglich dein Trauzeuge sein.«

»Ausgeschlossen«, keifte ich, während sich meine Kopfschmerzen mit jeder Sekunde Filmvorführung zu verstärken schienen.

»Peter muss dabei sein«, sprang mir Karin zur Seite.

Arabella schüttelte finster den Kopf: »Keine Hochzeit mit diesem Alkoholiker. Ein Nannen bemitleidet solche Leute, toleriert sie aber nicht in seinem Umfeld.«

Der Satz hätte von meinem Vater stammen können, der auch simultan mit seinem Vortrag fortfuhr: »Wir können dir natürlich nicht zumuten, deine Hochzeit ohne Trauzeugen zu feiern, denn Beistand braucht ein jeder Mann. Daher habe ich deinen Großcousin Hans Theodor Nannen gefragt, ob er in die Bresche springen will. Es ist ihm eine Ehre, wie er dir selber sagen wird.«

Hansi kannte ich nur aus frühesten Kindheitstagen. Den missratenen Spross von Onkel Adolf Theodor und Tante Kriemhild Agathe, einer gut betuchten Pharmafabrikantenfamilie aus Ravensburg, hatte ich schon als Kleinkind gehasst. Bei einem gemeinsamen Strandurlaub hatte er mir erst Schaufel und Förmchen geklaut, dann meine Sandburg zerstört und zu guter Letzt behauptet, ich hätte ihn an den Haaren gezogen und in den Unterleib getreten. Alles Lügen.

»Hallöchen, lieber Dieter«, setzte sich Hansi neben meinen Vater. »Ich war zufällig zum Polospielen auf der Insel und habe von deinem Problem erfahren. Ich springe selbstverständlich gerne ein und begleite meinen Lieblingscousin auf dem Weg ins Eheleben. Ich selbst bin diesen Schritt bereits vor Jahren gegangen und habe bisher nicht einen Tag bereut. Prösterchen!« Er hielt ein Sektglas in die Kamera und verschwand.

»Ein toller Typ«, schwärmte Arabella. »Du kannst stolz auf deine Familie sein.«

Ich knurrte: »Nur über meine Leiche«, doch das hörte nur ich.

»Damit wäre der erste Punkt meiner Agenda erledigt«, fuhr Papa fort. »Punkt zwei ist die Wahl des Geistlichen. Wie Arabella berichtete, wollt ihr den örtlichen Pfarrer mit der Trauung beauftragen. Das geht natürlich nicht.«

Reverend Jones beobachtete die Vorführung ziemlich entspannt. Wahrscheinlich bedauerte er mich, mit einer solchen Familie bestraft worden zu sein.

»Eine gewisse Bodenständigkeit steht uns Nannens gut zu Gesicht. Das ehrt dich. Dennoch sind wir Sieger und umgeben uns mit Siegern. Daher kommt nur der beste Priester für die Trauung in Frage. Bischof Johannes von Dötelingen hat führende Leute aus Politik, Wirtschaft und Fernsehen getraut. Nur ein solcher Mann ist einem Nannen angemessen. Joe, sag meinem Sohn Hallo.«

Von rechts stahl sich ein grau melierter Herr mit Priestersoutane ins Bild. Auch er trug eine Sonnenbrille.

»Grüezi, Dieter«, lispelte er mit schweizerischem Akzent. »Ich freue mich, eure Trauung durchführen zu dürfen. Gleich wird Klaus eine Überraschung verraten. Das können wir wunderbar kombinieren. Alles wird perfekt. Bis Freitag, und Grüße an die werte Verlobte.«

»Vergiss es«, zischte ich das Fernsehbild an. »Uns traut nur George. Oder wie siehst du das, Karin?«

»Nur George«, bestätigte sie und verschränkte wütend die Arme vor der Brust.

»Meine Lieben«, fuhr Dad fort. »Schön, dass wir uns einig sind. Und daher möchte ich jetzt verkünden, dass ich ebenfalls am Freitag heiraten werde. Johannes wird auch Arabella und mich trauen. Ist das nicht grandios, eine Doppelhochzeit?« Voller Vorfreude klopfte er sich auf die Schenkel.

Genug war genug, mehr konnte ich einfach nicht ertragen. Also flott den Aus-Knopf des Fernsehers gedrückt.

»Klasse, ich spiel auch Musik für dein Papa«, flötete Stefan in offensichtlicher Verkennung des Ernstes der Lage. Gut, dass der liebe Klaus ihm noch nicht begegnet war, sonst wäre er schneller von der Gästeliste gestrichen worden als Gurkennase.

»Wie ich bereits sagte, liebe Schwiegermutter.« Karins Stimme troff vor Sarkasmus. »Wir laden keine unserer Gäste aus und wechseln auch nicht den Pfarrer. Ende der Durchsage.«

»Wir wollen auch den Schwatten als Pasteck«, brummte Günter. »Nix für ungut.« Er nickte Reverend Jones zu.

»Ich richte mich ganz nach euch. Wenn ihr Bruder Johannes bevorzugt, bin ich euch nicht böse.«

»Es ist unsere Hochzeit, also bleibt alles so wie geplant.«

»Mein lieber Sohn.« Arabella hatte ihre Sprache wiedergefunden. »Vergiss nicht, dass wir die Feierlichkeiten mit einer stattlichen Summe sponsern. Allein der Blumenschmuck des Cadillacs kostet ein halbes Vermögen. Ein wenig Dankbarkeit und Demut wäre also angebracht.«

»Wir freuen uns, dass ihr heiraten wollt, aber das kommt doch etwas plötzlich. Und wir möchten unseren Tag schon selbst gestalten«, zeigte sich Karin von ihrer diplomatischen Seite. »Aber mal was anderes: Dieter, hast du dir schon Gedanken über Alternativen zum Detektivberuf gemacht?«

Das erste Thema war noch nicht zu Ende diskutiert, da machte meine bessere Hälfte schon ein neues Fass auf. Super.

»Also, da habe ich mich noch nicht endgültig entschieden«, stammelte ich.

»Karin hat mit mir über dein Jobproblem gesprochen«, schaltete George sich ein. »Ich habe ein wenig herumtelefoniert und eine Lösung gefunden. Die Kirche ist aufgrund deiner bisherigen Verdienste bereit, eine hauptamtliche Organistenstelle in Sankt Pankratius einzurichten. Ist das nicht toll?«

Toll war anders. Zumindest für mich.

»Na, freu dich doch«, sagte Karin und knuffte mich in die Seite. »Wenn wir verheiratet sind, wird alles schön, Darling.«

Spontan fasste ich einen schwerwiegenden Entschluss: »Mein Schatz, ich liebe dich von ganzem Herzen, aber ich kann meinen Job nicht aufgeben. Es geht einfach nicht. Ich will im Leben nichts anderes tun. Und du willst doch auch, dass ich glücklich bin, oder?«

Atemlose Stille.

»Das kann doch nicht dein Ernst sein? Du weißt, wie viel es mir bedeutet, dass du dich nicht unentwegt unkalkulierbaren Risiken aussetzt. Hast du dich schon einmal gefragt, ob ich glücklich bin?«

»Pausenlos«, antwortete ich wahrheitsgemäß.

»Es ist auch im Interesse deines Vaters und mir, dass du einem geregelten Beruf nachgehst«, schlug sich Arabella auf Karins Seite. »Diese Schnüffelei ist doch pubertäre Kompensation.«

»Ein neuer Job muss her«, grummelte Günter. »Karin will schließlich nicht in zwei Jahren Witwe sein.«

»Ich auch Dektif!« Zumindest Stefan unterstützte mich. »Dieter und ich dicke Freunde.«

Arabella zückte ihr Handy und trippelte in die Küche.

»Dieter«, sagte Karin traurig, »ich muss jetzt nachdenken. Wenn du deine Scheiß-Arbeit lieber hast als mich, macht mich das traurig.«

»Ich verlange doch auch nicht, dass du deinen Hof aufgibst«, nörgelte ich, obwohl der Verzweiflung nahe.

»Da wird aber nicht geschossen, Männeken! Das ist ein kleiner, aber feiner Unterschied«, mischte sich zu allem Überfluss auch noch Tante Rosi ein.

»Ist ja schön, dass ihr alle genau wisst, wie ich mein Leben zu führen habe!« Allmählich schwoll mir der Kamm.

»Wir verhauen auch keine Gangster.« Auch Heisterkamp junior musste noch einen unqualifizierten Kommentar loswerden.

»Versteht mich denn keiner?«, wimmerte ich. Ich stand kurz vor einem Nervenzusammenbruch.

»Dieter ist toller Mann.« Stefan, ich danke dir.

Arabella kehrte aus der Küche zurück und zischte: »Dein Vater ist sehr enttäuscht.«

»Wisst ihr was? Ich gehe jetzt meinem Scheiß-Job nach«, fauchte ich wütend. »Da draußen gibt es Menschen, die meine Hilfe benötigen.«

»Laut Klaus ist es typisch für dich, in brenzligen Situationen wegzulaufen. Das ist eines Nannen nicht würdig«, schrie Arabella, als wären wir Gäste in einer Nachmittagstalkshow.

»Ich bin es leid, zu hören, wie ein Nannen zu sein hat. Ich werde den Namen mit der Hochzeit ablegen. Schumann klingt sowieso viel besser. Sag das deinem Schätzchen.«

## Nastrovje

Wütend stürmte ich ins Schlafzimmer, zog mich an und verließ den Ort des Grauens. Da mein Escort noch vor der »Fabrik« in Coesfeld stand, trottete ich zur nächsten Haltestelle.

Auf halbem Weg kam mir eine Bullenschaukel mit Blaulicht, aber glücklicherweise ohne Sirene entgegen. Wäre auch nichts gewesen für meinen brummenden Hirnkasten. Während ich träumte, dass die Polizisten die komplette Sippe auf meinem Hof verhaften und bis nach der Hochzeit ins Loch werfen würden, bremste der blau-silberne Audi, vollführte eine perfekte Chicago-Wende und kam vor mir zum Stehen. Heraus pellten sich Ludger Reichert und ein junger Kollege.

»Was verschafft mir die Ehre?«, fragte ich locker.

»Wir haben keine Zeit für Gequatsche. Wo steht Ihr Auto?«

»Wieso?«

»Wir haben auch keine Zeit für dumme Fragen. Also, wo ist Ihr Pkw?«

Trotz meiner schlechten Laune hatte ich keine Lust auf ein Scharmützel mit Reichert. »In Coesfeld auf dem Parkplatz der ›Fabrik‹. Ich wollte gerade los, es abzuholen.«

»Einsteigen, Nannen. Wir fahren Sie.«

Während wir drei ins Auto hüpften, dachte ich darüber nach, warum den Bullen meine Klapperkiste so sehr am Herzen lag, aber ohne Erfolg. Da meine Fragen ausschließlich mit Schweigen beantwortet wurden, gab ich die Rätselei kurzerhand auf und genoss die bequeme Beförderungsart. Die komfortable Fahrt mit dem Auto war dem Transport durch den öffentlichen Nahverkehr via Buldern Bahnhof – Dülmen Hauptbahnhof – Coesfelder Wasserturm allemal vorzuziehen.

Da die Hüter des Gesetzes sich während der Fahrt zwar angeregt unterhielten, aber nicht mit mir, hing ich meinen Gedanken nach. Ich verdrängte den privaten Stress in die hintersten Gehirnwindungen und ging im Geiste die Hauptverdächtigen durch.

War es einer von Lunas Exmännern? Immerhin waren alle drei beim Konzert vor Ort gewesen.

Heiner Menke weilte nicht mehr unter uns, allerdings konnte er trotzdem hinter dem Anschlag gesteckt haben.

Der unwahrscheinlichste Täter war Christian Kramszik, aber das beruhte weniger auf Fakten als auf meiner persönlichen Einschätzung. In dem Zusammenhang musste jedoch selbstkritisch konstatiert werden, dass meine Menschenkenntnis mich in früheren Fällen ab und zu im Stich gelassen hatte.

Meine absolute Nummer eins war Georg Deitert. Er besaß die nötige kriminelle Energie und war nicht zimperlich in seinen Methoden. Aber irgendwie passte die Manipulation eines Kronleuchters nicht zu ihm.

Der vierte Verdächtige war der Tiefkühlkost-Unternehmer Hans-Joachim Bredenbach. Er schien regelrecht vernarrt in die Diva zu sein, und es wäre nicht das erste Mal, dass Liebe in Hass umschlägt.

Dann hieß es aussteigen, wir waren angekommen. Welche Freude, als ich mein Auto ohne Anzeichen von Vandalismus oder Aufbruchversuchen auf dem Parkplatz vor sich hin rosten sah.

War ein netter Abend gestern, fuhr mir durch den Kopf, als ich Reichert den Autoschlüssel aushändigte. Sogar die Schädelschmerzen hatten sich auf ein sanftes Pochen in den Schläfen reduziert.

Der jüngere Kollege zwängte sich in meinen Ford und kroch nach wenigen Wimpernschlägen mit triumphalem Gesichtsausdruck wieder heraus, in der Hand die …

… Mancini-Platten!

Was ging denn hier ab?

»Habe ich es doch gewusst!«, stieß Ludger Reichert hervor, grinsend wie ein Honigkuchenpferd.

»Was ist hier eigentlich los?«, stellte ich eine aus meiner Sicht völlig legitime Frage.

»Ich sage Ihnen, was hier los ist: Sie haben Frau Jahnknecht bestohlen, pfui Deibel. Heute Morgen hat sie bemerkt, dass ihre wertvollsten Schallplatten fehlen, und mich sofort benachrichtigt.

Von ihr kommt auch der Tipp, dass Sie hinter der Sache stecken. Sie hat Sie nämlich gestern vom Hof fahren sehen. Und was noch besser ist: Sie hat sogar das Diebesgut auf Ihrem Rücksitz erkannt.«

Das erklärte, warum die Gesetzeshüter so erpicht darauf waren, mein Auto zu durchsuchen.

Ich lachte laut auf, ein Fehler, wie sich schnell herausstellte. »Ich kann alles erklären, Herr Wachtmeister.«

»Sie können alles auf der Wache erklären, Sie Gangster. Beamtenbeleidigung kommt auch noch hinzu, so wie Sie sich über uns lustig machen.«

In diesem Zusammenhang sei noch mal erwähnt, dass Reichert und ich weit davon entfernt waren, Busenfreunde zu sein. Ich nahm den Bullen nicht für voll, und er neidete mir meine Erfolgsbilanz als Privatschnüffler, die zugegebenermaßen manchmal auf Kosten des örtlichen Polizeiapparates gegangen war.

Alle Rechtfertigungsversuche meinerseits wurden im Keim erstickt, also fügte ich mich in mein Schicksal. Ich durfte in Begleitung des Jungspunds mit meinem Auto zum Revier fahren, Reichert sicherte nach hinten ab.

In der Polizeiwache wurde ich kurzerhand in eine Zelle gesteckt mit dem Hinweis, dass ich zeitnah verhört werden würde.

In dem spärlich möblierten Raum fühlte ich mich sofort heimisch, hatte ich in der Vergangenheit doch schon etliche Stunden dort verbringen dürfen. Im Vergleich zu früher hegte ich dieses Mal jedoch berechtigte Hoffnung auf eine baldige Entlassung, sodass ich mir das Studium der neu hinzugekommenen Kritzeleien lieber für den nächsten Besuch aufheben wollte.

Außerdem war ich nicht allein im Verlies. Mit dem Rücken zu mir stand ein über zwei Meter großer, hagerer Mann, den ich von hinten auf circa fünfzig Lenze schätzte. Trotz des blubbernden Heizkörpers, der eine wohlige Wärme verbreitete, trug er einen schwarzen Lodenmantel, der im Schulterbereich mit Schuppen übersät war.

Nichts deutete darauf hin, dass ich in den nächsten Minuten um eine interessante Erfahrung reicher werden würde, bis er sich urplötzlich umdrehte und den Mund öffnete: »Ich bin Jonathan Drexler, und wer bist du, Wichser, Arschgesicht?«

»Mal halblang, Freundchen. Ich habe mir auch nicht ausgesucht, ein Zimmer mit dir zu teilen.«

»Wie heißt du denn, Pissnelke? Du bist mir ja ein ganz süßer Hurensohn.« Dazu öffnete er seinen schwarzen Lodenmantel.

»Hat er also doch noch gemerkt, dass es hier zu warm für einen Mantel ist«, dachte ich nicht, denn darunter war er nackt.

Im Stillen verfluchte ich Reichert, denn ziemlich schnell kristallisierte sich heraus, mit wem er mich in eine Zelle gesteckt hatte: einem Exhibitionisten mit Tourette-Syndrom.

Da die Knastcharge sich auch durch lautes Klopfen und Rufen meinerseits nicht bemüßigt fühlte, mich aus dem Kerker zu befreien, ließ ich mich auf die Pritsche fallen und Jonathan vor sich hin ticken und fluchen und uns mit dem Mantel Luft zufächern.

Als Reichert mich endlich zum Verhör beorderte, wusste ich, wie lange die Ewigkeit dauerte: Sie währte nämlich nicht unendlich, wie allgemein akzeptiert, sondern exakt achtundvierzig Minuten und siebzehn Sekunden.

»Na, haben Sie sich amüsiert?«, frotzelte Reichert und grinste auf dem Weg zu seinem Büro bis über beide Ohren.

Ich verkniff mir eine Antwort. Als wir es uns in der Amtsstube so richtig gemütlich gemacht hatten, verlangte ich nach meinem Handy. Ich berichtete von dem geplanten Geburtstagsgeschenk für Mutter Jahnknecht, klickte Stefans Nummer an und reichte meinem Gegenüber den kleinen Kasten.

»Hallo, Stefan, alter Schwerenöter«, säuselte Reichert ins Mobiltelefon. Gott sei Dank, mein Kumpel war drangegangen.

»Aha.«

»…«

»Aha, aha.«

»…«

»Aha, aha, aha.«

»…«

»Aha, aha, aha, aha.«

»…«

Als ich mich innerlich für meine vorausschauende Entscheidung beglückwünschte, eine Handy-Flatrate abgeschlossen zu haben, drückte Reichert endlich auf die Taste mit dem roten Hörer.

»Okay, Nannen, Sie können gehen.«

Keine Entschuldigung, keine Rechtfertigung, keine Abbitte, keine Entschädigung? Natürlich nicht.

»Wenn Sie mir dann bitte die Schallplatten aushändigen würden?«, fragte ich ganz freundlich, obwohl ich schon ein bisschen angefressen war.

»Na klar«, erwiderte er leicht säuerlich, griff in eine Schublade und überreichte mir den Stapel. »Haben Sie eigentlich eine Vorstellung davon, was diese Schätzchen wert sind? Mittlerweile zahlen Musikliebhaber horrende Summen für die Originalaufnahmen dieser begnadeten Sängerin.«

»Sie kennen Luna Mancini?« Ich war stets aufs Neue verblüfft, welch große Fangemeinde Luna um sich scharte.

»Kennen? Lieben! Schließlich bin ich ausgewiesener Experte für Chansons und anspruchsvollen Schlager.«

»Ist das vielleicht der Grund, warum ich jetzt nur noch sechs LPs zähle, obwohl es vorhin noch sieben waren?«

»Ja, gibt's denn so was?« Er geriet ein wenig ins Stottern und zog die Schublade erneut auf. »Tatsächlich, hat sich doch tatsächlich eine verhakt. Bitte schön.«

Nachdem dieser Lapsus geklärt war, erhob ich mich. Meine Frage, ob Mutter Jahnknecht von der Chanson-Koryphäe bereits über die erfolgreiche Wiederbeschaffung des Diebesguts verständigt worden war, wurde von ebenjenem Schnulzen-Fachmann mit einem definitiven »Nein« beantwortet. Noch mal Schwein gehabt. Ich verpflichtete Reichert zum Stillschweigen, um die Geburtstagsüberraschung nicht zu versauen, und empfahl mich.

Mittlerweile war die Dämmerung über das Münsterland hereingebrochen. Was nun? Ein Abend im Kreis der Verwandten? Nein danke.

Mir wuchsen die Dinge über den Kopf. Im Fall kam ich nicht weiter, und die Vorbereitungen zur Hochzeit verliefen wesentlich anstrengender, als ich gedacht hatte. Aber in der Vergangenheit hatten sich alle meine Probleme letztendlich in Wohlgefallen aufgelöst. Warum sollte es diesmal anders sein?

Irgendwie führte mich der Escort in Deiterts Wohngegend, ich konnte nichts dagegen tun. Dem Riecher der Rostlaube vertrauend, stellte ich den Ford eine Straße weiter in einer wunderschönen Kastanienallee ab.

Wie der Zufall es wollte, fuhren gerade zwei dicke Autos in Richtung Deitert-Villa, als ich die Lindenallee entlangschritt. Ich drückte mich hinter einen der Bäume, die der Straße den Namen gegeben hatten. Da ich nur wenige Meter vom Eingangstor entfernt war, hatte ich einen exzellenten Blick auf das Geschehen.

Georg Deitert entstieg einem orangefarbenen Hummer H2, unerlässlich bei den unwegsamen Schotterpisten im Münsterland. Die Geschäfte schienen nicht schlecht zu laufen, denn unter siebzig Riesen war der nicht zu haben. Auch der zweite Wagen zählte nicht zum Mittelklasse-Segment: eine Mercedes-Limousine der S-Klasse. Da die Scheibe auf der Beifahrerseite heruntergefahren war, konnte ich zwei Gesichter osteuropäischen Ursprungs ausmachen. Das Eisentor öffnete sich, die Schlitten fuhren aufs Grundstück, das Tor wurde geschlossen, und zurück blieb ein nachdenklicher Privatdetektiv.

Ich ging nicht davon aus, dass die Russen – oder welche Nationalität die beiden Herren auch immer haben mochten – etwas mit Luna Mancini zu schaffen hatten, aber zum einen hatte ich den Schlag des Bodyguards immer noch in schmerzhafter Erinnerung, und Rache war bekanntlich süß, zum anderen stand mir der Sinn nach Abenteuer. Wollten wir doch mal schauen, ob ich Deitert nicht irgendwie am Zeug flicken konnte.

Beim gestrigen Besuch hatte ich neben der Auswirkung weiblicher Reize auf die männlichen Hormone und dem Mangel an intelligenter Kindererziehung zwei weitere Dinge festgestellt: Es gab weder Alarmanlagen oder Überwachungskameras, was überraschte, noch Rottweiler, Doggen oder andere Vierbeiner mit kräftigem Körperbau und ausgeprägtem Gebiss, was nicht so überraschend war.

Erleichtert stellte ich fest, dass die morgendliche Wahl meiner Kleidung – schwarze Jeans und schwarzes Motörhead-Longsleeve – ideal für mein Vorhaben war. Als professioneller Privatschnüffler hatte ich natürlich auch eine Gesichtsmaske im Kofferraum, die ich überzog. Jetzt konnte es losgehen.

Auf der Suche nach einer geeigneten Einstiegsmöglichkeit umrundete ich das Anwesen, und voilà, auf der Rückseite wurde ich fündig.

Die dichte Hecke war an einer Stelle ein bisschen löchrig – wahrscheinlich das Werk von Justin und Justin, um sich unbemerkt davonschleichen zu können –, sodass ein schlanker Privatdetektiv problemlos durchschlüpfen konnte. Die Beleuchtung hinter dem Haus war spärlich, und die Rasenfläche war mit mannshohen Sträuchern durchsetzt, ideale Bedingungen also, um unbemerkt zum Gebäude vordringen zu können. Der Streifen zwischen Rasen und Mauerwerk war ebenfalls mit Buschwerk bepflanzt, der Traum eines jeden Schnüfflers.

Wenn mein Orientierungssinn nicht trog, befand ich mich zwischen Wohn- und Arbeitszimmer. Um mein Glück perfekt zu machen, waren sowohl das schmale Fenster neben der riesigen Wohnzimmerglasscheibe als auch das Arbeitszimmerfenster auf Kipp gestellt.

Aus dem Wohnzimmer drangen Fernsehergeräusche. Hörte sich stark nach Intellektuellen-TV an, denn irgendeine Frau säuselte herum, wie zärtlich der Hannes Kühe melken konnte und dass sie sich durchaus vorstellen könnte, mit ihm vor den Traualtar zu treten. Für mich zu hoch, also weiter. Im Arbeitszimmer wurde gesprochen. Ich musste zwar mein Ohr ziemlich nah am Fensterspalt platzieren, aber dadurch konnte ich die Konversation in einwandfreier Tonqualität verfolgen.

»Wodka, Dimitrij, Sergej?«

»Aber natürlich.«

»Sicher.«

*»Nastrovje.«*

*»Nastrovje.«*

*»Nastrovje.«*

Kurz darauf klirrte es. Das war ja wie im Film, so richtig mit Gläser-gegen-die-Wand-Werfen.

»Lass uns reden über Geschäft, Georg. Wir haben wieder bekommen neue Lieferung.«

»Wie viele und wie alt, Sergej?«

»Sechs bildschönen russische Djewuschki, keine älter als siebzehn.«

»Zwei Mädchen von der letzten Sendung waren extrem widerspenstig.«

»Was heißen das, widersprenzig?«

»Wi-der-spens-tig. Das bedeutet, dass mir die beiden Probleme bereiten. Scheinen mit den Arbeitsbedingungen nicht einverstanden zu sein.«

»Das nicht ist Problem von Dimitrij und mir.«

»Wollte es ja nur mal angesprochen haben. Noch ein Wodka?«

»Aber natürlich.«

»Sicher.«

*»Nastrovje.«*

*»Nastrovje.«*

*»Nastrovje.«*

Gläserklirren.

»Du willst doch nicht etwa drücken Preis?«

»Ich bin Geschäftsmann, will also immer den Preis drücken. Wo sind die Fotos?«

Dann war es erst mal ruhig im Hause Deitert.

»Die ersten fünf sind in Ordnung, die Letzte geht gar nicht«, rettete Georg mich schließlich vor dem Einschlafen.

»Dafür die sein erst fünfzehn.«

»Scheißegal. Die sieht doch aus wie ein Kerl, Sergej.«

»Manche deutsch Männer stehen auf so was.«

»Aber nicht meine Kunden. Ich nehme die ersten fünf, einverstanden?«

Pause. Ich riskierte einen Blick durchs Fenster. Die beiden Russen tuschelten miteinander.

»Okay, wird gemacht Geschäft. Preis wie immer.«

»Bevor ich den Preis akzeptiere, müssen wir noch mal über

die bockigen Mädchen reden, Irina und Jekaterina. Aber vorher noch einen Woddi.«

*»Nastrovje.«*

*»Nastrovje.«*

*»Nastrovje.«*

Gläserklirren.

»Also, was ist mit dem Preis?«

»Preis nicht verhandlungsbar.«

Bevor ich mehr über effektive Verhandlungsführung erfahren konnte, bimmelte ein Handy.

Mein Handy!

Usain Bolt wäre vor Neid erblasst, hätte er meinen Sprint verfolgt. Ich hatte die erste Hälfte der Strecke bereits hinter mich gebracht, als die Kugel links vor mir den Boden auflockerte. Die nächste Patrone stutzte einen Rhododendronstrauch zurecht. Eine weitere zerstörte zum Glück eine der wenigen Lichtquellen im Garten. In meinem Rücken hörte ich, wie ein russisch fluchender Mann aus dem Fenster kletterte, sich auf die Schnauze legte, wieder aufrappelte und losrannte. Gleichzeitig wurde auf der Vorderseite des Gebäudes der Hummer angelassen. Die Schüsse gingen nun weit daneben. Aus vollem Lauf ließ sich schlecht ballern.

Endlich hatte ich die Hecke erreicht. Flugs hindurchgezwängt und nach links, da der Hummer von rechts kommen musste. Ich sprintete wie der Teufel. Nach fünfzig Metern bog ich erneut links ab, von Weitem die Motorengeräusche des SUVs vernehmend. Ich passierte mein Auto, das unscheinbar zwischen einem Mazda und einem Renault am Straßenrand parkte.

»Warte auf mich!«, rief ich ihm gedanklich in vollem Lauf zu, dann entdeckte ich auf der anderen Straßenseite einen Weg, der nur für Fußgänger konzipiert war, wie man aus der geringen Breite und dem Pfosten in der Mitte ableiten konnte.

Geschafft!

Doch nicht geschafft, stellte ich entsetzt fest, als ich den Mittelpfosten bersten hörte und der riesige Geländewagen kleine

Korrekturen an der Seitenbefriedung des Weges vornahm. Lässig hüpfte ich links über den Zaun eines Kindergartens, vergnügte mich dort auf dem Spielplatz, baute im Sandkasten eine wunderschöne Burg, reparierte eine Vogelscheuche und kletterte dann auf das Flachdach des Kinderhorts.

Jetzt erst mal ausstrecken, verschnaufen und horchen. Der Hummer war nicht zu überhören, fuhr aber meiner Ansicht nach ziellos in der Gegend herum. Ich checkte mein Handy, um den Übeltäter zu identifizieren. Na klar, Grabowski hatte mich zu dieser wahnwitzigen Flucht gezwungen.

Sicherheitshalber wartete ich eine halbe Stunde, bevor ich zurückrief. »Was ist los, Peter? Ich hoffe, es ist was Wichtiges.«

»Kannste einen drauf lassen. Warum hat das so lange gedauert, bis du dich gemeldet hast?«, fragte er mit vorwurfsvollem Unterton.

»Erzähl ich später. Also, was geht ab?«

»Auf Luna ist wieder ein Anschlag verübt worden.«

»Wo?« Mir schoss durch den Kopf, dass ich jetzt sowohl Heiner Menke als auch Georg Deitert von der Liste der Verdächtigen streichen konnte.

»Bei ihr zu Hause.«

»Ich komme so schnell wie möglich. Könnte aber noch ein Stündchen dauern. Bis gleich.«

Ich drückte das Gespräch weg, wartete noch ein bisschen und machte mich auf den Weg zum Wagen. Während des Rückwegs hatte ich schon ein flaues Gefühl in der Magengegend, obwohl ich davon ausging, dass meine Verfolger die Suche aufgegeben hatten.

Bis auf das entfernte Bellen eines Hundes war es ein ruhiger Spaziergang. Die Maske hatte ich mittlerweile abgestreift.

»Na, Schätzchen, hast du dich auch tüchtig amüsiert?«, begrüßte ich meine Blechkiste und streichelte liebevoll über das Lenkrad. »Dann bring mich mal flott zu Luna Mancini.«

Das rollende Etwas gehorchte aufs Wort, sodass ich pünktlich zum Beginn des »Heute-Journals« auf Lunas Klingel drücken konnte.

»Wer ist da?« Gurkennase.

»Dieter. Mach auf.«

Mir wurde Einlass gewährt. Peter führte mich ins Wohnzimmer, wo eine aufgelöste Schlagerdiva auf uns wartete. Im Raum war es sehr zugig, kein Wunder, lag doch die Fensterscheibe in unzähligen Kleinteilen auf dem Boden. Ein nettes Puzzle, selbst für Autisten eine Herausforderung.

»Herr Nannen, ist das nicht schrecklich? Um ein Haar wäre es um mich geschehen gewesen.« Da Mancini wieder heftig dem Alkoholkonsum gefrönt hatte, ließ ich mich von Grabowski auf den aktuellen Stand bringen. Er hatte zwar definitiv nicht weniger getankt, war aber halt Profi.

»Viel gibt es nicht zu erzählen. Wir beide hatten es uns so richtig gemütlich gemacht, als plötzlich die Scheibe zersprang.«

»Ein ohrenbetäubender Lärm, Herr Nannen, einfach furchtbar«, gab Luna ihren Senf dazu.

»Und dann?«

»Dann hat Peter mich gerettet und dabei sein eigenes Leben aufs Spiel gesetzt!« Schwups, hatte Gurkennase die Schlagertante am Hals hängen.

Nach erfolgreicher Befreiung übernahm Grabowski wieder das Sprechkommando: »Da ich weiß, dass Fensterscheiben selten von allein zerspringen, habe ich Luna von der Couch gerissen und in die Ecke gezogen. Keine Sekunde zu spät, denn die nächste Kugel ist direkt ins Sofa eingeschlagen. Dann habe ich dich sofort angerufen, aber du warst ja nicht erreichbar.« Schon wieder dieser vorwurfsvolle Unterton.

»War mitten in einer Beschattung«, versuchte ich mich reflexartig zu rechtfertigen. »Habt ihr die Polizei verständigt?«

»Klar. Reichert persönlich war hier, hat unsere Aussagen aufgenommen, Fotos gemacht und ist dann rüber zum gegenüberliegenden Gebäude.«

Ich blickte aus dem Fenster. Tatsächlich, auf dem Dach des dreistöckigen Hauses wanderte ein Lichtkegel hin und her.

»Ich werde unserem Freund und Helfer mal einen Höflichkeitsbesuch abstatten. Ihr bleibt hier.«

Ludger Reichert und ein Kollege, der mir bisher noch nicht über den Weg gelaufen war, wanderten missmutig auf dem Flachdach herum.

»Dieter Nannen, Harald Faltermüller«, machte Reichert uns bekannt. Ludger war nicht im Entferntesten anzumerken, dass er mich noch vor wenigen Stunden grundlos in den Knast gesteckt hatte. Egal, ich war nicht nachtragend.

Ich hielt mich lieber an Reichert: »Was haben wir?«

»Wir haben überhaupt nichts. Oder gehören Sie mittlerweile zu unserem Verein?«

»Jetzt haben Sie sich nicht so. Schließlich geht es hier um Leben und Tod. Außerdem habe ich noch einen gut bei Ihnen, oder haben Sie das peinliche Intermezzo vorhin bereits vergessen?«

»Sie haben überhaupt nichts gut bei mir, damit das klar ist. Aber ich will mal nicht so sein, allerdings nur, damit Sie sich schnell wieder verziehen: Der Schütze hat von hier aus geschossen, wir haben die beiden Hülsen gefunden. Wie Sie selbst festgestellt haben dürften, kann jeder problemlos aufs Dach. Wir werden uns morgen im Hellen noch einmal umschauen, aber ich habe wenig Hoffnung.«

»Vielen Dank. Sobald ich etwas herausfinde, lasse ich es Sie wissen.«

»Wer's glaubt, wird selig«, brummte der Kommissar und hatte dabei nicht so ganz unrecht.

Ich schüttelte beiden die Flossen und empfahl mich.

In Lunas Wohnung stellte ich fest, dass die illustre Runde Zuwachs bekommen hatte.

»Ich habe Marc angerufen. Momentan kann ich jeden Beistand gebrauchen.«

»Was machen die nur mit meiner armen Lu?« Kaiser drückte ganz fest ihre Hände.

Um zu zeigen, dass ich nicht untätig war, berichtete ich von meiner Spitzelaktion, ohne jedoch die Russen zu erwähnen, und von der Schlussfolgerung, dass Georg Deitert somit als Täter nicht in Frage kam.

»Können wir mal kurz rübergehen?«, fragte Marc mich, als ich fertig war.

»Hast du etwa Geheimnisse vor mir?«, regte sich die Mancini künstlich auf.

»Nein, ich möchte dich nur nicht unnötig beunruhigen. Du hast heute genug durchgemacht. Kommst du, Dieter?«

Während Luna und Peter ihre Gläser auffüllten, trotteten Marc und ich ins Schlafzimmer.

»Was gibt es?«

»Ich weiß nicht, ob es in Ordnung ist, es dir zu erzählen, zumal es auch nicht hundertprozentig sicher ist«, druckste der Manager herum.

»Schieß los. Jede Information kann wichtig sein.«

»Luna erpresst eine Person, mit der wir gestern gefeiert haben.«

»Christian? Ist nicht wahr. Und womit?«

»Wie gesagt, ich bin mir nicht sicher, aber er scheint ein kleines Drogenproblem zu haben. Ist wohl dem weißen Pulver nicht so ganz abgeneigt. Selbstverständlich ist das seine Privatsache, aber für einen in der Öffentlichkeit stehenden Alleinunterhalter wäre es natürlich tödlich, wenn das publik werden würde. Ganz zu schweigen von der Plattenfirma. Ich habe die Verträge zwar nicht genau im Kopf, aber ich meine, dass dort auch ein Passus über Drogen enthalten ist.«

»Und Frau Mancini hat Beweise für Christians Vorliebe für Schnee?«

»Sie muss Fotos haben, auf denen zu sehen ist, wie er sich eine Line zieht.«

»Du willst also andeuten, dass Christian ein berechtigtes Interesse an Lunas Tod hat?«

»Ich will gar nichts andeuten. Ich mache mir Sorgen um Luna und möchte mir später nicht vorwerfen, sie auf dem Gewissen zu haben, nur weil ich unappetitliche Dinge zurückgehalten habe.«

»Dann werde ich mir den Knaben morgen mal vorknöpfen. Vielen Dank für die Info.«

»Bekomm das aber bitte nicht in den falschen Hals, Dieter. Ich bin nämlich kein Denunziant.«

Ganz im Gegenteil. Ich war heilfroh, wieder eine Spur zu haben, denn nach dem Wegfall zweier Verdächtiger stand ich ehrlich gesagt auf dem Schlauch.

»Deine Offenheit ist völlig richtig. Ich werde das Thema mit der nötigen Sensibilität behandeln, versprochen«, sonderte ich eine Floskel ab.

Nachdem wir uns über unsere Kopfschmerzen ausgetauscht hatten, marschierten wir zurück ins kalte Wohnzimmer. Marc erwies seiner Managerprofession alle Ehre und beauftragte trotz der fortgeschrittenen Uhrzeit ein Unternehmen mit dem Austausch des Fensters. Luna machte einen auf eingeschnappt, weil wir Geheimnisse vor ihr hatten, beruhigte sich aber schnell wieder.

Als Marc sich vergewissert hatte, dass alles geregelt war, empfahl er sich. Er durfte jedoch nur fahren, weil ich Luna versprochen hatte, bei ihr zu übernachten. Sie fühlte sich einfach sicherer mit zwei Männern in ihrer Nähe. Mit ihrem Wunsch rannte sie bei mir offene Türen ein, denn ich verspürte keine Lust, nach Buldern zu jetten und meiner Verwandtschaft in die Arme zu laufen.

Plötzlich fielen mir siedend heiß Jahnknechts Schallplatten ein. Ich befreite sie aus dem Escort und ließ sie von der Künstlerin signieren. Das war Balsam für Lunas gepeinigte Seele, sie war richtiggehend gerührt. Sie versah jede Platte mit einem anderen lieben Gruß, begleitet von schwelgerischen Erinnerungen, die mit den jeweiligen Produktionen verbunden waren.

Nach erfolgreicher Signatur merkten wir, wie hungrig uns die Ereignisse gemacht hatten, und bestellten Pizza. Während der Wartezeit schleppten wir den Fernseher ins Schlafzimmer und das Sofa in die geräumige Küche. Grabowski durfte bei Luna im Bett schlafen – ein Schelm, wer Böses dabei dachte.

Die Pizza vertilgten wir gierig, aber schweigend. Danach verdrückte ich mich aufs Sofa. Mein Handy zeigte drei Kurzmitteilungen an, alle von Karin: »Bitte melde dich« – »Ruf doch mal an« – »Was ist los, wo bist du?«. Ich simste »Übernachte mit Grabowski bei Frau Mancini, schlaf schön« zurück, dann wurde geratzt.

## Kuckuck

»War's der Mondenschein?«, weckte mich Lunas Amaretto-Alt.

»No, no! Der Bossa Nova!«, röhrte Grabowski, wobei er in sieben Tönen zehn Fehler einbaute.

»Oder war's der Wein?«

»No, no! Der Bossa Nova!«

»Kann das möglich sein?«

»Yeah, yeah! Der Bossa Nova war schuld daran!«

Dann polterte es.

»Aua, kannst du nicht aufpassen, mein Brummbär?«

»'tschuldigung, nur der Bossa Nova war schuld daran«, gackerte Grabowski.

Ich warf mein Motörhead-Longsleeve über, schlüpfte in die Beinkleider und tappte in die Diele. Grabowski lag quer über Luna und versuchte verzweifelt, eine Flasche Münsterländer Korn am Auslaufen zu hindern.

»Didi«, kicherte Luna albern. »Mein Leibwächter ist eine Wucht. Sag mal, Peddo, hast du Geld? Sag Ja, dann würde ich dich vom Fleck weg heiraten. So viel Spaß hatte ich seit Jahren nicht mehr.«

»Bin momentan etwas klamm, Süße, aber das wird sich rasch ändern. Für dich hole ich die Sterne vom Himmel, aber nur die fettesten. Und die versilbern wir dann bei eBay.«

Beide lachten sich scheckig, nur ich verstand diesen Humor nicht. War auch besser so.

»Wollen wir zusammen frühstücken? Ich habe gestern noch was von der Hawaii übrig gelassen. Und Marc hat letzte Woche Frikadellen gebraten. Die müssten hinten im Kühlschrank sein.«

Ich lehnte dankend ab, da mein Magen revoltierte. Offenbar missfielen ihm die offerierten Gaumenfreuden, und ich gehorchte ihm.

Anders Grabowski: »Da freut sich dein kleiner Peddo ein Bein ab. Frikkos werden sowieso besser, je länger die liegen. Ist so wie mit Whiskey.«

»Der Mann kennt sich aus.« Lachend befreite Luna sich von Gurkennase. »Nur das Tanzen müssen wir noch ein bisschen üben.«

»Ich bau dir ein Schloss, so wie im Märchen«, grunzte Grabowski und tänzelte um die Diva herum, wobei er um ein Haar über seine Plateauschuhe gestolpert wäre.

Mein Handy dudelte »Romeo and Juliet« von den Dire Straits. Karin. Nee, ich musste jetzt meinem Scheiß-Job nachgehen, da war keine Zeit für private Angelegenheiten. Während ich die Wohnung verließ, merkte ich, dass mich die abfälligen Bemerkungen der Verwandtschaft bezüglich meiner Berufstätigkeit tief getroffen hatten. Hätte nicht gedacht, dass mir ihre Anerkennung so wichtig war.

Christian Kramszik wohnte in der Kiepenkerlstraße. Der Altbau entstammte der Gründerzeit, wie eine Tafel an der Hauswand verriet. Im Erdgeschoss verscherbelte die Pommes-Else Fritten und Currywurst. Christian wohnte im zweiten Stock. Die Haustür war nicht verschlossen. So stiefelte ich durch das nach Reinigungsmitteln duftende Treppenhaus neunundfünfzig Stufen hoch. Ich klingelte eine gefühlte Viertelstunde lang. Just als ich den Rückweg antreten wollte, wurde die Wohnungstür geöffnet. Ein junger Mann mit schwarzer Rastamähne und Mario-Barth-Shirt blickte mich schläfrig an.

»Hä?«, begrüßte er mich eloquent.

»Ich möchte zu Christian Kramszik. Ist der da?«

Anstatt höflich zu antworten, stiefelte der Typ zurück ins Wohnungsinnere. Ich folgte.

Die Bude sah wie eine Studenten-WG aus. An den Wänden hingen Poster von Che Guevara und Bob Marley, aber auch von Karl-Theodor zu Guttenberg, dem Ex-Verteidigungsminister mit dem Hang zur kreativen Auslegung akademischer Regeln. Wir wanderten an der Küche vorbei, in der zwei adrett gekleidete Yuppies Müsli löffelten und in den Wirtschaftsteil der FAZ vertieft waren. Vor einer Tür am Ende des Flures stoppte der Rastafari.

»Issfürdich«, nuschelte er, pochte an die Tür und ließ mich allein zurück. Nach einer weiteren Ewigkeit wurde die Pforte geöffnet, und ein in Bermudashorts gewandeter Kramszik blickte mich fragend an.

»Ich bin der König von Mallorca«, sang ich leicht schief in Erinnerung an die »Fabrik«-Sause.

»Hä?« Schien in dieser WG die Standardfrage zu sein.

»Dieter, Lunas Leibwächter. Ich war bei deinem Auftritt in Coesfeld.«

Er winkte müde ab und tappte ins Zimmer, ich hinterher. Das Mobiliar bestand aus einer verschlissenen Matratze, einem Kleiderschrank aus Presspappe und einem billigen Wandschränkchen. Über der Schlafstatt hing ein Konzertfoto vom Schlagerbarden. Der Raum strahlte konzentrierte Tristesse aus. Musste ziemlich deprimierend sein, so zu hausen.

»Wie heißt du noch mal? Gerd oder Armin? Ich gebe dir ein Autogramm, dann lässt du mich weiterschlafen, okay?«, nuschelte Christian, ohne mich anzugucken.

»Wir hatten bereits darüber gesprochen. Es geht um deine Exfrau Luna. Man munkelt, dass sie dich erpresst.«

Kramszik ließ sich auf die Matratze fallen und steckte sich eine Boston an.

»Jetzt erinnere ich mich: Du bist der Schnüffelheini. Worum ging es noch mal? Sorry, ich kann mich nicht konzentrieren, mein Hirn ist absolute Matsche.«

Mein Gott, war der Typ fertig.

Ich latschte erst mal in die Küche: »Habt ihr einen Kaffee?«

Einer der Müslivertilger wies auf die Kaffeemaschine, ohne von seiner Lektüre aufzuschauen.

»Sagt mal, wie passt Christian eigentlich in eure WG?«, versuchte ich eine Konversation zu starten.

Statt einer Antwort gab es nur Schmatz- und Kaugeräusche. Schließlich bequemte sich einer, ein »Passt schon« durch die Zähne zu quetschen.

Ich schüttete das Koffeingemisch in eine Peter-Alexander-Tasse und wollte gerade den Raum verlassen, als der Reggaemann antwortete: »Warum willst du das wissen?«

»Ich bin Privatdetektiv und ermittle in einem Mordfall«, übertrieb ich leicht. »Diese Infos könnten eminent wichtig sein.«

Sofort hatte ich ihre ungeteilte Aufmerksamkeit: »Ist doch nichts Besonderes. Chris brauchte Geld und hat seine Wohnung untervermietet. Zu äußerst günstigen Konditionen.«

Da mich das nicht wirklich interessierte, ließ ich sie stehen oder besser gesagt sitzen und ging wieder zu Kramszik. Dieser hockte auf der Matratze und starrte mit bleichem Gesicht auf den Wäscheschrank. Zitterte ganz schön, der Gute. Ich reichte ihm den Kaffee.

»Heißen Dank. War 'ne harte Woche.«

Ich gab ihm fünf Minuten, um zu sich zu kommen, dann legte ich los: »Wie sieht's mit deiner Ex aus, erpresst sie dich?«

»Jetzt hätte ich Lust auf einen Burger. Die Amis können nicht viel, aber Burger können die. Du musst mal unten zur Pommes-Else gehen. Die Currywurst ist erste Sahne, aber die Burger schmecken, als hätte sie getrocknete Pferdescheiße zwischen zwei Brötchenhälften gestopft.«

»Sehr interessant. Warum besuchst du immer noch Lunas Konzerte?«

Kramszik lächelte gequält. »Sie ist eine tolle Sängerin.«

»Pass auf.« Mir platzte langsam die Hutschnur. »Gestern Abend wurde ein Anschlag auf Luna verübt. Du bist der Hauptverdächtige. Wenn du dich weiterhin unkooperativ zeigst, werde ich dein Drogenproblem publik machen.«

Das schien zu wirken. Christians Augen flackerten nervös. »Mit Drogen habe ich nichts am Hut. Wie sollte ich sonst meine Arbeit schaffen? Außerdem habe ich für gestern Abend ein Alibi. Von sechs bis elf habe ich mit meinem Fanclub gefeiert. Kannst du gerne überprüfen.« Er drückte die Zigarette auf dem beigefarbenen Linoleumboden aus. Keine Drogen, alles klar.

Sofort zog er ein neues Lungenstäbchen aus der Schachtel, gab sich Zunder und versuchte mich mit seinem Blick zu fixieren:

»Wäre schön, wenn du mich jetzt allein lassen würdest. Mentale Vorbereitung für den nächsten Gig steht an.«

Hier war nichts mehr zu holen. Immerhin verriet er mir noch die Adresse seiner Fanclub-Chefin.

Frauke Wiemers wohnte im Wallfahrtsort Telgte, rund zwölf Kilometer östlich von Münster. Im Winter lohnte es, den mittelalterlichen Lichter-Weihnachtsmarkt zu entern. Zu meinem einunddreißigsten Geburtstag hatte mich Grabowski in das lokale Kornbrennerei-Museum eingeladen. Damals hatte er gehofft, dass wir beide in die Produktion hochprozentiger Spirituosen einsteigen würden, aber da gab es im Münsterland genügend Profis, als dass noch ein Nannen mitmischen musste.

Frauke residierte in einem Jugendstilbau mit Rosenornamenten in der Nähe des Krippenmuseums. Auf mein Klingeln ertönte sofort der Summer. Treppenkraxeln fiel dieses Mal aus, da die Gute im Erdgeschoss wohnte.

»Schön, dass Sie endlich da sind.« Ein Paketstapel wurde mir in die Knochen gedrückt. »Die müssen *pronto on the road*, mein Jutster.«

»Was soll ich damit?« Ich fühlte mich etwas überrumpelt.

»Na, wat wohl? Abtransportieren! Ihnen fehlt es an Attitüde«, meckerte die Dame und schob mich sanft, aber bestimmt Richtung Ausgang.

»Ich bin kein Paketbote. Nannen, Privatdetektiv«, quetschte ich durch die Zähne, weil mir der Paketstapel fast die Luft abschnürte.

»Oh, ich dachte, Sie wären der UPS-Typ.« Schwuppdiwupp wurden mir die Kartons aus der Hand gerissen und auf den Boden gestellt. Endlich hatte ich Gelegenheit, mein Gegenüber zu beäugen, eine Dame Mitte vierzig mit hochtoupierten roten Haaren.

»Wie ein Paketbote sehen Sie wirklich nicht aus, wa. Aber was will ein Detektiv von mir? Na, kommen Se ma rin.«

Die Wohnung wirkte wie ein Versandhandellager. In den Wandregalen im Flur stapelten sich Kartons. An den Wänden hingen Poster von Kramszik, eines davon in Lebensgröße. Im

Wohnzimmer fanden sich auf dem massiven Eichenholztisch weitere Fanartikel des Schlagerbarden. Besonders gelungen fand ich die Kuckucksuhr, die gerade Alarm schlug. Das Vögelchen, das seinen Schnabel ins Freie steckte, trug Christians Antlitz. Wer um alles in der Welt kaufte so einen Müll?

»Sind Sie auf der Suche nach Kramszik-Devotionalien?«, missinterpretierte die Wiemers meinen Blick. »Die Boxershorts, die Christian bei der Großen Schlagerparade ’89 am Hamburger Jungfernstieg getragen hat, haben wir gerade nachproduziert. Diese endschicken Dessouskreationen kosten schmale fünfundsiebzig Euro. Falls Sie Mitglied im Fanclub sind, gibt es zwanzig Prozent Nachlass. Soll ich sie in Geschenkpapier einpacken?«

Die Frau war gewiefter als jeder ägyptische Basarverkäufer.

»Ich bin beruflich hier.«

»Ah?«

»Ich ermittle im Auftrag von Christians Exfrau Luna Mancini. Sie wird seit Wochen massiv bedroht, und gestern Abend wurde sogar ein Mordanschlag auf sie verübt.«

Schallendes Gelächter: »Sie verdächtigen doch nicht etwa den guten Chris? Nee, wat komisch. Christian ist zwar in mancher Hinsicht ein bisschen verpeilt, aber doch nicht gewalttätig.«

»Sorry, einen Kaffee?«, fragte ich, und schwups, hielt ich das Getränk in der Hand. Die Frau war ein wahres Energiebündel.

Ihr Handy läutete, sie blickte kurz aufs Display und sagte entschuldigend: »Mannheim, da muss ich drangehen.« Zum Telefonieren drehte sie mir den Rücken zu.

»Ja, Elsbeth. Klappt der Fantreff nach dem Konzert im ›Schwabenstüble‹? Nee, Kinners. So kann ich nicht arbeiten. Das war doch schon gebongt. Menno, Chris ist Künstler. So ein Kuddelmuddel bringt den voll depri drauf.«

Dann kam Elsbeth zu Wort. Schien Frauke zufriedenzustellen, denn sie sagte: »Süße, wenn wir dich nicht hätten. Auf ›Charlys Eck‹ wäre ich im Leben nicht gekommen. Der Chris, der springt im Dreieck vor Freude, wa? Herzchen, beim Konzert machen wir richtig einen drauf. Dat schwör ich dir nackend in die Hand. Tschüssing.«

»Sie haben ganz schön viel um die Ohren«, stellte ich fest.

»Das sach ich Ihnen«, stöhnte sie in gespielter Theatralik. »Von dieser Butze aus koordiniere ich die Fanclub-Aktivitäten von ganz Europa. Das ist ein Fulltime-Job. Nebenher arbeite ich als Taxifahrerin.«

»Europa?«

»Eigentlich nur Deutschland«, korrigierte sie sich und grinste verschmitzt. »Aber Klappern gehört zum Handwerk, und Europa klingt einfach geil, wa?«

»Kommen Sie aus Berlin?«, fragte ich, um meine Dialektkenntnisse zu testen.

»Nee, Jungchen, aus Oldenburg. Dat Berlinerische habe ich mir vom Fernsehen abgeguckt. Klingt cool, und keiner checkt, dass ich ein Nordlicht bin. Aber Sie sind eine ganz schöne Sabbeltasche. Jetzt ham Se mich doch glatt von Christian abgelenkt. Der tut keiner Fliege was, der Jutste. Mensch, der ist froh, wenn man ihn leben lässt. Super Typ, für den würde ich alles machen. Aber momentan ist er ziemlich neben der Spur.«

Ich und eine Sabbeltasche? Da hatte aber jemand eine verzerrte Realitätswahrnehmung.

»Warum?«, hielt ich mich bewusst kurz.

»Sie sind ja eine alte Kaffeeklatschtante.« Waren die fünf Buchstaben auch schon zu viel. »Wissen Se, wie Christian lebt? Haust mit drei Typen zusammen in einem kahlen Zimmer. Die Luna zieht ihm noch das letzte Hemd aus. Die ist erst zufrieden, wenn er in der Gosse ist. Aber antun würde er ihr trotzdem nichts.«

»Sie soll ihn erpressen, munkeln gut unterrichtete Kreise.«

»Da geh ich auch von aus, aber Genaueres weiß niemand.« Sie ächzte und zuckte mit den Achseln. »Eigentlich ist es gar kein Geheimnis, dass Christian ein Problemchen mit Puderzucker hat.«

»Aber offiziell darf das natürlich nicht bekannt werden?«

»Ich erzähle Ihnen das jetzt im Vertrauen, aber wehe, Sie quatschen das aus. Bei Ihrem Mitteilungsbedürfnis habe ich da zwar meine Zweifel, aber irgendwie sind Se mir sympathisch. Also bitte die Lauscher gespitzt: Im Grunde seines Herzens würde Christian viel lieber Sinatra-Songs singen. Aber die will keiner hören. Das hat ihn fertiggemacht. Mit Koks kommt er wieder besser drauf, allerdings sind ihm dann die Auftritte wumpe. Dadurch hat er bereits einige wichtige Konzerte geschmissen. Die Plattenfirma hat ihn deshalb gezwungen, einen Passus zu unterschreiben, dass er die Finger von Drogen lässt. Ansonsten können sie ihn fristlos auf die Straße setzen. Die Mancini weiß natürlich von seinem Laster.«

»Und hat die Daumenschrauben angelegt.«

Frauke zwinkerte mir zu: »Alles klar, Herr Kommissar. Gar nicht so dumm. Aber für gestern hat mein Herzblatt ein astreines Alibi. Der hat nämlich mit uns heißen Telgter Mädels in der ›Strammen Hexe‹ abgefeiert. Das war einfach nur endgeil, wat. Falls nötig, kann ich Ihnen sechzehn weitere Zeuginnen benennen. Nee, fünfzehn. Die Ingrid ist nicht gekommen, weil ihr Macker nach drei Monaten Montage in Malaysia nach Hause gekommen ist, und da sind andere Dinge angesagt, wenn du weißt, was ick meine.«

Ich hatte keinen blassen Schimmer. Sie zeigte mir einige Digitalfotos vom gestrigen Abend, die allesamt mit Uhrzeit versehen waren. Konnten natürlich manipuliert sein, aber das glaubte ich nicht.

Also hieß es Abschied nehmen.

Als ich das für schlappe zwanzig Euro erstandene Kramszik-T-Shirt und die Kuckucksuhr auf den Rücksitz packte, beschlich mich das Gefühl, über den Leisten gezogen worden zu sein. Und noch eine Sorge plagte mich: Alle Exmänner der guten Luna schieden als Täter aus. Einer tot, einer beim deutsch-russischen Kulturaustausch und der letzte beim Fantreff mit einem Rudel feierwütiger Damen. Offensichtlich befand ich mich auf der komplett falschen Fährte.

Blieb Kollege Bredenbach. Folglich steuerte ich meine Schrottkiste aus dem idyllischen Telgte in Richtung Roxel zum Tiefkühlhandel.

Im Hof lungerten sechs Männer in Firmenkleidung herum, Bredenbach stand vor ihnen. Ich stellte den Escort auf dem Kundenparkplatz ab und kletterte aus dem Wagen. Just als ich die Autotür ins Schloss fallen ließ, schlug der Kuckuck auf der Rückbank Alarm. Ich warf einen Blick auf meine Armbanduhr. Ging auch noch drei Minuten vor, dieses Wunderwerk chinesischer Ingenieurskunst.

Obwohl der Tiefkühlkostunternehmer mich bemerkt haben musste, ignorierte er mich und wandte sich an seine Mitarbeiter: »Zum Abschluss stimmen wir wie jeden Tag unsere Firmenhymne an. Auf geht's, Männer: Und wer fährt so spät am Abend mit dem Wagen noch?«, trällerte er zur Melodie von Mike Krügers »Bodo mit dem Bagger« vor.

»Das sind Brefrosts gute Leute und die liefern noch«, stimmten die Fahrer gelangweilt an.

»Und wer liefert schneller als die Speedy-Maus?«

»Das ist Brefrost, die tragen grade ihre Ware aus.«

»Bravo, Männer!«, brüllte der Boss. »Wir haben einen weiteren Tag voller Herausforderungen gemeistert. Darauf ein dreifaches Zickezacke Zickezacke Hoihoihoi.«

Während die Angestellten sich lustlos vom Hof trollten, stiefelte ihr Chef breitbeinig auf mich zu: »Mensch, Nannen, Sie kleben an mir wie Kuckucksscheiße. Wenn Sie unsere ausgezeichneten Produkte erwerben wollen, können Sie die problemlos über unsere Homepage bestellen. Sie müssen nicht jedes Mal persönlich vorsprechen«, blökte er und steckte sich einen Kaugummi zwischen die Kiemen.

»Auf Frau Mancini ist ein weiterer Anschlag verübt worden. Sie ist nur knapp mit dem Leben davongekommen. Wo waren Sie gestern Abend zwischen sechs und elf?«

Einer der Brefrostis kam zurück. Eine Menge Muskeln auf einem Meter neunzig Länge. Die dunklen Locken waren zu einem Zopf zusammengebunden. Das linke Augenlid hing auf halbmast. Die Tätowierung auf der Stirn wies ihn als sensiblen Künstlertypen aus.

»Macht der Kollege hier Probleme, Cheffe?«, brummte er und

spuckte einen gelben Flatschen auf den Boden. Mit »Kollege« war ich wohl gemeint.

»Nein, nein, schon gut, Carlo. Geh in Feierabend.«

»Zickezacke, Cheffe.« Der Schrank trollte sich von dannen. Ich atmete tief durch.

»Sie können mir nichts anhängen, Nannen. Gestern war ich mit meinem Sohn zum ›Deutschland sucht den Superstar‹-Casting in Köln. War aber der letzte Nepp. So eine komische Agentur, die für fünfhundert Euro ein Passfoto schießt, das anschließend in den Abfall wandert. Clemens durfte eine halbe Strophe des ›Holzmichl‹ singen, dann hatten die Typen genug. Ich wäre da nie hingefahren, aber Clemens hatte so gebettelt, und für meine Familie tue ich bekanntlich alles. Sogar fünf Scheine verbrennen, denn diese Agentur hatte mit RTL so viel gemein wie der Dalai-Lama mit Gaddafi.«

»Eine nette Geschichte. Gibt es Zeugen?«

»Hier.« Er schleuderte mir eine verknickte Visitenkarte vor die Füße. »Superstar Search – Marwin Kaschnitzki«, prangte in blassen Lettern auf dem Papier, daneben eine Gelsenkirchener Nummer. Auf der Rückseite Werbung von Vistaprint. Äußerst professionell.

»Dann will ich mal diesen Kaschnitzki anrufen. Vielleicht verschafft er mir einen Job als Sänger bei Metallica.«

Just als ich mein Handy aus der Tasche zog, dudelte es »Hey Joe«. Grabowski.

»Pedder, was gibt es?«

Mein Freund sagte nichts, daher fragte ich noch mal nach: »Peter, bist du es?«

Nur Wimmern am anderen Ende der Leitung, dann eine leise Stimme: »Dieter, ich habe mein Bestes gegeben. Leider war es nicht gut genug.« Jetzt heulte Gurkennase wie ein Schlosshund.

»Was ist passiert?«

»Luna, mein Gott. Wie konnte ich so versagen? Verflucht sei der Tag, als Gott mich auf diese beschissene Erde geschmissen hat«, konnte ich zwischen den Schluchzattacken heraushören.

»Luna ist tot?«, fragte ich entgeistert. »Wie konnte das passieren?«

»Ich war nur fünf Minuten weg, ich schwöre. Oh, ich muss Schluss machen, der Reichert will mich vernehmen.«

»Wieso hast du sie allein gelassen?«, schrie ich in den Hörer. So richtig fassen konnte ich das Unglück noch immer nicht.

»Das Bier war alle. Ich war nur fünf Minuten weg, Dieter. Höchstens zehn.«

»Peter, wir müssen deine Aussage jetzt zu Protokoll nehmen«, vernahm ich Ludgers Stimme im Hintergrund.

Grabowski schluchzte herzzerreißend und legte auf.

## Gut zu Vögeln

Bredenbach fällt also auch als Verdächtiger flach, dachte ich als Erstes, nachdem ich das Gespräch weggeklickt hatte.

»Viel Erfolg für Ihren Sohnemann auf seinem Weg zum Superstar«, verabschiedete ich mich vom Tiefkühlkostunternehmer und enterte den Escort. Dort sammelte ich mich erst mal.

So eine Scheiße. Ich konnte zwar nicht behaupten, dass ich große Sympathien für die Schlagerdiva hegte, aber ihr Tod berührte mich. Sie war der Prototyp eines Stars, dessen Erinnerungen an gute Zeiten im Gedächtnis vergilbten. Dies war tragisch genug, aber Luna Mancini hatte man noch Psychoterror, Anschläge und Ermordung obendrauf gepackt.

Insgeheim war ich froh, nur ein unbedeutendes Lichtlein im Universum zu sein. Ich hatte mir zwar in und um Buldern als Privatdetektiv einen respektablen Namen gemacht, aber mein Ego war nicht so aufgeblasen, dass ich die Narben eines möglichen Absturzes mit Wodka heilen musste.

Die einzige Sorge, die mich momentan umtrieb, war mein Verhältnis zu Karin Schumann, das unbestritten gelitten hatte. Karin war die Liebe meines Lebens, ganz anders als meine Beziehung zu Bettina Klimke, die eher auf Vernunft basiert hatte. Aber trotzdem war es einfach zu viel verlangt, mir nichts, dir nichts vom Detektiv zum Vollzeitorganisten umzuschulen.

Egal, jetzt musste ich zu Luna. Zum Glück war Gurkennase nichts passiert, denn das hätte mich wirklich bis in die Grundfesten erschüttert.

Ich startete den Motor, machte dies jedoch rückgängig, als das Handy bimmelte.

»Nannen.«

»Otto hier.« Mein Gott, war der Knabe aufgeregt.

»Was ist los, mein Freund?«

»Komm bitte schnell vorbei. Luna hat mich angerufen. Ich

weiß jetzt, wer hinter den Anschlägen steckt.« Ich hatte Schwierigkeiten, ihn zu verstehen, so nervös und hastig sprach Otto.

»Wer?«, flüsterte ich in den Kasten, aufgeregt wie ein Teenie vor dem ersten Date.

»Wer?«, schrie ich in den Kasten, nachdem der Schuss gefallen war.

»Wer?«, brüllte ich in den Kasten, als die Verbindung schon lange tot war.

Unter Missachtung sämtlicher Verkehrsregeln raste ich nach Dülmen zu Baumeisters Wohnung. Vor zwei Jahren war er aus dem Seniorenheim in einen Neubau des Anna-Katharinenstifts gezogen. Dort bekam er drei Mahlzeiten am Tag, nahm allerdings die Dienste des Pflegepersonals nicht in Anspruch. Ich steckte den Revolver in die Jacke und hastete die Treppen hoch, bis ich vor dem Apartment im zweiten Stock stand. Die Tür war nur angelehnt. Mit gezückter Waffe schob ich sie langsam auf und schlich vorsichtig hinein.

Die Drei-Zimmer-Wohnung war leer bis auf zwei Wellensittiche, die aufgeregt im Käfig herumflatterten, und Otto, der bäuchlings vor dem Couchtisch lag.

»Lass es nicht wahr sein«, jammerte ich, während ich seinen Puls fühlte. Das Blut, das auf seiner Vorderseite ausgetreten war und eine Lache auf dem Laminat bildete, verhieß nichts Gutes.

Otto Baumeister war tot!

Ich sackte auf den Boden. Im Nachhinein hätte ich nicht sagen können, wie lange ich dort gekauert hatte. Wahrscheinlich waren es nur Minuten, es hätten aber auch genauso gut Stunden sein können.

Nachdem ich die Polizei verständigt hatte, tippte ich Karins Mobilnummer in die Tasten.

»Nimm ab«, betete ich, denn jetzt brauchte ich sie mehr denn je.

»Hier ist der automatische Anrufbeantworter von Karin Schumann. Zurzeit bin ich nicht …« Resigniert und traurig drückte ich die blecherne Stimme weg.

Als meine Tränen halbwegs getrocknet waren, wurde es voll in

Baumeisters guter Stube. Da Reichert bei Luna Mancini weilte, hatte ich mit seinem Vorgesetzten Theo Hartmann das Vergnügen. Wenigstens ein kleiner Lichtblick in dieser Agonie, kam ich mit ihm doch deutlich besser klar als mit seinem schnauzbärtigen Mitarbeiter.

Während der übliche Polizeitross die übliche Arbeit machte, berichtete ich Hartmann wahrheitsgetreu von Ottos Anruf und den weiteren Ereignissen.

»Er wollte mir gerade den Namen des Mörders verraten, als der Schuss fiel«, offenbarte ich Theo mit brüchiger Stimme und hängenden Schultern.

»Hast du denn einen Verdacht, wer es gewesen sein könnte?«, fragte mein Duzfreund vorsichtig nach und überantwortete mir eine Dose Cola, die er aus dem Kühlschrank befreit hatte.

»Die bittere und ehrliche Antwort lautet ›Nein‹. Alle Verdächtigen haben Alibis, zumindest wenn man davon ausgeht, dass Lunas und Ottos Mörder identisch ist. Die drei Exmänner kommen nicht in Frage, und Hans-Georg Bredenbach, der ein, sagen wir mal, ambivalentes Verhältnis zu Frau Mancini hat, stand mir direkt gegenüber, als Luna ins Jenseits befördert worden ist.«

»Ist das auch wirklich die Wahrheit?« Theos Frage war durchaus berechtigt, nahm man die bisherige Zusammenarbeitsweise eines gewissen Dieter Nannen mit der örtlichen Polizei als Maßstab.

»Leider ja, ich tappe völlig im Dunkeln.« Während ich dies voller Überzeugung gestand, bildete sich in meinen Gehirnwindungen eine neue Idee, wie ich dem Mörder auf die Spur kommen könnte. Allerdings war das nichts, was ich Hartmann im Moment auf die Nase binden wollte.

»Nun gut, ich glaube, das war's dann erst mal. Coole Sonnenbrille übrigens.« Der Obersheriff klopfte mir auf die Schulter.

Wir schüttelten die Flossen, und nach einem deprimierten Blick auf Ottos Leiche verließ ich den Ort des Horrors. Als ich bereits die ersten Stufen gemeistert hatte, fiel mir noch etwas ein, also stapfte ich schweren Schrittes wieder zurück.

»Theo?«

»Du bist ja immer noch hier. Was gibt's?«

»Otto hat keine Angehörigen mehr.«

»Wenn du es sagst.«

»Dürfte ich dann bitte die Wellensittiche mitnehmen? Ich würde mich gerne um sie kümmern. So habe ich wenigstens ein kleines Andenken an meinen Freund.«

Hartmann überlegte, aber nur kurz: »Na klar. Falls sie dir aber den Namen des Mörders verraten, bin ich der Erste, der es erfährt.«

Normalerweise hätte ich darüber geschmunzelt, aber nicht heute. Ich legte ein Handtuch über den Käfig, und dann hieß es endgültig Abschied nehmen.

Im Treppenhaus klingelte erneut mein Handy. Ich hatte richtig Schiss, abzunehmen, denn die letzten beiden Anrufe hatten mir zwei Tote beschert.

»Nannen.«

»Karin Schumann hier.« Warum so förmlich?

»Gut, dass du anrufst, mein Schatz. Ich bin völlig fertig«, winselte ich, merkte aber gleichzeitig, wie Karins Stimme Wärme durch meinen Körper strömen ließ.

»Dieter, ich muss dir etwas sagen«, druckste sie herum.

Urplötzlich hatte ich einen dicken Kloß im Hals.

»Was ist denn los?« Das hörte sich nicht gut an. Ich stellte den Vogelkäfig auf die Treppe.

»Ich habe lange überlegt.« Sie schien nach den richtigen Worten zu suchen. »Ach, was soll's, ich sage, wie es ist: Ich werde dich nicht heiraten.«

Rumms! Völlig konsterniert ließ ich mich auf die Treppenstufe fallen, unfähig, zu antworten. Stattdessen entfernte ich das Handtuch vom Käfig und schaute dem Federvieh beim Herumhüpfen zu.

»Ich liebe dich und weiß, dass dir dein Beruf viel bedeutet, aber ich kann so nicht leben. Ich kann doch nicht jeden Tag beten, dass du heil nach Hause kommst. Und wenn wir Kinder hätten …«

Schlagartig wurde ich müde, unendlich müde. »Ich würde

mit keinem anderen Job glücklich werden. Kannst du das nicht akzeptieren?«

»Es tut mir leid, es geht nicht. Wir haben uns seit vierundzwanzig Stunden nicht gesehen, und das kurz vor unserer Hochzeit. Wie soll das erst werden, wenn wir verheiratet sind?«

Ich sagte nichts. War auch nicht nötig.

»Eine Frau merkt instinktiv, wohin der Hase läuft. Ich bin hundertprozentig sicher, dass sich das nie ändern wird. Du hast recht: Du solltest nichts anderes machen, und ich möchte dir nicht im Weg stehen. Es zerreißt mir das Herz, aber ich kann dich nicht heiraten.«

»Ich liebe dich, und du liebst mich. Meiner naiven Ansicht nach sollte das doch reichen, oder etwa nicht?« Ziemlich lahm, aber ich war einfach nur perplex und fertig. »Du hast völlig recht, Karin, ich liebe meinen Job, aber wir werden eine Lösung finden. Bisher sind wir doch immer mit allem fertiggeworden.«

Karin schluchzte hemmungslos los: »Es geht nicht, ich kann das nicht. Schau doch mal: Wenige Tage vor dem wichtigsten Tag unseres Lebens kommst du mit einem Veilchen nach Hause …«

»Wollen wir jetzt über kosmetische Themen reden?«

»Hör auf!«, brüllte es durch den Hörer.

»Sorry, aber ich bin etwas neben der Spur. Erst ist meine Auftraggeberin ermordet worden, dann Otto und jetzt das. 'tschuldigung, dass ich da nicht den richtigen Ton treffe.«

»Otto Baumeister ist tot?«

»Jawohl. Ermordet. Und ich bin der Einzige, der den Mörder fassen kann«, versuchte ich es von der anderen Seite.

»Ich kann nicht mehr, Dieter. Ich kann nicht mit einem Mann zusammenleben, der jeden Tag verletzt oder getötet werden kann. Deshalb habe ich vorhin die Hochzeit abgesagt.« Karin schluchzte herzergreifend.

»Du hast was?« Fassungslosigkeit.

»Ich habe die Hochzeit gecancelt. Sie findet nicht statt.« Der letzte Satz war kaum zu verstehen, so sehr zitterte ihre Stimme.

»Wäre es nicht sinnvoll gewesen, mit mir darüber zu sprechen, bevor du derartig drastische Schritte unternimmst? Schließlich geht es hier nicht um eine Geburtstagsfete oder das Begießen einer bestandenen Prüfung.«

»Du warst doch nicht zu erreichen. Hast ja lieber Mörder gejagt, als zurückzurufen.«

»Habe halt keinen Bürojob, tut mir leid.«

»Aber genau das ist doch das Problem, verstehst du das nicht?«

Karin hatte recht, auch wenn es mich innerlich zerfetzte: Sie konnte nicht mit einem Mann liiert sein, der tagein, tagaus sein Leben aufs Spiel setzte, wohingegen ich dies für ein erfülltes Dasein brauchte.

»Bist du noch dran?«, flüsterte meine Angebetete.

»Yep.«

»Aber wir bleiben Freunde, ja?«

»Klar.« Die üblichen Trennungsfloskeln, die genauso fad wie falsch waren.

»Tut mir leid, Dieter«, drang es brüchig aus dem Kasten.

»Und mir erst. Tschüs.« Ich drückte auf die Taste mit dem roten Hörer. Mühsam erhob ich mich, ergriff den Vogelkäfig und trottete wie in Trance zum Auto. Die beiden Zwitscherköpfe stellte ich auf den Rücksitz, dann startete ich den Motor und fuhr los.

Ziellos cruiste ich durch die Münsterländer Botanik, bis ich mich irgendwann auf Schumanns Biogemüsehof wiederfand.

»Hallo, Dieter.« Arabella hatte mir die Tür geöffnet.

»Ich möchte Karin sprechen.«

»Sie ist nicht da, du Scheißkerl. Du hast ihr das Herz gebrochen.«

»Mach mal halblang. Komm, ihr Auto steht dort, lass mich zu ihr.«

»Hast du was an den Lauschern? Karin ist nicht zu Hause. Auf Wiedersehen, du Idiot.«

Ich verspürte keine Lust, mich vor dieser Yuppie-Tante zu rechtfertigen, und genauso wenig Lust, mich mit ihr zu streiten, also machte ich auf dem Absatz kehrt.

Als ich den Wagen aufschloss, bemerkte ich, dass sich hinter einem Fenster im ersten Stock die Gardine bewegte. Mich zerriss es innerlich, dass Karin Schumann dort oben stand und nicht mit mir reden wollte. Was war so falsch gelaufen, dass sie sich verleugnen ließ und mich heimlich beobachtete, während ich wie ein Idiot hier unten stand und nicht wusste, wohin mit meiner Seelenpein?

Mit dem Autoschlüssel in der Hand starrte ich auf das Fenster und summte Soft Cells »Tainted Love« vor mich hin:

*»Sometimes*
*I feel I've got to run away*
*I've got to get away*
*From the pain*
*You drive into the heart of me*
*The love we share*
*Seems to go nowhere*
*And I've lost my light*
*For I toss and turn*
*I can't sleep at night ...«*

Scheiße, scheiße, scheiße. Schon jetzt empfand ich Mitleid für Ottos und Lunas Mörder, denn einer würde für den ganzen Dreck büßen müssen.

Ich warf einen letzten Blick zum Fenster, dann vertraute ich mich dem Escort an. Auf der Fahrt unterhielt ich mich mit den Wellensittichen: »Na, ihr beiden, ihr habt doch bestimmt beobachtet, wer den armen Otto umgebracht hat.«

»Fiep fiep.«

»Könntet ihr bitte deutlicher sprechen? Versteht ja kein Mensch.«

»Fiep fiep fiep fiep.«

»Nicht mehr sprechen, sondern deutlicher.«

»Fiep.«

»Wieso seid ihr keine Papageien, verdammte Hacke, dann könntet ihr mir den Namen des Killers verraten.«

»Angela Merkel und Wolfgang Schäuble.«

Völlig entgeistert drehte ich mich zu den Flattermännern um und hätte dabei um ein Haar einen Fahrradfahrer umgenietet.

»Sagt das noch mal. Wer hat die beiden auf dem Gewissen?«

»Angela Merkel und Wolfgang Schäuble. Hast du was an den Lauschern?«

Ich hatte die Wellensittiche genau beobachtet. Mein Gott, sie konnten nicht nur sprechen, sondern auch noch bauchreden.

»Die beiden haben Herrn Baumeister mit dem Eurorettungsschirm erstickt.«

Ich fürchtete ernsthaft um meinen Verstand. Allerhöchste Zeit, mich wieder mit normalen Menschen zu unterhalten. Also kurzerhand das Handy gezückt und ein paar Ziffern eingetippt.

»Hier meldet sich Stefan Jahnknecht am Apparat.«

»Hallo, Stefan, schön, deine Stimme zu hören.«

»Dieter, weißt du schon, dass Mama glaubt, dass Platten gestohlen wurden? Sie ganz traurig, und ich wollte schon sagen, dass wir haben die Musik«, drang es ganz aufgeregt aus dem Kasten.

»Ihr Geburtstag ist übermorgen. Bald ist es also geschafft«, versuchte ich ihn zu beruhigen.

»Sie hat sogar Polizei gerufen, ist das nicht schrecklich?«

»Ich habe die Autogramme von Luna bekommen, Stefan, alles wird gut.«

»Das ist ja super-geilo!«

»Wo bist du gerade? Ich habe die Platten nämlich dabei.«

»Bin gerade bei Genossenschaft in Dülmen, Futtersäcke für Tiere und Gummistiefel für Stefan kaufen. Können wir uns treffen dort?«

»Kein Problem. In einer halben Stunde werde ich auf dem Parkplatz stehen.«

»Dieter«, klang es leise aus dem Lautsprecher.

»Ja?«

»Du sein super Freund.«

Na, das ging ja mal runter wie Butter.

»Danke, du auch, bis gleich.«

Die Warenübergabe erfolgte reibungslos, auch wenn Stefan überaus nervös war, weil sich seine Mutter ebenfalls in der Nähe aufhielt. Letztendlich schafften wir es aber doch, die Platten unauffällig in seinem Unimog zu verstauen. Ich kam mir dabei ein bisschen wie ein Drogendealer vor, aber das nur am Rande.

Wir verabschiedeten uns hastig, dann schwang ich mein Hinterteil in den Escort und steuerte den Dülmener Kurier an.

Vor dem Redaktionsgebäude stellte ich den Wagen vorschriftswidrig ab und kletterte aus demselbigen.

Während des Gesprächs mit Theo Hartmann war mir nämlich durch den Kopf geschossen, dass bei Lunas Auftritt ein Vertreter des Dülmener Kuriers anwesend gewesen war und eifrig Fotos geschossen hatte.

Ich hielt mich nicht mit irgendwelchen Anmeldeformalitäten auf und spazierte direkt in Gerhard Tilkes Büro. Gerhard war Redaktionsleiter des Käseblättchens und gleichzeitig Karins Bruder. Leider, wie sich schnell herausstellte.

»Du Mistkerl!« Er schien über den gleichen Wortschatz wie Arabella zu verfügen. Und da sagte man immer, Zeitungsmenschen seien Sprachakrobaten.

»Danke.«

»Du hast meiner Schwester das Herz gebrochen. Scher dich zum Teufel!«

»Ganz langsam, Kollege. Deine Schwester hat mir das Herz gebrochen, schließlich hat sie die Hochzeit abgesagt.«

»Weil du ihr keine Wahl gelassen hast.«

»Ich habe mir nichts vorzuwerfen und auch keine Lust, mit dir über deine Schwester zu reden. Sie verlangt, dass ich meinen Job aufgebe, aber ich kann das nicht. So einfach ist das. Jetzt bin ich hier, weil jemand meinen Freund Otto Baumeister ermordet hat und ich den Drecksack fassen will.«

»Und ich soll dir dabei helfen?«

»Tu es oder lass es, aber spiel hier nicht den Moralapostel. Irgendwie werde ich schon an die Informationen gelangen, und mir ist ehrlich gesagt egal, was ich dafür in Kauf nehmen muss.«

»Was springt für mich dabei heraus?« Aha, der Sensationsreporter in Tilke gewann die Oberhand. Gut so.

»Die übliche Exklusivstory. Also, was ist jetzt?«

Eine Viertelstunde später trat ich mit einem Stapel Schnappschüsse in der Tasche den Heimweg an.

Als ich meine Rostlaube in der Nannen-Einfahrt abstellte, beluden die Heisterkamps gerade ihren Trecker und einen antiken Anhänger, der hinter den Büschen versteckt gewesen sein musste. Insgeheim hatte ich mich auch gewundert, dass drei Menschen mitsamt Hund und Gepäck Platz auf dem Traktor gefunden hatten.

»Ey, Digga«, begrüßte mich Jochen mit verschwörerischem Grinsen. »Krass, dass du die Hochzeit geschmissen hast. Fett cool, du lässt dich nicht verbiegen.«

Ich nickte müde. Die Anerkennung eines pubertierenden Rotzlöffels hatte mir gerade noch gefehlt.

»Wenn du eine Playsi hättest, könnten wir bis in die Puppen zocken.« Er lachte und knuffte seinem Ex-Onkel in spe in die Rippen. Vielleicht war er ja gar nicht so übel. Auch mit dem Rest der Heisterkamp-Sippe hatte ich mich innerlich bereits arrangiert, sie sogar lieb gewonnen. Sonntags hätte man sich zu Apfelkuchen und Jacobs Krönung getroffen und die neuesten Erkenntnisse über erdstrahlenverseuchte Gehöfte im Münsterland ausgetauscht. Wehmütig blickte ich in die Ferne.

»Arschloch. Dass du dich noch mal hierhertraust«, zischte Günter mir zu.

»Entschuldigung, ich wohne hier.« Meine Träume von sonntäglichen Familientreffen zerplatzten wie Seifenblasen.

»Mir doch egal«, fauchte Günter.

»Wusstest du, dass eine Frau Anspruch auf Unterhalt hat, wenn ein Mann sein Eheversprechen bricht?«, mischte sich Rosi ein und hievte einen blauen Koffer, aus dem ein Nachthemdärmel hing, auf den Anhänger.

»Ich habe die Hochzeit nicht abgesagt. Ich habe keine Probleme mit Karins Arbeit. Ich liebe einen Menschen, wie er ist, und verlange keine Drehung um hundertachtzig Grad.« Zu meiner traurigen Stimmung gesellte sich eine leicht aggressive Note.

»Ihr Männer seid alle gleich, nichts als Ausreden«, kreischte Rosi und schlug wütend auf den Koffer.

»Was soll das denn heißen? Ich habe doch wohl mein Eheversprechen gehalten!«, schnauzte Günter seine Frau an und schleuderte die Wünschelrute auf den Karren.

»Heiraten ist krass uncool«, steuerte auch noch Jochen seinen Senf bei. »Dieter hat alles richtig gemacht.«

»Halt den Mund«, maßregelte Tante Rosi ihn. »Da haben Kinder keine Ahnung von.«

»Wisst ihr was? Ich habe genug von eurer infantilen Streiterei. Heute sind meine Mandantin und ein sehr guter Freund ermordet worden. Von der abgesagten Hochzeit ganz zu schweigen. Wäre ich doch nie in dieses Kaff gezogen. In Essen wäre mir dieser Mist erspart geblieben.«

Mit diesen Worten ließ ich die Bagage stehen und wanderte zu den Stallungen.

»Pedder, mein Freund«, begrüßte ich den Eber, der freundlich grunzte, und schaufelte alte Kartoffeln und Fleischreste in seinen Trog.

»Heute habe ich Sachen erlebt, die passieren dem Otto-Normal-Detektiv im gesamten Leben nicht.«

Ich brachte alles auf den Tisch: die Toten, die abgeblasene Hochzeit und meine Zweifel an der damaligen Entscheidung, von der Großstadt aufs Land zu ziehen. In Essen hätte ich mich kurzerhand im »Dämmerstübchen« verbarrikadiert und so lange die Biervorräte vernichtet, bis alles wieder im Lot war.

»Alkohol ist keine Lösung?«, interpretierte ich Pedders ungehaltenes Grunzen. »Manchmal schon, finde ich. Dann müsste ich zumindest nicht permanent an Otto und Karin denken.« Mir liefen jetzt tatsächlich Tränen die Wangen hinunter.

Ich hörte, wie sich der Trecker draußen in Bewegung setzte. Dann wurde der Motor wieder ausgeschaltet. Ich blickte aus dem Stallfenster.

»Verrecke, du Halunke«, brüllte Günter und hob die geballte Faust in meine Richtung. »Du übler Halunke«, setzte Rosi noch einen drauf, doch das klang eher niedlich und heiterte mich sogar ein bisschen auf. Dann wurde der Motor wieder gestartet, und das Dieselross entfernte sich vom Hof. Durchatmen.

»Zumindest ist die buckelige Verwandtschaft weg. Was meinst du?«

»Gsrpömrmxiwinrsx.«

»Mit vollem Mund spricht man nicht.« Ich hatte Pedders Antwort nicht verstanden. »Ach so, ich trage die Verantwortung für dich und die Karnickel?«

Das Schwein grunzte energisch.

»Du hast recht«, streichelte ich über die rauen Borsten. »Ohne euch wäre ich schon längst verzweifelt.«

Auf dem Hof waren erneut Motorengeräusche zu hören. Die Rückkehr der Heisterkamps? Bitte nicht.

»Jemand da?«, brüllte Gurkennase so laut, dass die Kaninchen erschrocken zusammenzuckten.

»Einen schönen Abend«, verabschiedete ich mich von Pedder. »Du hast mir sehr geholfen.«

Ich wanderte zum Haus, wo Grabowski auf einer Holzbank kauerte. Er hatte die Hände vor dem Gesicht und atmete schwer.

»Alles klar?«, fragte ich.

»Nee. Lunas Tod geht mir so was von an die Nieren. Ich hatte mich echt in die Lady verknallt. Ein Teufelsweib.«

Tröstend legte ich ihm eine Hand auf die Schulter.

»Mensch, Dieter, ich habe noch nicht mal Bierdurst, und das will echt was heißen«, wisperte er und raufte sich die Haare.

»Das mit Luna ist noch längst nicht alles«, sagte ich müde und berichtete von Ottos Tod und der gestrichenen Hochzeit.

»Otto war ein wahrer Freund. Davon gibt es im Leben nur wenige.« Er heulte hemmungslos, und auch ich konnte mich nicht mehr beherrschen und stimmte in seinen Klagegesang ein. »Er hat uns immer geholfen. War irgendwie süß, wie er das Detektivspielen liebte.«

»Er hat mir in seinem Büro sogar einen Schreibtisch hingestellt«, jammerte Grabowski. »Mit einem Namensschild, auf dem ›Sklave‹ stand. Aber das war liebevoll gemeint.« Wir lachten beide kurz auf und schluchzten dann weiter.

»Das ist der traurigste Tag meines Lebens. Selbst als König Pilsener an Holsten verkauft wurde, habe ich nicht so geflennt.

Obwohl Otto mit Alkohol streng war. Bei Ermittlungen durfte ich nichts trinken. Nicht mal ein kleines Schlückchen. Aber er hat es nur gut gemeint.«

So pflegten wir bestimmt eine Stunde unsere seelischen Wunden.

Irgendwann hatte ich das Gefühl, dass es genug war mit der Trauerarbeit: »Fertig gejault, wir müssen nach vorne schauen. Tilke hat mir Fotos vom Luna-Konzert gegeben. Vielleicht fällt uns was auf. Der Kerl muss für Luna und Otto büßen.«

»Jau.« Gurkennase war sofort Feuer und Flammenwerfer. »Dem ziehen wir die Haut lebendig vom Leib, strangulieren ihn, rösten ihn auf dem Grill und vierteilen ihn.«

»Mal langsam. Trotz aller Wut müssen wir einen kühlen Kopf bewahren, denn schließlich haben wir es mit einem gefährlichen Mörder zu tun.«

»Hast ja recht.«

»Mist, die Wellensittiche!«, fiel mir siedend heiß ein. Ich befreite das Federvieh aus dem Escort und suchte ihnen ein lauschiges Plätzchen im Wohnzimmer. Grabowski schlurfte ebenfalls ins Haus, und wir setzten uns an den Küchentisch. Nachdem wir zwei Flaschen Herrenhäuser entkront hatten, zog ich die Fotos aus der Tasche.

Mancinis Exmänner einträchtig nebeneinander. Ansonsten nur ältere Semester. Nix Neues.

»Schau du mal drauf«, bat ich Peter. »Vielleicht entdeckst du was.«

»Ist doch eh egal«, klagte er lustlos, schüttete sich einen Korn ein und biss in die Stangensalami, die vom letzten Frühstück übrig geblieben war. Dann patschte er mit seinen Fettfingern auf ein Foto. Da fiel es mir wie Schuppen aus den Haaren.

»Peter, du bist genial, Peter, du bist genial«, skandierte ich und hüpfte wie Rumpelstilzchen auf und ab. »Warum bin ich da nicht gleich drauf gekommen?«

»Wat?«, schnaufte Gurkennase und kippte den Korn in den Rachen. »Ich wollte nur die Stelle zeigen, wo man auf der Theke einen Rot-Weiss-Essen-Wimpel platzieren könnte.«

»Du grandioser Poirot! Da muss sich jemand jetzt verdammt warm anziehen.«

War dieser Donnerstag bisher der schwärzeste Tag meines Lebens gewesen, so endete er jetzt doch mit etwas Gutem: Ich wusste nun, wer Luna und Otto auf dem Gewissen hatte.

## Fremdsprachisch

Am nächsten Morgen wurde ich durch penetrantes Klingeln geweckt. Beim Durchqueren der Stube stöhnte Grabowski auf der Couch: »Luna, ich habe reich geerbt. Lass uns heiraten.« Zumindest in seinen Träumen war die Welt noch in Ordnung. Ich gönnte es ihm.

Kaum hatte ich die Türklinke heruntergedrückt, fiel ich fast auf den Boden. Frédéric, gekleidet in einen Schottenrock in den Farben der Trikolore, stürmte mit einem befrackten Gehilfen in die Stube.

»*Je regrette, je regrette.* Ich wollte eine Stunde früher da sein, aber dieser schreckliche Verkehr auf diesen schrecklichen deutschen Autobahnen«, jammerte er und wischte sich mit einem seidenen Taschentuch über die Stirn. »Ich war so in Sorge, dass ich mir fast ins Höschen gepullert habe, *mon Dieu.*«

Schumann war bei ihrer Absage wohl schlampig gewesen. Frédérics kompakt und muskulös gebauter Lakai, der mich an einen Typen aus dem A-Team erinnerte, trug meinen Anzug über dem Arm.

»Ein schickes Stöffchen haben wir geschneidert«, verriet er mit einer angenehmen Falsettstimme.

»Was wollt ihr hier? Die Fete fällt doch aus.« Gurkennase war aufgewacht.

*»Pardon?«*

»Hört nicht auf ihn, der hat gestern zu viel gesoffen«, stellte ich eilig die Dinge gerade. Wenn ich schon leiden musste, sollte mir wenigstens Vaters Anzug den Schmerz mildern.

»Oh, là là«, schnalzte der Anzugträger mit der Zunge, als er Grabowskis nackten Oberkörper erblickte. »Der Tiger ist erwacht. Schon was vor heute, Schmusekätzchen?«

Statt einer Antwort zog Grabowski hastig die Decke vor die Brust.

»Warum hast du uns deinen adretten Mitbewohner bisher verschwiegen, Didier?«, posaunte Frédéric heraus, über das gesamte Gesicht strahlend. »Erinnert mich an den jungen Brad Pitt. *Quel charisme.*«

»Hat sich was mit Rissme«, grummelte Grabowski verlegen. »Ich bin ein einfacher Junge aus dem Pott und null interessant.«

»Und so bescheiden! Aber lasst uns jetzt den Anzug anprobieren. Wir müssen gleich weiter nach Mailand.«

»Paris«, verbesserte ihn der Kompagnon. »Aber egal. Hauptsache, Frankreich.«

Kaum zu glauben, aber die beiden Kasperköpfe erhellten tatsächlich meinen Tag. Zehn Minuten später steckte ich in dem feinen Zwirn, und der Blick in den Spiegel verriet: Mit diesem Anzug wäre ich heißer Kandidat für den Bräutigam des Jahres gewesen. Wehmut durchzog mein Herz. Die beiden Modegurus fummelten weiter an mir herum, zupften Fältchen gerade, strichen und drückten, dass mir ganz mulmig zumute wurde.

Schließlich befreite ich mich: »Der Anzug sitzt, vielen Dank.«

»Wann triffst du denn die Braut?«, fragte Frédéric unbeeindruckt.

»Ich verspüre auch Ehegelüste«, sagte sein Kompagnon. »Bist du noch frei, mein attraktiver Freund? Ich bin übrigens der Pedro«, umgarnte er Gurkennase, der gar nicht wusste, wie ihm geschah.

»Ich habe ihn zuerst gesehen.« Frédéric stupste Pedro in die Seite.

»Nein, ich. Immer flirtest du mit meinen Kerlen. Das finde ich gemein«, schluchzte dieser und schlug theatralisch die Hände über dem Kopf zusammen.

Diese Bewunderung hätte sich Grabowski niemals träumen lassen. Seit jeher war er immer der Letzte gewesen. Beim Wählen der Mannschaften auf dem Bolzplatz blieb er stets übrig, in der Tanzschule wollten nicht mal die Mauerblümchen Peters herbem Charme verfallen, und selbst die Gerichtsvollzieher bevorzugten die anderen Schuldner. Kaum zu glauben, dass die Stoffflicker sich um ihn rissen.

»Nehmt es mir nicht übel, Jungs, aber ich bin glücklich verheiratet«, stammelte der Angebetete.

»Renate hat sich doch von dir getrennt.« Als ich Peters Blick bemerkte, ergänzte ich eilig: »Aber er ist geradezu ekelhaft hetero, noch schlimmer als ich.«

Pedro und Frédéric schienen enttäuscht. Die Augen des Muskelmannes schimmerten sogar feucht.

»Menno, ich hätte schwören können, dass du eine feminine Ader besitzt.«

»Nix mit femin«, versicherte Peter eilig. *»Sorry for that.«*

»Aber auf die bevorstehende Trauung stoßen wir trotzdem an«, beschloss Frédéric.

Grabowski starrte mich verwirrt an, interpretierte aber meine heftigen Augenbewegungen richtig und hielt den Mund. Ich holte eine Flasche Rotkäppchen-Sekt aus der Küche.

»Stößchen«, flötete Pedro.

»Chin-chin«, ergänzte Frédéric.

»Hau weg die Kacke«, vollendete Gurkennase.

Ich hob nur stumm das Glas.

»Auf eine glückliche und lange Ehe«, brachte Pedro den obligatorischen Trinkspruch und ließ die Gläser klirren. »Ich habe leider meinen Traumpartner noch nicht gefunden. Für mich wäre es das Größte, in Las Vegas zu heiraten. Der Pfarrer müsste aussehen wie Elvis, die Flowerboys wie Justin Bieber, natürlich splitternackt. Du bist doch nicht eifersüchtig, mein Sahnebaiser?« Er tätschelte Gurkennases Arm.

»Du kannst machen, was du willst, ehrlich.« Peter hüpfte zur Seite wie ein Boxer in Erwartung der alles zerstörenden Klitschko-Geraden. Dabei schäumte der Sekt über und tropfte auf den Dielenboden.

»Ganz schön schreckhaft, mein kleiner Knuffelbär. Da liegt noch viel Arbeit vor uns.«

»Wir müssen«, bekundete Frédéric und blickte demonstrativ auf die Uhr. »In zwei Stunden geht unser Flieger.«

»Schade, wo wir uns gerade nähergekommen sind. Mein kleines Honigmäulchen, hältst du es ohne mich aus?«

»Passt schon. Wird zwar schwer, aber ich bin Kummer gewohnt.« Gurkennase konnte lügen, ohne rot zu werden.

Nachdem wir Millionen von Bussis getauscht hatten, brachte ich die beiden zur Tür. Und tschüs.

In der Zwischenzeit hatte Grabowski ein Bier aus dem Kühlschrank befreit: »Mannomann, das waren aber schräge Vögel. Glaubst du, dass dieser Pedro wirklich auf mich steht? Wenn ja, muss ich an meiner Ausstrahlung arbeiten.«

»Tja, ein schnuckeliges Mannsbild bist du schon.«

»Hör auf, Alter, das ist nicht witzig«, zeterte Peter und kippte den Inhalt der Flasche in einem Zug runter.

»Dank euch werde ich mich ein Leben lang an meinen Fasthochzeitstag erinnern. Und dazu noch dieser schnieke Anzug. Aber jetzt an die Arbeit. Wir müssen einen Mörder fassen.«

»Dem reißen wir den Arsch auf.« Grabowski schien entgegen seiner Natur wild entschlossen.

In diesem Moment klingelte es erneut.

»Verdammte Hacke, kommt man hier gar nicht zum Arbeiten?«, schimpfte ich drauflos. Meine Nerven hatten offensichtlich noch nicht wieder ihre Drahtseilstärke erreicht.

»Bleib ruhig, Brauner, ich erledige das schon«, beruhigte mich mein Kumpel, zog sich ein verdrecktes Hemd im Sixties-Look über und schlurfte zur Tür. Drei Minuten später kam er wieder in den Raum geschossen.

»Dieter, du musst doch kommen. Es gibt ein Problem«, brummte er und fläzte sich auf die Couch.

»Guten Tag«, begrüßte mich ein weiß gekleideter Herr mittleren Alters. »Markus Lampe von Feinkost Lampe aus Frankfurt. Wir liefern das Buffet.«

»Welches Buffet? Wir wollten im ›Bauerncafé‹ feiern, die hätten für alles gesorgt. Außerdem ist die Feier sowieso abgesagt worden.«

»Da sind Sie auf dem drittletzten Stand«, tat Lampe kund und grinste dabei wie ein Honigkuchenpferd. »Ihr Vater ist ein langjähriger Freund unseres Hauses. Das kulinarische Angebot dieses ›Bauerncafés‹ hat er reichlich reserviert beurteilt. Höflich ausgedrückt. Daher hat er mich gebeten, diese Angelegenheit professionell zu managen.«

»Noch mal zum Mitschreiben: Die Hochzeit ist abgesagt. Sie können nach Hause fahren«, grummelte ich resigniert. Ich hatte keine Lust mehr.

»Das haben wir bereits im ›Bauerncafé‹ erfahren. Liebe kommt, Liebe steht, Liebe geht. Ich habe drei Anläufe gebraucht, um mein Eheglück zu finden. Ein kleiner Ratschlag vom Fachmann: Heiraten Sie eine Vietnamesin. Die kann zwar kein Deutsch, liest Ihnen aber jeden Wunsch von den Lippen ab.«

»Wie soll das denn gehen, wenn sie kein Deutsch kann?«, tönte auf einmal Grabowskis Stimme aus den Tiefen der Wohnung. Wo er recht hatte, hatte er recht.

»So, und jetzt Abflug«, befahl ich und schloss die Tür. Oder versuchte es zumindest, denn Lampe hatte einen Fuß auf die Schwelle gestellt.

»Aua«, heulte er auf.

»Was ist?« Langsam wurde ich stinkig.

»Würden Sie mir bitte verraten, wo die Speisen hinsollen?«

»Ist das mein Problem? Schicken Sie Ihre Fressalien nach Mallorca oder Saigon. Mir doch egal.«

»Nein, Wertester. Ihr Vater hat ausdrücklich angewiesen, Ihnen höchstpersönlich das Essen zu liefern. Dazu soll ich Ihnen ausrichten: Da Sie ihm den zweitschönsten Tag seines Lebens verdorben haben, sollen sie sich zumindest um die Restebeseitigung kümmern. Wenn Sie mich fragen: Ihr Vater klang wenig amüsiert.«

»Hat er auch verraten, was sein schönster Tag gewesen ist?«

»Die Scheidung von seiner ersten Frau«, lachte Lampe. »Ich kann mich noch gut daran erinnern, denn auch diese Feierlichkeit durfte unser Haus gastronomisch gestalten. Aber nun im Ernst: Wo sollen wir die Speisen deponieren?«

»Mein lieber Herr Lampe, ich habe weder Platz noch Verwendung für ein Hochzeitsbuffet. Nehmen Sie es mit und stellen Sie die Entsorgung meinem Vater in Rechnung.«

»Das widerspricht meiner Anweisung. Ihr Vater befürchtete bereits, dass Sie sich widersetzen würden. Für diesen Fall hat er mich angewiesen, das Essen auf Ihrem Hof abzuladen.« Er zuckte mit den Schultern. »Kann ich nichts für. Auftrag ist Auftrag.«

Drohend baute ich mich vor ihm auf: »Sie vergessen, dass Sie sich auf meinem Grund und Boden befinden. Wenn Sie auch nur ein Würstchen abladen, rufe ich die Polizei wegen Hausfriedensbruch.«

»Ihr Vater hat vorhergesehen, dass Sie Drohungen ausstoßen würden. In diesem Fall soll ich Sie darauf hinweisen, dass ein derartiger Skandal Ihrem Detektivunternehmen schweren Schaden zufügen würde. Alles sehr unschön.«

Ich verfluchte meine Familie und das Leben im Allgemeinen und gab mich geschlagen. »Nun gut, bringen Sie das Zeug in die Küche, aber *pronto*.«

»Männer, abladen!«, schrie Markus Lampe von Feinkost Lampe in Richtung eines Lieferwagens. Der Wagen spuckte zwei junge Männer in Kochkleidung aus, die in Windeseile Servierplatten mit allerlei Köstlichkeiten in meine Küche transportierten.

»Gelatine von der königlichen Lachsforelle.«

»Edelfischterrine in Limonensoße.«

»Rehrücken mit Brombeer-Pfeffer-Soße.«

»Gebeizter und geräucherter Lachs.«

»Garnelen an vanillierter Gemüsevinaigrette.«

»Edler Parmaschinken mit Honigmelone.«

»Gefülltes Perlhuhnbrüstchen.«

»Salate der Saison, da lacht das Herz«, freute sich Lampe, nachdem vierzehn Platten an uns vorbeigezogen waren.

»Diese Perlhuhntitten schmecken endgeil!«, brüllte Peter aus der Küche. »So was Leckeres habe ich seit meiner Kommunion nicht mehr gegessen. Ich hau mal Ketchup drauf. Oh, das schmeckt ja noch besser.«

Lampe verdrehte angewidert die Augen und ließ weiter auffahren.

»Karotten-Ingwer-Rahm mit Garnelen.«

»Kalbsfilet im Blätterteig mit Gemüsebouquet.«

»Zander mit Lachsmousse souffliert, dazu chinesische Reismosaike.«

»Und als Dessert einen Dialog von Mousse au Chocolat.«

»Vielen Dank und auf Wiedersehen«, stöhnte ich auf.

»Oh, das ist noch lange nicht alles. Ihr Herr Papa hat sich nicht lumpen lassen. Die Jungs bringen jetzt noch hausgemachte Sorbets, eine exotische Früchteplatte und mehrere Brotkörbe mitsamt Kräuterbutter aus der Provence.«

Nachdem um die vier Dutzend Warmhalteboxen ins Haus transportiert worden waren, sagte Meister Lampe endlich: »Das war's, guten Appetit. Falls Sie noch einmal zu heiraten gedenken, stehen wir selbstredend gerne fürs Catering zur Verfügung. Einen schönen Tag noch.«

Als der Lieferwagen vom Hof gefahren war, inspizierte ich meine Küche. Chaos pur. Jeder Quadratmillimeter Boden-, Tisch- und Schrankfläche war mit Tabletts belegt. Und Peter mittendrin.

»Dieser Fisch. Ekelhaft wie der Fish-Mac von McDoof. Selbst Remoulade und Brötchen fehlen. Ich kann diesen Gestank einfach nicht ab. Aber der Rest ist grandios.«

»Das sind mindestens drei Zentner Fressalien«, stöhnte die gelernte Hausfrau in mir auf. »Dafür reichen Kühlschrank und Gefriertruhe nie und nimmer.«

»Schmeiß doch 'ne Fete.«

»Was sollen wir denn feiern? Ottos und Lunas Tod oder meine geplatzte Hochzeit? Du hast vielleicht Nerven.«

»Ich bin ja auch völlig fertig deswegen«, seufzte er. Zumindest hatten die schrecklichen Ereignisse Peters Appetit nichts anhaben können, denn er vertilgte jetzt genüsslich Blumenkohl mit Rehrücken. »Aber irgendwann musst du wieder nach vorne schauen. Wenn du Sand in den Kopf steckst, hilft das auch nicht weiter«, verhunzte er in bester Fußballermanier das Sprichwort.

»Wenn du es sagst.«

»Alter Schwede, bin ich vollgefressen.« Er gab das Ende der Mahlzeit durch einen gepflegten Rülpser bekannt.

Ich entschied, das Problem Speiseverwertung später zu lösen, und schob Kansas in den CD-Schacht. *»I close my eyes only for a* *moment, and the moment's gone. All my dreams pass before my eyes, a curiosity. Dust in the wind, all we are is dust in the wind.«*

Die Melancholie des Songs strich tröstlichen Balsam auf meine verwundete Seele. Wir alle sind Staub im Wind.

Macht es gut, Otto und Luna.

Danke für die wunderschöne Zeit, Karin.

Dann war Schluss mit der Trauerbewältigung. Während Gurkennase sich auf die Couch fläzte und binnen Sekunden entschlummert war, führte ich einige Recherchetelefonate und stöberte im Internet, bis ich Gewissheit hatte: Grabowskis Hinweis war Gold wert gewesen.

Plötzlich schellte es erneut. Kam man hier denn gar nicht zur Ruhe? Mit einer gehörigen Portion Aggression im Leib riss ich die Tür auf.

»Ach, Sie sind es nur, Gott sei Dank. Ein bisschen spät dran heute, oder?«, rief ich gelöst aus und schüttelte meinem Postboten die Hand.

»Ich habe ein Päckchen für Sie, von einem gewissen Ronny Sanger. Leider hat er kein Porto bezahlt. Bestimmt ein Hochzeitsgeschenk, nicht wahr, Herr Nannen?«

Bestimmt nicht. Ronny hatte ich tatsächlich in dem Trubel der letzten Tage völlig vergessen. Ihm hatte ich vor ein paar Tagen die Drohbriefe geschickt, die Luna Mancini erhalten hatte. Ich war gespannt, was er rausgefunden hatte. Im Grunde aber war es egal: Was immer auch in diesem Päckchen steckte, es kam zu spät, denn schließlich kannte ich jetzt den Mörder.

An einen Charakterzug Ronnys wurde ich vom Briefträger erinnert: Er war der ungekrönte Maestro des Geizes oder, wie er es gern ausdrückte, »ein pfiffiger Optimierer im Monetärkomplex«. Daran musste ich sofort denken, als ich dem Postboten das Porto in die neurodermitische Hand drückte.

»Stimmt so.«

»Danke schön. Und viel Glück für Ihr Eheleben.«

»Heißen Dank«, brabbelte ich nur vor mich hin, denn auf eine weitere Konversation zu diesem Thema hatte ich nun weiß Gott keinen Bock.

Da Grabowski mit unverschämter Lautstärke auf dem Sofa schnarchte, verzog ich mich in die Küche und schloss die Tür. Ich wollte mir zumindest mal anschauen, was Ronny geschickt hatte.

Achtlos riss ich das Päckchen auf, und heraus purzelte eine Musikkassette.

Für die jüngeren Leser sei gesagt, dass die Audio-Kassette eine Form der Musikaufnahme war, bevor es solch revolutionäre Erfindungen wie CD-ROM und MP3 gab. Entweder man hockte damals stundenlang vor dem Radio, um seine Lieblingslieder mitzuschneiden, oder man überspielte sich mit seinen Kumpeln gegenseitig LPs auf Kassette, um Geld zu sparen. Für die jüngeren Leser sei zusätzlich gesagt, dass »LP« die Abkürzung für »Langspielplatte« ist.

Besonders beliebt waren damals auch die sogenannten Mix-Tapes, eine Sammlung von Liedern, die einem entweder selbst besonders gut gefielen oder von denen man annahm, dass die jeweils aktuelle Freundin sie gut finden würde. Dazu gab es dann selbst gefertigte Cover, die je nach Wichtigkeit der zu beschenkenden Person aufwendig oder weniger aufwendig gestaltet waren.

Sowohl Ronny als auch ich waren Meister im Kompilieren und Layouten von Mix-Tapes gewesen, wobei ich beim Buhlen um dieselbe Frau immer einen großen Vorteil gehabt hatte: Während Ronny nämlich ausnahmslos die eigenen Lieblingssongs auf Kassette bannte, ließ ich auch Lieder einfließen, von denen ich annahm, dass sie auch der jeweiligen Adressatin gefallen würden. Missionarischer Eifer war nicht angesagt, wenn es darum ging, ein Date mit einer Lady zu ergattern.

Genug schwadroniert. Ich schnappte mir die Kassette, auf die vorne die Eishockeymaske von Slapshot gepinselt war. Die Songliste las sich dann auch wie das Who is Who der Hardcore-Szene: Slapshot, Circle Jerks, Cro-Mags und sechzehn weitere Kracherbands.

Genial. Man brauchte nur eine Dreißiger-Kassette, um knappe zwanzig geniale Musikeruptionen unterzubringen. Sofort verspürte ich den Riesendrang, mir die Mucke reinzupfeifen, aber wie, ohne Abspielgerät? Wie zufällig fiel mein Blick durchs Fenster auf Peters vor sich hin rostende Schrottkarre.

Flugs griff ich Grabowskis Schlüssel vom Wohnzimmertisch und verzog mich ins Auto. Hätte wetten können, dass das Autoradio in seiner antiken Blechkiste über einen Kassettenspieler verfügte, und so war es dann auch. Geschmeidig das Tape in den Schacht geschoben und die Lauscher auf Empfang gestellt:

*»When we're on the road, we can't be stopped, we're gonna go until we drop, only two hundred miles to go, step on it we can't be slow, step on it, step on it, step on it, step on it …«*

Untermalt von dieser exquisiten Beschallung machte ich mich über den Rest des Päckchens her. Sangers Analyse der drei Drohbriefe war so blumig wie nichtssagend. Alle drei waren definitiv von derselben Person angefertigt worden, denn der Verfasser hatte es nicht für nötig befunden, die Fingerabdrücke abzuwischen. Leider waren die Abdrücke aber bisher in keiner polizeilichen Datenbank erfasst worden.

Bei der Tageszeitung, die für den ersten Drohbrief verwendet worden war, handelte es sich um die BILD, bei der Illustrierten um Echo der Frau. Laut Ronny musste die Wahl der Zeitschrift eine Finte sein, denn er war sich aufgrund des dritten Briefes sicher, dass der Verfasser ein Mann war. Die Druckbuchstaben waren zwar mit der falschen Hand gepinselt worden, aber aufgrund etlicher Indizien, die ich jetzt nicht im Detail wiedergeben möchte, da langweilig, ließ sich mit neunundneunzigprozentiger Sicherheit konstatieren, dass es sich nicht um eine Frau handelte. Das Alter bezifferte Ronny mit »wahrscheinlich jünger als fünfundsechzig«, den Gemütszustand als »psychisch labil mit gelegentlichen depressiven Verstimmungen«.

Die Analyse endete mit dem Hinweis, dass der Schreiberling noch nie ein Punkkonzert besucht hätte, Ronny aber gerne mit mir auf das in zwei Wochen stattfindende Agnostic-Front-Konzert gehen würde. Als Dank für seine Analyse dürfte ich dann auch den Eintritt übernehmen.

Alter Geizkragen.

Das waren auch die ersten beiden Worte, nachdem ich mein

Handy gezückt, Ronnys Nummer in die Tasten gehämmert und ihn höchstpersönlich an der sogenannten Strippe hatte.

»Und heißen Dank für das Tape und die Analyse.«

»Konntest du damit was anfangen?«

»War sehr hilfreich, danke«, flunkerte ich.

»Und wie schaut es aus mit Agnostic Front, bist du am Start?«

»Klar, und als besonderen Service hole ich dich sogar ab und übernehme den Eintritt. Deine Biere löhnst du aber selbst, damit das klar ist.«

»Super, dass das noch hinhaut, wir beide auf einem Punkkonzert. Also, ich erwarte dich Freitag in einer Woche um sieben bei mir. Könnte es sein, dass du gerade mein Tape hörst?«

*»›I see it on the streets – as we walk by – what little value we place on human lives – but it's time we get priorities – won't turn away any longer – it's time we make a change!‹«*, shoutete ich in den Hörer. Ich erreichte zwar nicht Ray Cappos Angepisstheit, punktete aber zumindest mit Textsicherheit. Mann, was hatte ich die alten Straight-Edge-Heroen Youth of Today damals geliebt.

»Was sind das für Hintergrundgeräusche, Ronny? Duschst du gerade?«

»Ach, mein geliebtes Weib Rita ist heute mit ihren Freundinnen unterwegs, und da muss ich mich um unsere kleinen Racker kümmern. Gerade steht abendliches Säubern auf dem Programm, nachdem sie heute in sämtliche Pfützen in der Nachbarschaft gesprungen sind.«

»Wie alt sind die beiden noch mal?«, fragte ich interessehalber.

»Emily ist fünf und Alexander drei. – Nein, Alex, nicht mit dem Fön in die Badewanne!«

»Und wie geht es Rita? Macht sie immer noch ihre Ausbildung zur Theaterpädagogin?«

»Emily, hör auf, mit dem Duschkopf gegen die Fliesen zu schlagen. Siehst du nicht, dass da schon was herausgebrochen ist!« Schien ein wenig gestresst zu sein, der gute Ronny.

»Was wolltest du noch mal wissen, Dieter?«

»Was macht Rita?«, wiederholte ich meine Frage, allerdings in verkürzter Form.

»Alex, nicht mit der Nagelschere vor Emilys Gesicht rumfuchteln. – Ach, Rita ist fast durch mit der Ausbildung. Und das Beste ist: Sie hat schon zwei Projekte mit der Jugendkunstschule laufen, obwohl sie noch gar kein Diplom hat.«

»Glückwunsch.«

»Emily, nicht die Seife essen, und Alex, nicht das Schuppenshampoo trinken. Was ist denn nur los mit euch beiden?«

»Du scheinst ein bisschen unter Druck zu sein, Ronny, ich lege also mal besser auf.«

»Wieso unter Druck, ist doch alles im grünen Bereich. – Siehst du, Emily, jetzt hast du mit dem Knetgummi den Abfluss verstopft.«

»Bis die Tage, Alter.«

Bevor ich das Gespräch wegklickte, vernahm ich noch, wie der Vater dem Sohn den Tipp gab, dass es wohl nicht die beste Idee sei, im vierten Stock bei geöffnetem Fenster auf die von der Duschorgie durchnässte und dadurch rutschige Fensterbank zu klettern.

Durch Karins Trennung hatte sich das Thema Kinder für mich ja momentan erledigt, was angesichts der soeben mitverfolgten Familienszene nur gut war.

Da ich ziemlich durch den Wind war und morgen ein wichtiger Tag anstand, machte ich mich bettfertig und ließ mich wenig später in Morpheus' Arme fallen.

## Schweinegelaber

D-Day oder besser gesagt: D-Hour.

Ich hatte die nötige Portion Groll im Bauch, um Lunas und Ottos Mörder so richtig ins Hinterteil zu treten.

Flugs Gurkennase geweckt und ihn informiert, dass wir in einer halben Stunde aufbrechen würden. Grabowski hatte mindestens die gleiche Stinkwut wie ich und brannte darauf, dem Killer den Garaus zu machen.

Was tat man am besten, wenn einen der Jagdeifer gepackt hatte, man aber noch zur Warterei verdammt war? Richtig, Tiere füttern.

»Na, Pedder, wünschst du mir Glück?«

Ich hatte die Langohren mit einer ordentlichen Portion Löwenzahn und Pedder mit einem erlesenen Gericht aus der Küche beglückt und lehnte nun beim Schweinekoben über dem Gitter. Nun gut, beim nächsten Mal würde ich das Futter erst nach der Konversation verteilen.

»Mann, war das eine Scheißwoche. Die Beziehung mit Karin den Bach runter, zwei Veilchen, und dann wird auch noch der gute Otto ermordet. Da ist es eine regelrechte Wohltat, zu sehen, dass bei euch alles seinen gewohnten Gang geht.«

»Es kommen auch wieder bessere Zeiten.«

»Dein Wort in Gottes Ohr.«

»Wird schon, Dieter. Auf Regen folgt stets Sonnenschein.« Wahnsinn, ich verstand die Schweinesprache.

»Meinst du denn, dass sich das mit Karin wieder einrenken lässt?«

»Wenn ich ehrlich bin: Nein. Die aus Karins Forderungen und der abgesagten Hochzeit entstandenen Wunden in deinem Herzen sind unheilbar. Oder weniger gestelzt ausgedrückt: Der Drops ist gelutscht.«

»Wirklich keine Chance?«

»Nein, nein und nochmals nein.«

Auch wenn mich der Schmerz fast zerriss, musste ich konstatieren, dass Pedder recht hatte. Schumann und ich würden uns zwar weiterhin respektvoll begegnen können, aber an eine gemeinsame Zukunft war nicht mehr zu denken.

»Hey, du versaust meine Mahlzeit.«

»'tschuldigung, mein Freund.« Meine Tränen waren in Pedders Futtertrog gefallen.

»Und jetzt schnappt euch das Schwein.«

»Meinst du denn, dass meine Entscheidung richtig war, den Schnüfflerjob nicht an den Nagel zu hängen?«

»Aber sicher. Ohne dich würden einige Killer mehr durchs Münsterland streifen. Denk nur an die Gangster, die du kaltgestellt hast: die Satansbrut, den Mörder vom alten Eckolt, den Poetenschlächter, den Fußballmeuchler oder zuletzt den Karnickelkiller.«

»Jawoll, du bist ein Held, Dieter!«, schallte es aus dem Kaninchengehege. Jetzt verstand ich nicht nur Schweinisch, sondern auch noch Langohrisch.

»Den Fall mit der Satansbrut hast du doch überhaupt nicht mitbekommen. Da warst du noch gar nicht auf der Welt.«

»Aber die Kaninchen. Meinst du etwa, wir tauschen uns nicht aus? Du bist vielleicht naiv!«

»Ist ja schon gut. Dann mache ich mich mal auf den Weg. Tschüs, Freunde.«

Auf meinem Marsch zum Haupthaus wurde ich begleitet von einem mehrstimmig, aber schief intonierten »For He's a Jolly Good Fellow«. Hach, war das rührend.

In besagtem Haupthaus war Grabowski damit beschäftigt, Ottos Wellensittiche einzufangen.

»So ein Dreck. Ich wollte ihnen was zu spachteln geben, und die sind einfach ausgebüxt.«

Zwei umgekippte Stühle, ein zerbrochenes Weinglas und eine Schramme an Peters Stirn zeugten von der wilden Jagd. Die Vögel hatten es sich auf dem Buchregal bequem gemacht und lachten sich ins Fäustchen oder wie immer das beim Geflügel heißen mochte. Nur mit Mühe und Not und einem Quantum Gewalt konnte ich Gurkennase abhalten, die Regalwand hochzuklettern.

»Lass gut sein, alter Schwede, wir haben Wichtigeres zu tun. Die Zwitscherköppe werden schon nicht abhauen.«

Ich steckte den Revolver in die Jacke und Grabowski ein Messer in die Hosentasche, dann enterten wir den Escort.

Während der Fahrt schwiegen wir. Man merkte deutlich, dass wir unseren düsteren Gedanken nachhingen, gepaart mit einer gewissen Nervosität. Schließlich würden wir gleich dem Mörder gegenüberstehen.

Als Treffpunkt hatten wir einen Tümpel zwischen Buldern und Darup gewählt, den ich von früher kannte. Ich hatte einen dieser so typischen wie langweiligen Fremdgehfälle angenommen, und die zu observierende Dame hatte sich in einem heruntergekommenen Bootshaus an ebendiesem Weiher mit ihrem Lover getroffen. Sicherlich gab es gemütlichere Ecken, um der Wollust zu frönen, aber zumindest musste man in dieser Abgeschiedenheit nicht mit unerwartetem Besuch rechnen.

Da ich auf diesem Fleckchen Erde viel Zeit verbracht hatte, kannte ich mich dort gut aus. Der Ort war ideal für unsere Zwecke.

Wir parkten den Schlitten am Straßenrand und pirschten durchs Unterholz, bis wir die Rückseite der Holzhütte erreichten. Vorsichtig lugte ich um die Ecke.

Der Killer hatte sich auf einem Holzstumpf niedergelassen und ließ seinen Blick über den Tümpel gleiten. Zwischendurch schaute er nach links zum Trampelpfad, dann auf seine Armbanduhr, dann nach rechts auf den schmalen Weg. Ich gab Gurkennase ein Zeichen, und während ich mich eng an die Holzwand gedrückt nach vorne arbeitete, schlug Peter sich auf der anderen Seite in die Büsche.

Als ich die vordere Ecke des Bootshauses erreicht hatte, hörte ich den vor sich hin pfeifenden Grabowski den Waldweg entlangkommen. Wie erwartet sprang der Mörder auf und stellte sich breitbeinig hin. Seine rechte Hand war in der Jacke verborgen.

Mit der durch die Aufklärung zahlreicher Mordfälle erlangten Routine schlich ich mich im Rücken des Killers an und drückte ihm den Revolverlauf an den Hinterkopf.

»Das ist für Otto«, zischte ich und zog ihm den Knauf über den Schädel. Der so Getroffene verabschiedete sich fürs Erste ins Reich der Träume.

Neben der persönlichen Befriedigung war der Schlag auf den Hinterkopf auch dem Umstand geschuldet, dass Grabowski und ich geschworen hatten, keinerlei Risiko einzugehen. Schließlich hatten wir es hier mit einem Doppelmörder zu tun.

Als Peter registriert hatte, dass die Luft rein war, stieß er zu uns und krächzte mit heiserer Stimme: »Ist er tot?«

»Nur bewusstlos. Los, wir durchsuchen ihn.«

In der rechten Jackentasche steckte wie vermutet eine Pistole, ansonsten förderten wir ein Portemonnaie und Eukalyptusbonbons zutage. Ich überprüfte die Knarre und reichte sie Grabowski mit den Worten: »Pass gut auf, die ist geladen und entsichert.«

»Und nun?«, flüsterte Peter, obwohl wir bis auf ein paar Vögel und Fische allein waren.

»Jetzt wecken wir das Schwein. Willst du, oder soll ich?«

»Abwechselnd«, presste er zwischen den Lippen hervor und verpasste dem Bewusstlosen eine schallende Ohrfeige. Danach war ich an der Reihe, dann wieder Grabowski und so weiter und so fort.

Als die Wangen puterrot waren, aber noch immer kein Anzeichen von Aufwachen erkennbar war, schleiften wir den Bewusstlosen zum Ende des Stegs und tauchten seinen Kopf ins Wasser.

Und siehe da: Prustend kehrte er ins Land der Lebenden zurück.

»Was machst du denn hier?« Ein ungläubiges Augenpaar stierte mich an.

Zum besseren Verständnis musste gesagt werden, dass nicht ich persönlich, sondern Klaus Lindner den Mörder hierherbeordert hatte. Lindner war ein guter Freund von mir und als Anwalt erfahren im Umgang mit Verbrechern. Er war stets mein Ticket in die Freiheit, wenn Ludger Reichert mich grundlos einbuchtete, und im Gegenzug half ich ihm bei Recherchearbeiten. Im Laufe der Zeit waren wir uns ans Herz gewachsen, und so hatte sich aus der Zweckbeziehung eine Freundschaft entwickelt.

Klaus war es auch gewesen, der mir mit seinen Verbindungen entscheidend weitergeholfen hatte. Nachdem ich gestern Abend das Foto mit den Besuchern des Mancini-Konzerts studiert hatte, war ich mir zwar sicher gewesen, den Mörder zu kennen, aber ich hatte keinen blassen Schimmer bezüglich des Motivs gehabt.

»Wen hast du denn erwartet?«

»Keine Ahnung. Ich wurde angerufen und zu diesem gottverlassenen Ort bestellt. Als neugieriger Mensch bin ich der Einladung gefolgt.«

»Dann will ich deine Neugierde befriedigen: Ich habe dich hierhergelockt.«

»Und mich dann zusammengeschlagen«, stöhnte er und betastete seinen Hinterkopf.

»Glaub mir, du Drecksack, wenn ich könnte, wie ich wollte, wäre es nicht bei einem Schlag geblieben.«

»Ich verstehe nur Bahnhof.«

»Du hast meinen guten Freund Otto Baumeister kaltblütig erschossen, Kramszik!« Ich schrie meine Wut heraus und donnerte ihm die Faust in die Visage.

## Schwimmen will gelernt sein

Während Kramszik sich flennend die blutende Nase hielt, vibrierte mein Handy in der Hosentasche.

»Ja?«

»Klaus hier. Ich muss dir leider eine unerfreuliche Botschaft übermitteln«, drang es leise aus dem kleinen Kasten.

»Er ist tot, richtig?«

»Ich bin zu spät gekommen. Tut mir leid, Dieter.«

»Ist nicht deine Schuld. Danke, dass du hingefahren bist.« Wir legten auf.

»Christian Kramszik ist tot«, rief ich Gurkennase zu.

»Scheiße.«

Das konnte man so stehen lassen. Nachdem ich herausgefunden hatte, warum das auf den Holzplanken liegende blutende Etwas gemordet hatte, hatte ich sofort Klaus Lindner gebeten, bei Christian Kramszik vorbeizufahren, um ihn in Sicherheit zu bringen. Meine Sorge war berechtigt gewesen, wie sich herausgestellt hatte.

»Jetzt hast du drei Menschen auf dem Gewissen, deine Mutter, deinen Vater und Otto Baumeister.«

Marc Kaiser hatte sich mittlerweile aufgerappelt, versuchte, den Blutfluss mit einem Papiertaschentuch zu stoppen, und krächzte: »Keine Ahnung, wovon du redest.«

»Du bist der uneheliche Sohn von Luna Mancini und Christian Kramszik. Die beiden hatten ein Verhältnis, als Luna noch mit Menke verheiratet war. Luna hatte zunächst versucht, dich Heiner Menke unterzujubeln, aber irgendwie musste er gemerkt haben, dass es sich um ein Kuckucksei handelte. Ich weiß nicht, wie, aber ich schätze mal, er war zeugungsunfähig, oder du sahst deinem leiblichen Vater zu ähnlich. Ist ja auch egal. Menke schien es trotzdem nicht übers Herz zu bringen, sich von Luna zu trennen, wollte aber auch keinen Bastard großziehen. Also bist du zur Adoption freigegeben worden.«

Die Tränen, die aus Marcs Augen liefen, unterstrichen das Resultat meiner Recherchen.

»Diese Schweine! Könnt ihr euch vorstellen, das eigene Kind einfach wegzugeben? Statt bei meinen leiblichen Eltern aufzuwachsen, durfte ich Kindheit und Jugend mit einem Alkoholiker und einer Schlampe verbringen. Was glaubt ihr, was ich für einen Schock bekam, als ich letztes Jahr erfahren habe, dass meine Eltern gar nicht meine Eltern sind.«

»Und dann hattest du nur noch Rache im Kopf.«

»Ist doch wohl klar, oder? Ich habe mich an Luna und Christian rangemacht und es tatsächlich geschafft, deren Manager zu werden. Der Rest war ein Kinderspiel.«

»Ziemlich hoher Preis, den du für deine Rache zahlst. Lebenslänglich dürfte für dich locker drin sein.«

»Du hast einen Schuss, Nannen! Du kannst nichts, aber auch gar nichts beweisen. Alle Beteiligten sind schließlich tot. Also Abflug, Arschloch.«

»Ganz locker bleiben. Ich glaube, die Bullen werden eins und eins zusammenzählen, wenn ich denen mein Material zur Verfügung stelle.«

»Na und? Noch heißt es: ›Im Zweifel für den Angeklagten‹.«

»Das ist ja noch nicht alles, Freundchen. Du hast zwar Otto umgebracht, aber anstatt Hals über Kopf zu türmen, hättest du dich lieber noch ein wenig in der Wohnung umschauen sollen.«

Täuschte ich mich, oder wurde Marc ein bisschen blass um die Nase?

»Otto hat mir eine Nachricht hinterlassen. Hier ist eine Kopie, das Original liegt beim Anwalt.«

Kaiser schnappte sich den Zettel und las den Text, den ich auswendig kannte, schließlich hatte ich ihn selbst geschrieben: »Lieber Dieter! Luna hat mir soeben gebeichtet, dass Marc Kaiser ihr unehelicher Sohn ist. Sie weiß jetzt, dass er hinter den Anschlägen steckt. Er konnte es wohl nicht verwinden, dass er damals zur Adoption freigegeben worden ist. Oh Hilfe, jetzt betritt Herr Kaiser gerade mein Haus. Ich habe Angst. Werde versuchen, mich zu verstecken. Otto«.

»Wo soll der Wisch denn gelegen haben?«

»Auf dem Küchentisch.«

»Bullshit. Ich habe alles durchsucht. Das hast du selbst geschrieben.«

»Zumindest hast du zugegeben, dass du Otto umgebracht hast«, schaltete Gurkennase sich empört ein und spuckte Marc Kaiser ins Gesicht.

Kaiser wischte den Rotz mit dem Handrücken weg und blieb die Ruhe in Person: »Selbst wenn ich zugeben würde, dass ich den Papst umgebracht hätte, wäre es egal, schließlich gibt es außer euch Flachpfeifen keine Zeugen.«

»Man sollte wissen, wann Feierabend ist«, zischte ich. Innerlich kochte ich, ließ mir aber nichts anmerken.

»Feierabend ist höchstens für meine missratenen Eltern, pfui Deibel, und den alten Knacker. Was mischt der sich auch in Sachen ein, die ihn nichts angehen?«

»Jetzt reicht es aber!« Grabowski hechtete urplötzlich nach vorne und versetzte Kaiser einen kräftigen Stoß.

»Was soll das?«, kreischte er noch, dann stürzte er rücklings ins Wasser.

»Ups!«, fiel Peter dazu nur ein.

Als Kaiser nicht wieder auftauchte, bekam ich ein wenig Muffensausen, zog mich bis auf die Unterhose aus und hechtete in den Tümpel. War ganz schön tief dort, dazu noch dreckig.

Ich ging wieder und wieder auf Tauchstation, aber ohne Erfolg. Marc blieb verschwunden.

»Lass uns abhauen«, rief Grabowski mir zu, als ich nach dem zehnten Tauchgang an die Oberfläche kam.

»Und Kaiser?«

»Der ist seit mehr als drei Minuten verschwunden.« Peter pochte auf seine Armbanduhr. »Entweder ist er irgendwo an Land gegangen, oder er ist nicht mehr. In beiden Fällen sollten wir uns schleunigst vom Acker machen.«

Wo Peter recht hatte, hatte er recht.

Ich kletterte aus dem Teich, schüttelte mich ein paarmal, kleidete mich an, und dann schlugen wir uns durch die Büsche zum Auto. Glücklicherweise begegneten wir dabei keiner Menschenseele.

»Und, wie fühlst du dich?«, fragte ich meinen Kompagnon, als wir über die Münsterländer Straßen rollten. Eine legitime Frage, schließlich hatte Peter wahrscheinlich ein Menschenleben auf dem Gewissen.

»Falls er ersoffen ist, war es ein Unfall. Außerdem ist es nicht schade um ihn, schließlich hat er unseren Otto kaltblütig getötet. *That's it!* Und ab jetzt möchte ich nie mehr darüber reden, klar?«

»Sicher. Wir haben versucht, ihn zu retten, aber das Schicksal hat anders entschieden.«

Ich legte Metallicas »Fade to Black« in den CD-Spieler.

*»Life it seems will fade away. Drifting further every day. Getting lost within myself. Nothing matters no one else. I have lost the will to live. Simply nothing more to give. There is nothing more for me. Need the end to set me free«*, klagte James Hetfield. Dann drückte Peter unvermittelt den Aus-Knopf.

»Was soll das? Mir ist jetzt nach melancholischer Musik.«

Grabowski legte mir die Hand auf die Schulter und begann mit brüchiger Stimme zu singen: »Als die kleine Luna gerade achtzehn war, führte sie der Peter in die Dancing-Bar.«

Ich fiel ein: »Doch am nächsten Tag fragte die Mama: Kind, warum warst du erst heut morgen da?«

»Schuld war nur der Bossa Nova«, sangen wir beide einträchtig. Krumm und schief, aber voller Gefühl, mit Tränen in den Augen.

Den Rest der Fahrt absolvierten wir schweigend.

## Freunde

In meiner gesamten Karriere als Detektiv war ich nach der erfolgreichen Lösung eines Falles noch nie so deprimiert gewesen. Der Unfall am Teich passte zu meiner momentanen Glückssträhne. Nicht dass es um Marc Kaiser schade gewesen wäre. Der Hass hatte ihn zum Monster mutieren lassen. Aber es wäre sicherlich eine härtere Strafe für ihn gewesen, sein Leben lang in einer Gefängniszelle auf und ab zu schreiten und trüben Gedanken nachzuhängen. Aber wie Sokrates schon sagte: Es ist, wie es ist.

Wir kletterten aus dem Auto und stiefelten ins Haus.

»Wer bezahlt uns eigentlich?«, wollte Gurkennase wissen.

»Ist doch latte. Mit Lunas Vorschuss kann ich deine Dienste schon bezahlen. Also halt den Ball flach.«

»War doch nur eine Frage«, schmollte Peter. »Mensch, Dieter. Ich bin auch völlig durch den Wind, aber das Leben geht …« Er blickte mich fragend an. Als ich schwieg, fuhr er fort: »Na, es geht irgendwohin. Das Leben. Genau, weiter geht es. Sagt man doch so. Heute Abend sollten wir uns so richtig zuschütten. Das vertreibt die blöden Gedanken an den ganzen Scheiß, der uns passiert ist.«

Da hatte er nicht ganz unrecht. Zumindest für ein paar Stunden den Gefühlsmorast, den ich in den letzten Tagen durchwatet hatte, vergessen. Ändern würde es zwar nichts, aber ich hegte die Hoffnung eines jeden Trinkers, dass sich die Welt nach einigen Promillestürmen bereinigen und die Sonne auch wieder für mich scheinen würde.

»Gebongt. Aber zuerst muss ich Reichert informieren.«

Ich hatte den Supersheriff sofort an der Strippe und berichtete haarklein, wie ich auf Marc Kaiser als Täter gekommen war.

»Und beeilen Sie sich mit der Festnahme, Herr Reichert, der Bursche ist gefährlich.«

Nachdem Ludger sich für seine Verhältnisse überschwänglich bedankt hatte, legten wir auf.

»Eine Frage hätte ich noch«, sagte Grabowski.

»Schieß los.«

»Als wir gestern die Fotos von Lunas Auftritt durchgeguckt haben, hast du gesagt, dass ich dir entscheidend geholfen hätte, als ich mit dem Finger auf die Theke gezeigt habe. Wenn ich mich nicht irre, hast du mich sogar als genial bezeichnet.«

»'tschuldigung, war mir so rausgerutscht.«

»Witzig. Also, Butter bei die Fische: Was hat mein Hinweis, wo man einen RWE-Wimpel hinstellen kann, mit der Lösung des Falls zu tun?«

»Nichts.« Ich ließ ihn noch ein wenig zappeln.

»Hä?«

»Spaß beiseite. Der Wimpel-Standort war mir völlig schnuppe, aber über deinem dreckigen Fingernagel war der Spiegel zu sehen, und in diesem Spiegel habe ich Marc Kaiser erkannt. Und da ist es mir wie Schuppen von den Augen gefallen. Es war keiner der Gäste und auch nicht der Wirt, sondern Marc, der Luna auf dem Gewissen hatte.«

»Hammer!«

»Danke für die Blumen.«

Ich winkte Gurkennase zu mir und zog ihn in die Küche: »Jetzt müssen wir das Chaos hier beseitigen.« Mit finsterem Blick betrachtete ich den Lebensmittelfriedhof. Die Speisedüfte, die sich mittlerweile im ganzen Haus verbreitet hatten, drückten irgendwie aufs Gemüt.

Mir kam eine Idee.

»Steinmann«, meldete sich der Dülmener Landwirt mit dem größten Schweinebestand.

»Dieter Nannen hier, wie is?«

»Muss«, brummte der wortkarge Bauer.

»Herr Steinmann, bei mir haben sich einige Essensreste angesammelt. Könnten Sie die vielleicht für Ihre Tiere gebrauchen? Natürlich gratis, nur abholen müssten Sie den Festschmaus.«

Schweigen.

»Hallo? Sind Sie noch dran?«

»Du hast Mut, Junge. Lässt deine Braut sitzen und tust, als wäre nichts geschehen. Eine ganz miese Nummer.«

»Karin hat die Hochzeit abgesagt, weil ich meinen Beruf nicht aufgeben möchte. Aber eigentlich ist das unsere Privatangelegenheit.«

»Du bist der größte Ganove, den Buldern seit dem Tollen Bomberg gesehen hat.« Steinmann war nicht mehr zu halten. »Karin ist nicht gerade meine beste Freundin, aber so einen Verbrecher wie dich hat sie nicht verdient. Weiß Gott nicht. Das ist ein Skandal. Ganz Buldern hat sich auf die Hochzeit gefreut, und dann so etwas. Pfui Deibel. Sieh zu, dass du mir nicht mehr unter die Augen trittst.« Aufgelegt.

Grabowski sah mich fragend an: »Und?«

»Momentan kein Bedarf.«

»Ich habe eine Bombenidee«, stieß Grabowski so plötzlich hervor, dass fast die Wellensittiche vom Schrank gefallen wären. »Weißt du, manchmal ist es bei mir finanziell so eng, dass ich mir nicht mal trockenes Brot leisten kann. Dann ziehe ich meine zerschlissensten Klamotten an und gehe zur Essener Tafel. Total nett, die Leute. Die haben mir immer was gegeben. Das müsste es hier doch auch geben.«

Recht hatte er. Ich googelte rasch die Münsteraner Tafel.

»Guten Tag, Dieter Nannen hier. Aufgrund einer ausgefallenen Feierlichkeit habe ich tonnenweise hochwertige Speisen, die ich spenden möchte. Wäre das etwas für Sie?«

»Hallo, ja klar. Worum genau handelt es sich?«

»Fisch, Fleisch, Gemüse, Nachtisch. Und nur vom Feinsten.«

»Mehrere Tonnen ist natürlich eine Hausnummer«, zögerte mein Gesprächspartner.

»Vielleicht habe ich etwas übertrieben. Ist aber nicht wenig.«

»Den Fisch haben Sie sicherlich gekühlt?«

»Ist schwierig bei diesen Mengen. Wann können Sie in Buldern sein?«

»Buldern? Wo ist denn das?«, drang es entsetzt aus dem Lautsprecher.

»Ein Ortsteil von Dülmen, etwa dreißig Kilometer von Münster entfernt.«

»Das ist zu weit. Ihre gute Absicht in allen Ehren, aber wir haben nur zwei Autos. Die reichen gerade für Münster. Mit dem Fisch sehe ich sowieso Probleme. Wenn die Kühlkette unterbrochen ist, wird der schlecht. Und mit einer Fischvergiftung ist nicht zu spaßen. Tut mir leid, vielleicht beim nächsten Mal.« Aufgelegt.

»Jetzt habe ich die Schnauze voll«, fluchte ich vor mich hin. »Wir transportieren das Zeug zum Wertstoffhof. Die müssen das annehmen.«

»Gut, aber dann wird dein Auto stinken wie der Hamburger Fischmarkt, und ich hasse den Geruch von allem, was Flossen hat«, sagte Peter, steckte sich symbolisch einen Finger in den Hals und imitierte Würgegeräusche. »Manche Sachen wirken auch nicht so richtig frisch. Ich wette, dieser Feinkostfuzzi hat deinen Alten ganz schön geleimt.«

»Egal. Du hilfst mir, ansonsten muss ich wer weiß wie oft fahren.«

»Dieter«, plusterte sich Gurkennase auf. »Ich liebe dich mehr als meinen Bruder, wenn ich einen hätte, aber das kannst du nicht von mir verlangen. Mein Auto ist ein Heiligtum. Da kommt kein Schuppenschwimmer rein. Noch nicht mal als Suppe.«

»Du fährst deine Kisten höchstens drei Monate, dann ist doch der TÜV abgelaufen. Ein Heiligtum to go höchstens, also stell dich nicht so an.«

»Aber nur, weil du es bist«, lenkte Grabowski zähneknirschend ein.

Zunächst fingen wir die Wellensittiche ein und verfrachteten sie in den Käfig. Die erlesensten Speisen stopften wir in Kühlschrank und Gefriertruhe. Dann scheppten wir den Inhalt mehrerer Warmhalteschalen in Pedders Trog, der freudig grunzend seinen Ringelschwanz wie einen Hubschrauberrotor kreisen ließ. Zumindest einer war glücklich. Anschließend packten wir den Rest der Fressalien in Müllsäcke und knoteten sie fest zu. Die Verschwendung bereitete mir körperliche Schmerzen, aber was blieb uns anderes übrig?

Nach zwei Stunden waren wir über und über verdreckt und rochen wie die Iltisse.

»Abfahrt«, stöhnte Grabowski erleichtert.

»Noch nicht«, dämpfte ich die aufkeimende Euphorie.

»Was denn noch?«

»Wir müssen die Behälter spülen. So nehme ich die nicht in meinem Auto mit, sonst werde ich noch jahrelang an diese Aktion erinnert werden.«

»Du Sklaventreiber«, fluchte Peter, fügte sich aber in sein Schicksal.

»Ich kann mich nicht erinnern, wann ich das letzte Mal so malocht habe«, pustete Peter, nachdem wir sämtliche Schalen gesäubert und im Wagen verstaut hatten. »Da verkaufe ich lieber Christbäume. Apropos, das Geschäft habe ich in letzter Zeit etwas vernachlässigt. Hast du dich schon entschieden? Nordmann- oder Blautanne, von allen anderen Bäumen würde ich dir als Freund abraten.«

»Ich denke drüber nach.«

Eine halbe Stunde später fuhren unsere Müllwagen auf den Wertstoffhof in Wierlings Kamp. Ein dürrer Mann in orangefarbenem Dress inspizierte sofort den Inhalt der Kofferräume.

»Was haben wir denn da?«, fragte er mit leicht genervtem Unterton.

»Bio- und Restmüll«, klärte ich bereitwillig auf.

»Der Restmüll kommt in den blauen Container, die Haushaltsabfälle nehmen wir nicht an.«

»Kommen Sie, bitte«, verlegte ich mich aufs Betteln.

»Es muss alles seine Ordnung haben. Hätten Sie sich vorher informiert, wüssten Sie, dass wir keinen Haushaltsmüll annehmen.« Er wollte von dannen schlurfen.

»Mensch, wir haben noch vier Wagenladungen von dem Zeug.«

»Selbst wenn wir es annehmen würden, Kollege. In einer Viertelstunde ist Schicht im Schacht, und heute Abend spielt Schalke. Vergessen Sie es.«

Ich zückte einen grünen Schein und fächerte mir damit Luft zu.

»Na gut, legen Sie noch einen Fuffi drauf, und Sie dürfen alles abladen. Aber nur ausnahmsweise.«

Nachdem wir die Autos geleert hatten, rief ich dem Halsabschneider »Bis gleich« zu und quetschte mich hinters Steuer.

»Was soll das heißen, bis gleich?« Der Kopf des arbeitswütigen Wertstoffhofpaten tauchte im heruntergelassenen Seitenfenster auf.

»Ich habe Ihnen doch gesagt, dass wir noch mehr Fuhren haben.«

Für unsere Leser kürze ich die sich anschließende unerfreuliche Diskussion ab: Gegen die Zahlung eines weiteren Geldbetrages erklärte sich der Schalke-Fan bereit, seinen wertvollen Feierabend noch ein wenig nach hinten zu verschieben.

Als das Geschäft besiegelt war, musterte er mich plötzlich kritisch, kniff die Augen zusammen und kam mir verdächtig nahe.

»Ist was?«

»Sind Sie nicht dieser Privatdetektiv, der seine Hochzeit geschmissen hat? Meine Schwester ist in Reverend Jones' Gospelchor. Die wollten heute für euch singen. Ganz miese Nummer, Alter.«

Langsam war ich mehr als genervt. Es konnte doch nicht sein, dass ich mich vor jedem Dahergelaufenen für mein Liebesleben rechtfertigen musste. »Wir holen jetzt den Rest.«

»Vergiss es. Du bist wirklich das Allerletzte. Jeder Bulderner Bürger würde ein Bein für Karin opfern, und du verdünnisierst dich kurz vorm Traualtar. Du lädst keinen Müll hier ab, damit das klar ist.«

»Das kann doch nicht …«, ereiferte sich Grabowski, aber ich winkte ab. Es war hoffnungslos.

Und so kam es, dass zwei Männer auf dem Nannen-Anwesen im Schweiße ihres Angesichts ein Loch buddelten, in das sie dann den Inhalt zahlreicher zuvor sorgfältig gepackter Müllsäcke kippten. Grabowski hatte sich zunächst unwillig gezeigt, aber mein Versprechen, bei der Kneipentour sämtliche Drinks zu bezahlen, hatte ihn dann doch zur Schüppe greifen lassen.

Nach dem letzten Spatenstich duschte ich eine Dreiviertelstunde, danach Grabowski eine Minute.

»Puh«, stöhnte er, »so sauber habe ich mich seit Jahren nicht mehr gefühlt. Ich bin bereit, Alter, also, wo geht's hin?«

Ich überlegte laut: »In Dülmen würden wir zu vielen Leuten über den Weg laufen, die mich kennen und wegen der Hochzeit ansaugen könnten. Für Coesfeld gilt das Gleiche. Vielleicht Billerbeck, da soll es ein paar nette Kneipen geben.«

»Völlig egal, Hauptsache, das Bier schmeckt.«

»Was dagegen, wenn ich Guido Matu anrufe? Dem bin ich noch eine Sauftour schuldig.«

»Tu, was du tun musst.«

Guido, der Inhaber von Elektro & More, freute sich, einem langweiligen Fernsehabend entfliehen zu können, und stand eine halbe Stunde später auf der Matte.

»Irgendwas stinkt hier nach Fisch.« Er ließ seinen Riechkolben wackeln, bevor er uns mit seiner Begrüßungsumarmung zerquetschte.

»Ich bin geduscht«, schimpfte Grabowski.

»Egal, wir wollen ja nicht knutschen«, grinste Guido.

Als wir meinen Escort besteigen wollten, gab es die nächste Rüge: »Nee, das geht gar nicht. Da riecht ja jede Pommesbude besser. Lasst uns mit meiner Karre fahren.« Er deutete auf einen roten Käfer mit weißen Punkten.

»Schick. Fährt der schon selbstständig, oder müssen wir noch strampeln?«, lästerte ich.

»Das ist ein Oldtimer, kein stromlinienförmiges Massenprodukt, an dessen Namen du dich nach zwei Jahren nicht mehr erinnern kannst. Mal was anderes: Wolltest du nicht heute heiraten?«

»Falsches Thema«, sprang mir Grabowski zur Seite. »Sprich Dieter bloß nicht mehr darauf an.«

»Schon gut.« Matu startete den Käfer und drehte die Musikanlage auf. Aus den Boxen dröhnte die Mancini mit einer Technoversion von »Du hast den Farbfilm vergessen«. »Na, das ist doch mal geile Mucke, wat? Die Luna hat's drauf, das sag ich euch, Jungs.«

Sofort rollten Grabowski Tränen über die unrasierten Wangen.

»Auch falsches Thema«, war es nun an mir, für meinen Freund in die Bresche zu springen.

»Hallo? Gibt es überhaupt ein Thema, das ich ansprechen darf?« Guido blickte zu Recht verwirrt aus der Wäsche.

»Alle anderen«, beteuerten Gurkennase und ich unisono.

Guido zuckte nur mit den Achseln und wechselte zu Wolfgang Petry. Hölle, Hölle, Hölle.

»Wie geht es eigentlich dem älteren Herrn, der ein paarmal für dich in meinem Laden gewesen ist, Baumann oder Baumeister oder so?«

»Falsches Thema.«

»Ihr seid doch bekloppt. Hätte ich mal lieber den Abend vor der Flimmerkiste mit ›Liebe am Fjord‹ verbringen sollen«, ächzte Guido. »Anstatt in die Kneipe solltet ihr besser in die Männergruppe gehen und euren Frust wegtanzen.«

»Das war wirklich das letzte Tabuthema für den heutigen Abend. Nur zur Info: Luna Mancini und Otto Baumeister sind ermordet worden. Und Karin hat die geplante Hochzeit abgesagt.«

»Das tut mir ehrlich leid«, sagte der Elektrohändler geschockt. »Ist es denn dann wirklich eine gute Idee, auf die Piste zu gehen?«

»Klar«, sagte Peter Grabowski.

»Klar«, sagte Dieter Nannen.

Nach erfolgreicher Parkplatzsuche in der Metropole Billerbeck erkundeten wir die reichhaltige Kneipenszene. Als Erstes enterten wir das »Billertor«, eine schmuddelige Eckkneipe mit wenig Licht. Auf einer Leinwand lief ein Fußballspiel aus Saudi-Arabien. Einige Rentner schauten wie gebannt auf das Match und kommentierten jede Schiedsrichterentscheidung.

Wir hockten uns an den Tresen und orderten drei Herrengedecke.

»Ich kenn euch nicht«, bemerkte der Wirt, ein schmerbäuchiger Profizapfer im karierten Hemd. Er schien sein bester Kunde zu sein, denn vor ihm standen etliche halb leere Gläser, an denen er immer wieder nippte. »Touristen?«

»Wir kommen aus einem Ort, wo alle Wirte hingerichtet werden, die ihren Gästen dumme Fragen stellen.«

»Schon gut.« Er knallte Pils und Korn vor uns hin. In diesem Moment betrat eine Traube junger Frauen die Kaschemme. Eine schlanke Blondine im Sträflingsanzug trug an einer Eisenkette eine Kugel, auf der »Sebastian« stand.

»Hallo, ihr Schnuckels«, gurrte sie und stakste direkt auf uns zu. »Würdet ihr mir eure Telefonnummern geben? Ich muss hundert Nummern zusammenkriegen. Zur Belohnung gibt es einen Feigling und ein Küsschen.«

Ich verdrehte die Augen. Junggesellinnenabschied. Das hatte mir gerade noch gefehlt.

»Mach es nicht«, riet ich, während ich eine Phantasienummer auf ihren Anzug schrieb. »Ich wollte auch heute heiraten, wurde aber eiskalt abserviert.«

»Du Armer, erzähl mal. Übrigens, ich bin die Imke.«

Während die restliche Feiergesellschaft ungeduldig im Eingangsbereich hin und her trippelte, berichtete ich, beflügelt von etlichen Feig- und Kümmerlingen, die Karin-Dieter-Geschichte.

»Komm, Imke, wir müssen weiter«, krakeelte eine ihrer Freundinnen und zog an Imkes Eisenkette.

»Lass mal. Dieter hat mir alles über seine geplatzte Hochzeit erzählt. Macht mich schon ein wenig nachdenklich.«

»Also, ich würde mir das mit der Hochzeit noch mal überlegen. Ist nicht schön, sitzen gelassen und wie ein Arschloch behandelt zu werden, nur weil man seine Berufung nicht aufgeben will«, zog ich in nicht ganz deutlicher Aussprache ein Resümee.

»Sebastian möchte, dass ich meine Stelle aufgebe, wenn wir Kinder bekommen.«

»Gefährlich, ganz gefährlich«, räsonierte ich und hob warnend den Zeigefinger.

»Bleib mal geschmeidig«, klinkte sich Guido ein. »Nur weil Dieter verletzt ist, bedeutet das nicht, dass jede Ehe scheitern muss. Ich würde da optimistisch rangehen.«

»Bist du sicher?«, fragte Imke merklich verunsichert.

»Mensch, Imke, lass uns endlich weiterziehen«, quengelten die Freundinnen dazwischen.

»Ich schwöre. Ich bin seit zwanzig Jahren verheiratet, und wir sind glücklich wie am ersten Tag«, log der eingefleischte Single Guido.

»Na gut, ich muss los. Dieter, ich wünsche dir von ganzem Herzen, dass du deine Traumfrau bald findest. Ciao.«

Als die Mädels das Lokal verließen, zog Matu mich zu sich heran und sagte: »Dieter, hör auf, anderen Leuten das Leben zu vermiesen. Mach jetzt keinen auf Eheverhinderungsberater, nur weil es bei dir in die Hose gegangen ist.«

»Ist doch wahr«, jammerte ich und winkte müde ab. »Wie sieht's aus, Jungs, ziehen wir weiter?«

Das nächste Lokal war nur zehn Autolängen entfernt, hieß »Junigarten« und wurde von außen durch Halogenleuchten angestrahlt, die auf antik wirkenden Säulen montiert waren. Im Inneren beeindruckte vor allem der Fliesenboden aus italienischem Edelgranit, der Unsummen gekostet haben musste. Wir setzten uns an die Theke und bestellten das Übliche.

»Da sitzt ja das Arschloch!«

Ich drehte mich um. Nein, das durfte nicht wahr sein! In der Tür stand Karin Schumann, flankiert von ihren Freundinnen Saskia Siebert und Andrea Verstegge. Alle aus dem Kirchenchor. Letztere hatte mich als Erstes erkannt und charmant bekundet, was sie von mir hielt.

»Du Schwein!« Auch bei Saskia schien ich beliebt zu sein. Karin hielt ihr die Hand vor den Mund und kam mit einer Begräbnismiene an unseren Tisch. Die Freundinnen blieben im Türrahmen stehen und schickten obszöne Gesten in meine Richtung.

»Hallo, Dieter.«

Ich schwieg, während Matu und Grabowski finster in ihre Gläser starrten.

»Darf ich mich setzen?«

»Bitte«, wisperte ich und wies auf den freien Barhocker zu meiner Linken.

»Ich muss mich für meine Freundinnen, ja, für ganz Buldern entschuldigen«, seufzte die Biobäuerin. »Alle glauben, dass du mich sitzen gelassen hast, obwohl ich jedem verklickere, dass die Absage der Hochzeit allein meine Entscheidung gewesen ist. Wenn das so weitergeht, muss ich wohl eine Anzeige im Dülmener Kurier aufgeben.« Der Versuch eines Lächelns.

»Die geplatzte Heirat geht mir schon gehörig an die Nieren, aber die permanenten Anfeindungen machen die Situation fast unerträglich. Wir sind extra nach Billerbeck gefahren, um auch ja keinem Bekannten über den Weg zu laufen.«

»Ich auch«, antwortete Karin. »Andrea und Saskia wollten mich auf andere Gedanken bringen, aber heute hat sich die ganze Welt gegen mich verschworen. Ein Junggesellenabschied nach dem anderen.«

»Jau.« Nun musste ich doch grinsen. »Ganz Billerbeck scheint auf Freiersfüßen zu wandeln.«

»Sprich nicht mit dem Arsch, das hast du nicht nötig«, brüllte Andrea herüber, während aus den Lautsprechern George Thorogoods »If You Don't Start Drinking, I'm Gonna Leave« dröhnte.

»Auch ein Pils?«, fragte ich.

»Warum nicht?«, antwortete Karin, und ich orderte.

»Wir ziehen mal weiter.« Grabowski zeigte überraschend feines Gespür für die Situation. Auf mein Nicken standen die beiden auf.

»Wir sind im nächsten Lokal, falls du uns suchst.« Matu klopfte mir auf die Schulter, und weg waren sie. Dankenswerterweise nahmen sie die beiden Furien gleich mit.

»Ich glaube, es war ein Fehler, die Hochzeit abzusagen«, meinte ich und nahm einen tüchtigen Hieb aus der Gerstenkaltschale.

»Ach, Dieter. Ich liebe dich sehr, aber wir sind einfach nicht füreinander geschaffen«, flüsterte Schumann und streichelte meinen Arm. »Du brauchst eine Frau, die deine Abenteuerlust teilt. Dafür bin ich einfach zu ängstlich.«

Es kamen noch viele Gläser, und wir vergaßen die Zeit, vergaßen unsere Freunde, die irgendwo im Billerbecker Bermudadreieck herumirrten, plauderten über alte Zeiten und gerieten in diesen Flow, in dem Verliebte schweben. Mein Mund näherte sich Karins, ihrer dem meinigen, doch dann flüsterte sie: »Nein, auch wenn ich mir nichts sehnlicher wünsche, aber es wäre ein schmerzlicher Fehler, sich jetzt zu küssen. Auch wenn wir uns lieben, werden wir niemals zusammenleben können.«

Das war's, mit einem Schlag war sämtlicher Zauber verflogen. Wahrscheinlich hatte der auch nur in meinem vernebelten Hirn existiert.

»Na denn.« Ich versuchte mir meine Enttäuschung nicht anmerken zu lassen. »Dann ruf ich jetzt ein Taxi, ich will nur noch nach Hause.«

»Kann ich verstehen.«

»Kommst du klar?«

»Sicher, ich rufe gleich Andrea und Saskia an.«

Der Rest war Schweigen.

Als ich die Getränke bezahlt hatte, flüsterte Karin: »Tut mir leid, wenn du dir noch Hoffnungen gemacht hast.«

Ich dachte: Piss die Wand an!

Ich sagte: »Alles in Ordnung, bis die Tage.«

»Wir bleiben doch Freunde?«, fragte sie und legte noch einmal ihre Rechte auf meinen Arm.

»Sicher«, antwortete ich dumpf und fühlte mich, als ob ich mich gleich übergeben müsste. Und das lag sicherlich nicht am Alkohol.

Als der Taxifahrer mit suchendem Blick in die Kneipe trat, hob ich meinen Arm, blickte Karin ein letztes Mal in die Augen und sagte: »Freundschaft ist etwas Wunderbares. Kleiner Prinz und so. Man sieht nur mit dem Herzen. Voll mein Ding.«

»Wir schwimmen auf derselben Wellenlänge, Dieter. Komm gut zu liegen.« Karin erhob sich und hauchte mir einen Kuss auf die Wange. Dann machte ich mich vom Acker.

Der Taxifahrer gehörte nicht zur redseligen Sorte, sodass ich meinen Gedanken nachhängen konnte: Karins Abfuhr war endgültig gewesen. Doch seltsamerweise verspürte ich statt Trauer nun eine Leere, in der leichter Optimismus aufkeimte. Wenn Karin mich nicht mehr wollte, konnte ich mich neuen Dingen widmen. Ich war ihr egal, nur ein Freund. Die Bulderner würden die geplatzte Hochzeit bald vergessen haben. Mein Kopf wurde immer schwerer und das Nachdenken immer unproduktiver.

Endlich rollten wir auf meinen Hof. Ich zahlte, schloss die Tür auf, tappte trunken vor Alkohol und Müdigkeit ins Schlafzimmer und warf mich in voller Montur aufs Bett.

## Flash-in

Am folgenden Morgen erwachte ich wie neugeboren, vom dicken Schädel einmal abgesehen. Der Anrufbeantworter teilte mir mit, dass Gurkennase bei Guido Matu übernachtet hatte.

Als mich die Wellensittiche durch lautes Piepen auf die mangelhafte Ernährung hinwiesen, verdrückte ich in Gedenken an Otto innerlich eine Träne, fütterte die Piepmätze und telefonierte dann mit der Firma »Betreutes Dülmen«, der Eigentümerin von Ottos Wohnung. Eine freundliche Dame versicherte mir, dass für Ottos Begräbnis bereits alles in die Wege geleitet worden sei, ich bräuchte mir keine Sorgen zu machen. Die Trauerfeier würde am Donnerstag stattfinden, vorausgesetzt, die Leiche wäre bis dahin freigegeben.

Als ich mich gerade den übrigen Tieren widmen wollte, klingelte es an der Tür. Auf der Schwelle stand eine junge Frau, Anfang dreißig, mit braunen Locken und noch brauneren Augen. Sie trug Diesel-Jeans und ein T-Shirt mit der Aufschrift »Flash-in«.

»Hi.« Sie strahlte mich an. Ich war einen Moment paralysiert, bis sie »Kannst du auch sprechen?« fragte.

»Äh, hi«, antwortete ich einfallsreich. »Kennen wir uns?«

»Ich bin Vanessa und habe die Kneipe neben der Kirche gekauft.«

»Die steht doch seit Jahren leer«, zeigte ich profunde Lokalkenntnis.

»Korrekt.«

»Und weiter? Kommst du hier aus der Gegend?« Ihre Antwort hatte mein Informationsbedürfnis nicht komplett gestillt.

»Nee, meine Familie stammt zwar aus Dülmen, aber wir sind schon vor Jahren nach Osnabrück gezogen. Mein Onkel ist als Einziger hiergeblieben. Beim letzten Höflichkeitsbesuch bin ich durch Buldern gefahren und habe das alte Schätzchen entdeckt. Ich brauchte nicht lange zu überlegen, dann stand mein Entschluss fest. Oh, das sind aber süße Piepmätze.« Sie hatte Ottos Vermächtnis entdeckt und steckte ihren Finger in den Käfig.

Als die Vögel Vanessas Finger blutig gehackt hatten, fuhr sie fort: »Ich werde dort eine Schlagerkneipe aufmachen. Ist zwar noch viel Arbeit, aber ich freu mich drauf.«

»Eine Schlagerkneipe in Buldern? Unser Dorf hat gerade mal ein paar tausend weit verstreute Einwohner. Meinst du, das lohnt sich?«

»Sicher«, erwiderte sie und schlug mir kumpelhaft auf den Arm. »Allein die Schüler im Bulderner Schloss. Die haben hier doch überhaupt keine vernünftige Möglichkeit, zu chillen. Und Schlager liegen voll im Trend.«

»Du wirst schon wissen, was du machst«, sagte ich, auch wenn ich nicht vollends überzeugt war. »Und was kann ich für dich tun?«

»Ich klappere alle Haushalte ab und mache Werbung.« Sie drückte mir einen Flyer in psychedelischen Farben in die Hand. »Flash-in« sollte die Kneipe heißen. Das erklärte den T-Shirt-Aufdruck. Eröffnung in drei Monaten.

»Ich werde da sein«, ließ ich gut gelaunt durchblicken. »Versprochen.«

»Das freut mich«, sagte sie lachend und klopfte mir erneut auf den Arm. Und das gefiel mir. Irgendwas hatte Vanessa an sich, was mich berührte. War schon verrückt, in Buldern eine Schlagerkneipe aufmachen zu wollen.

»Jetzt muss ich weiter, wir sehen uns.« Sie zwinkerte mir neckisch zu.

»Ich kann es kaum erwarten«, erwiderte ich und fühlte, dass ich strahlte wie ein Honigkuchenpferd auf Dope. Mein Leben verlief wieder in den richtigen Bahnen, oder, um es mit Roy Black und Anita zu sagen: Schön ist es, auf der Welt zu sein!